Wilfried Lülsdorf

KÜNSTLER
PECH

Ein Wachtberg-Krimi

cmz

Bibliografische Information der Deutschen Nationalbibliothek

Die Deutsche Nationalbibliothek verzeichnet diese Publikation
in der Deutschen Nationalbibliografie; detaillierte bibliografische Daten
sind im Internet über http://dnb.d-nb.de abrufbar.

© 2022 by **cmz**-Verlag
An der Glasfachschule 48, 53359 Rheinbach
Tel. 02226-912626, info@cmz.de

Schlußredaktion:
Clemens Wojaczek, Rheinbach

Satz
(Aldine 401 BT 11 auf 14,5 Punkt)
mit Adobe InDesign CS 5.5:
Winrich C.-W. Clasen, Rheinbach

Umschlagfoto:
Josep Molina Secall / unsplash

Umschlaggestaltung:
Lina C. Schwerin, Hamburg
Anja Steinig, Berlin

Gesamtherstellung:
Bookpress.eu, Olsztyn / Polen

ISBN 978-3-87062-357-9

001–300 • 20220604

www.cmz.de

www.wilfriedluelsdorf.de

Wenn es eine fünfzigprozentige Chance gibt, dass etwas schief gehen könnte, dann wird es auch in neun von zehn Fällen so kommen.

Willy Meurer (1934–2018), Publizist und Aphoristiker

Inhalt

Die Hauptpersonen

Alexander Hopp	Freiberuflicher Reporter und Lebensgefährte von Jana Jäger
Jana Jäger	Kriminalhauptkommissarin bei der Mordkommission in Bonn
Frank Streffer	Kriminaloberkommissar und Partner von Jäger
Peter Paul Pinsel (PPP)	Erster Kriminalhauptkommissar, Leiter der Mordkommission
Detlef Schreiber	Kriminaloberkommissar und Chefermittler bei Einbruch-Diebstählen
Michael Löhnenberg	Kriminaloberkommissar im Kommissariat für Einbruch-Diebstähle
Reiner Hoffmann	Kriminalkommissar im Team von Chefermittler Schreiber
Otto Springer	Pressefotograf und bester Freund von Hopp
Klaus Kupfer	Inhaber der Kupferklause
Josephine (Josy) Franzen	Vorsitzende des Wachtberger Vereins Forum Freunde in Europa
Anna und Markus Wasner	Apothekerehepaar, Freunde von Hopp und Jäger

Karla Epstein	Chefin des Dahlien-Hotels in Wachtberg
Nikola (Niki) Schnell	Chefredakteurin der Kölner Boulevardzeitung *Kurier*
Barbara und Martin Buchbinder	Musikerehepaar der Rheinischen Symphoniker, Einbruchsopfer
Karl Michels	Wachtberger Maler und Opfer eines Einbruch-Diebstahls
Jakob Stiller	Ex-Kollege von Hopp, Pressesprecher des Kölner Offenbach-Orchesters
Johanna Kieselheger	Zweite Geigerin der Rheinischen Symphoniker
Monika Lauscher	Verwaltungschefin des Kölner Offenbach-Orchesters
Uwe Haas	Cellist und Opfer eines Einbruch-Diebstahls
Eva Louisa Koller	Auktionatorin und Mordopfer
Ernst Althaus	Antiquitätenhändler aus Adendorf
Emil Heiermann	Galerist in Bonn
Dr. Friedrich Leopold Maria Neumeyer	Geschäftsführer der Capital-Sound-AG in Bad Honnef

Freitagabend

Nervös drückte er den Klingelknopf neben der Wohnungstür. Seinen eigenen Schlüssel traute er sich nicht zu benutzen. Seit einer gefühlten Ewigkeit war er nicht mehr hier gewesen. War es drei Monate her? Oder sogar vier? Er wusste es nicht genau. Ihm war ziemlich mulmig zumute. Außerdem war es schon kurz nach neun Uhr. Obwohl die Verabredung so ungewöhnlich spät war, hatte er es einfach nicht pünktlich geschafft. Er war ein paar Minuten zu spät dran. Nur ein paar, aber das verunsicherte ihn zusätzlich. So kannte er sich gar nicht. Eigentlich war er doch eher der unerschrockene, selbstbewusste Typ. Oder machte er sich da vielleicht etwas vor? Ein letztes Mal fuhr er sich mit der rechten Hand durch die lockigen Haare, um die Frisur zu ordnen. Dann zupfte er rasch sein frisches Hemd über dem Gürtel zurecht, damit es möglichst keine Falten warf. Er schaute an sich hinunter auf die nagelneuen italienischen Scarpa-Sneakers – alles sauber Er wollte unbedingt den bestmöglichen Eindruck hinterlassen.

In der Wohnung rührte sich niemand, zumindest hörte Alexander Hopp keine Schritte. Nur der Hund hatte kurz gebellt, so wie immer, wenn er Bewegungen vor der Tür bemerkte. Sollte er noch einmal klingeln? Lieber nicht, dachte er leicht beklommen, das könnte sie womöglich als aufdringlich empfinden und sofort wieder verärgern. Nichts wollte er weniger als das. Also wartete er geduldig.

Von oben näherten sich nun doch Schritte auf der Treppe Das hatte ihm gerade noch gefehlt, ausgerechnet jetzt einem der Nachbarn zu begegnen. Er hoffte inständig, dass es wenigstens keine der lästigen Laberbacken aus der obersten Etage wäre, die man zwar nur selten traf, aber kaum mehr los wurde. Die hätten ihm jetzt gerade noch gefehlt. Als die Krankenschwester aus der darüberliegenden Wohnung um die Kehre bog, war er einigermaßen erleichtert. Sie war ihm bisher nicht unangenehm als besonders neugierig aufgefallen. Mit ihr war er immer gut zurechtgekommen. Die Frau strahlte über das ganze Gesicht. »Hallo Herr Hopp! Lange nicht mehr gesehen. Haben Sie ihren Schlüssel vergessen?«

»Nein, nein. In letzter Zeit bin ich viel unterwegs. Zu viel eigentlich …«

Mit Schwung wurde in diesem Moment die Wohnungstür geöffnet.

Jana lächelte Alexander an und erkannte sofort, wie unangenehm ihm diese Situation war. »Komm herein, Schatz«, sagte sie fröhlich, »und Ihnen, Frau Gottmann, noch ein schönes Wochenende.«

In der Diele fiel Elvis regelrecht über Alexander Hopp her, tänzelte aufgeregt im Kreis vor ihm umher, sprang immer wieder begeistert an ihm hoch, umarmte ihn schließlich regelrecht mit den Vorderpfoten und leckte ihm freudig beide Wangen. Hopp ließ das nicht einfach so über sich ergehen, sondern er erwiderte den stürmischen Empfang ebenso herzlich. Liebevoll drückte er den großen schokoladebraunen Labrador, schaute ihm in die bernsteinfarbenen Augen und kraulte ihm beidhändig das dicke Fell. Er hatte den Hund in letzter Zeit mindestens genauso sehr vermisst wie dieser allem Anschein nach ihn, sein Herrchen.

»Sorry, Alex! Ich konnte nicht schneller öffnen. Meine Haare waren noch etwas nass. Die musste ich erst fertig föhnen. Ich habe es mal wieder nicht zur Primetime nach Hause geschafft. Ich bin davon ausgegangen, dass du nicht direkt wieder weg laufen würdest, wenn ich dich kurz draußen warten lasse.«

Jana Jäger lächelte ihn an, innig, wie er fand. Sie hatte sich die turbulente Begrüßungsszene von Hund und Herrchen gerührt angesehen und geduldig abgewartet, bis Elvis ihn endlich freigab. Dann umarmte sie Alexander etwas steif, drehte sich um und ging ins Wohnzimmer.

Wortlos folgte er ihr.

Der mit einigen Designerstücken der klassischen Moderne möblierte Raum hatte sich seit seinem überstürzten Auszug nicht verändert. Sein Lieblingssessel stand noch am selben Platz. Auch seine Schallplattensammlung, die ihr eigentlich schon lange im Weg war, hatte sie nicht weggeräumt. Der gläserne Couchtisch war für zwei Personen gedeckt. »Ich habe eine Kleinigkeit zu essen besorgt. Nichts Besonderes. Brot, Salami, Käse und geräucherten Fisch.« Jana hatte das Erstaunen in Alexanders Gesicht bemerkt und fühlte sich zu dieser Erklärung genötigt. »Und etwas zu trinken natürlich auch.« Neben dem Brotkorb stand eine geöffnete Flasche seines Lieblingsrotweins – Cannonau di Sardegna, aus dem Süden Sardiniens.

Sein Herzschlag beschleunigte sich, das Klopfen spürte Alexander bis in den Hals, der ohnehin schon nervöse Magen krampfte heftig. Was hatte dieses gesellige Arrangement zu bedeuten? Grund zu Optimismus? Noch immer brachte er kein Wort heraus.

Zum ersten Mal seit ihrer abrupten Trennung im Oktober des vergangenen Jahres trafen sich Jana und Alexander wieder in ihrer eigentlich gemeinsamen Wohnung. Behutsam und möglichst ergebnisoffen wollten sie besprechen, ob sie die permanent schwelenden Konflikte künftig irgendwie in den Griff bekommen könnten und wie es dann mit ihrer Beziehung weitergehen solle. Die Initiative dazu hatte überraschend Jana ergriffen. Zwar hatte sie am Telefon ungewöhnlich verkrampft und nicht gerade zuversichtlich geklungen, aber immerhin deutlich positiver und konstruktiver als vor ein paar Monaten. Trotzdem wollte sich Alexander nicht vorschnell allzu große Hoffnungen machen. Zu grundlegend waren die Verwerfungen in den vergangenen beiden Jahren gewesen, und zu schmerzlich wäre für ihn eine erneute Enttäuschung.

Viel öfter, viel heftiger und viel unnachgiebiger als in den ersten Jahren ihrer Beziehung, und vor allem in immer kürzeren Abständen, hatten sie sich zuletzt in die Haare bekommen. Dabei war es immer wieder um den gleichen Streitpunkt gegangen: ihre Jobs.

Sie Hauptkommissarin bei der Kripo in Bonn und er Reporter für mehrere Zeitungen – in dieser Konstellation war es schwer, sich gegenseitig nicht ins Gehege zu kommen. Ihre Auseinandersetzungen drehten sich nur um aktuelle Fälle, in denen sie ermittelte und über die er berichten musste. Dann drang er zwangsläufig in ihren Bereich ein, kollidierte mit ihren Manövern, störte angeblich ihre Untersuchungen und – schon stritten sie sich.

Wortlos setzten sich Jana und Alexander einander gegenüber an den gedeckten Tisch und sahen sich tief in die Augen. Sie schien mindestens so aufgeregt und verkrampft zu sein wie er, auch wenn sie sich bemühte, es zu verbergen. Sie goss Rotwein ein und lud Alexander mit einer Geste ein, sich zu bedienen. Er bedankte sich. Dann schwiegen sie wieder.

»Wie geht es dir?«, fragte Alexander schließlich.

Ausführlich berichtete Jana, wie es ihr in den vergangenen Wochen ergangen war – hauptsächlich beruflich. Ihr Job war stressiger denn je. Gerade machte ihr wieder ein mysteriöser Fall zu schaffen. »Pass auf, Alex«, erklärte sie plötzlich, »jetzt sitzen wir seit fast einer Stunde hier und schweigen einander verlegen an oder erzählen uns Allerweltskram von unseren Jobs. Ich habe keine Lust, weiter wie die Katze um den heißen Brei zu schleichen. Also lass uns bitte offen reden.«

»Einverstanden. Nichts lieber als das.« Erwartungsvoll sah Alexander sie aus seinen großen blauen Augen an. Was wird jetzt wohl kommen, dachte er? Kriege ich zum Auftakt, wie so oft, mal wieder einen deftigen Einlauf?

»Du fehlst mir. Und ich dir wahrscheinlich auch, hoffe ich zumindest. Wir beiden müssten eigentlich erwachsen und intelligent genug sein, um unsere beruflichen Differenzen in den Griff zu bekommen.«

»Sollte man jedenfalls meinen.«

»Genau. Deshalb lass uns die Sache planvoll angehen. Lass uns einen Modus operandi finden und uns fest versprechen, dass wir uns strikt daran halten. Immer. In jeder Situation. Auch wenn es bisweilen schwer fällt – oder gerade dann erst recht.«

»Ist wahrscheinlich einfacher gesagt als getan. Wie soll diese besondere Vorgehensweise denn aussehen?«

»Das weiß ich auch noch nicht so genau. Ich dachte, dass wir das hier und jetzt gemeinsam aushandeln könnten.«

Wer's glaubt, wird selig, dachte Alexander. Das wäre ja mal was wirklich Neues, wenn Jana so völlig unvorbereitet in ein wichtiges Gespräch ginge. »Aber irgendeine Idee wirst du doch bestimmt haben?«, fragte er deshalb.

»Nein, nicht konkret. Aber immerhin einen Ansatz. Wenn wir uns also heute einig werden, brauche ich vielleicht noch zwei oder drei Wochen Aufschub, um mich und meinen Kopf auf die neue, alte Situation vorzubereiten. Dann kannst du bald wieder zurückkommen. Noch in diesem Frühjahr. Was hältst du davon?« Gespannt schaute sie ihn an.

Ach, Schätzchen, dachte Alexander irritiert, das hätten wir doch viel früher haben können. Einen Kompromiss hätten wir doch schon vor Monaten finden können. Dafür hätten wir uns nicht so lange trennen müssen.

Nachdenklich trank er einen Schluck von dem wuchtigen, samtweichen Cannonau und wollte gerade einen konstruktiven Vorschlag machen.

Da klingelte es Sturm an der Wohnungstür.

Barbara Buchbinder stand im Treppenhaus, die nette Nachbarin aus dem großen Einfamilienhaus schräg gegenüber. Ihr Gesicht war feuerrot, die schwarzen Haare standen ihr förmlich zu Berge, ihre braunen Augen glühten. Die sonst so gepflegt und kontrolliert wirkende Frau vibrierte von Kopf bis Fuß. Sie war völlig aufgelöst. »Hilfe, Jana! Bei uns ist eingebrochen worden.« Erregt fuchtelte sie dabei mit beiden Armen.

»Eingebrochen? Wann denn?«, fragte Jana erstaunt.

»Irgendwann im Laufe des Abends muss es passiert sein.«

»Wie kann das denn sein«, hakte Jana begriffsstutzig nach, »habt ihr das denn nicht bemerkt?«

»Wir waren in Godesberg beim Italiener essen, das erste Mal seit langer Zeit. Wir wollten uns einen schönen Abend machen. Die Kinder sind bei meiner Mutter. Ausnahmsweise war gerade niemand im Haus.«

»Was ist denn genau passiert?«

»Irgendwer ist durch den Garten ins Wohnzimmer eingestiegen.«

»Und? Wurde etwas mitgenommen?«

»Der Kontrabass von Martin. Und meine beiden Geigen. Nur unsere wertvollen Instrumente wurden geklaut, die der Kinder sind noch alle da. Auch sonst scheint weiter nichts zu fehlen, auf den ersten Blick zumindest.«

»Ihr müsst sofort die Kripo anrufen.«

»Aber du bist doch bei der Kriminalpolizei, Jana, und als nächste zur Stelle. Da dachte ich …«

»Ich weiß schon, Barbara. Aber so einfach geht das leider nicht. Kripo ist nicht gleich Kripo. Einbruch fällt jedenfalls nicht in meinen Aufgabenbereich. Ich arbeite bei der Mordkommission. Wenn du willst, rufe ich aber für dich sofort die zuständigen Kollegen im Präsidium an.«

»Ja, mach das bitte.«

»Dann komm kurz rein, Alexander ist auch da.« Sanft schob Jana die verzweifelte Nachbarin in die Wohnung.

Während sie das Kriminalkommissariat Einbruch-Diebstahl alarmierte, blieb Barbara Buchbinder wie eine deplatzierte Vase im Türrahmen stehen. Alexander Hopp ging auf die aufgebrachte Frau zu und versuchte, sie zu beruhigen. Zwar hatte er vom Wohnzimmer aus nur einzelne Worte mitbekommen. Aber die hatten ausgereicht, um ihn verstehen zu lassen, dass etwas Schlimmes passiert war.

Kaum zwei Minuten später hatte Jana ihren Anruf beendet. »Die Kollegen kommen gleich.«

»Danke dir! Aber könnt ihr nicht trotzdem mit mir hinüberkommen? Dann wäre mir wohler.«

Gerade wollte Barbara Buchbinder die Haustür von innen wieder schließen, da fuhr ein dunkelblauer Kombi in der Einfahrt vor. Zwei Männer sprangen heraus und eilten zum Eingang. Wie einstudiert zückten sie simultan ihre Dienstausweise, als ihnen geöffnet wurde.

»Ich bin Kriminaloberkommissar Detlef Schreiber und das ist mein Kollege Reiner Hoffmann«, sagte der ältere der beiden. »Bei Ihnen ist eingebrochen worden?«

»Ja, treten Sie doch bitte ein.« Barbara Buchbinder machte eine einladende Handbewegung.

Kaum hatte Oberkommissar Schreiber die Türschwelle überschritten, da verfinsterte sich sofort seine Miene. »Was machen Sie denn hier, Jäger? Was haben Sie hier zu suchen?«

Jana stand im Flur und lächelte ihn gelassen an. »Guten Abend, Herr Kollege. Ich freue mich auch, Sie zu sehen.«

Ausgerechnet dieser Arsch! Erst hat man kein Glück, und dann kommt auch noch Pech hinzu. Dieser Schreiber war bei der gesamten Bonner Kriminalpolizei als Diva verschrien – eigenbrötlerisch, launig, unkooperativ. Seit der Scheidung vor zwei Jahren hatte sich sein Gemütszustand merklich verschlechtert.

»Wir sind Nachbarn der Buchbinders und wohnen quasi gegenüber«, erklärte sie kühl. »Barbara hat uns eben in ihrer Not zur Hilfe geholt. Und ich habe sofort pflichtgemäß Ihre Truppe alarmiert. Gibt es irgendwelche Einwände, Herr Kriminaloberkommissar?«

»Das wird sich noch herausstellen, Jäger. Verlassen Sie bitte umgehend diesen Tatort. Wir sind ja jetzt da.«

Jana verschränkte ihre Arme vor der Brust, legte die Stirn in Falten und machte eine grimmige Miene. »Dies ist das Haus der Familie Buchbinder. Barbara hat uns geholt, und ich gehe oder bleibe, wenn sie es so will.«

Alexander Hopp, ausnahmsweise völlig unbeteiligt, stand am Rande der Szene und wunderte sich über diesen bornierten Profilneurotiker. Völlig absurd, wie der sich hier aufspielt, dachte er, kaum zu glauben, welche Spacken es gibt. Aber es schien ihm ratsam, sich bedeckt zu halten, um die kritische Stimmung nicht weiter aufzuheizen. Eigentlich war er nicht sonderlich überrascht, wie resolut Jana diesem aufgeblasenen Selbstdarsteller Paroli bot. Er kannte ihre Wehrhaftigkeit aus eigener Erfahrung. Sogar mehr als ihm lieb war. Im Grunde machte ihm seine Zuschauerrolle gerade sogar Spaß. Schließlich hatte er selten Gelegenheit, live und in Farbe zu erleben, wie seine Liebste sich im Job mit ihren Kollegen auseinandersetzte.

Inzwischen war Martin Buchbinder aus dem Wohnzimmer in den Flur gekommen. Er wunderte sich über das unangemessene Gekeife der Kripo-Leute. »Guten Tag, die Herren. Schön, dass Sie da sind. Machen Sie bitte Ihre Arbeit so, wie Sie es für richtig halten. Aber unsere Freunde haben Sie nicht aus dem Haus zu weisen.«

»Wie Sie meinen«, antwortete Schreiber kopfschüttelnd und sichtlich angesäuert. »Was wurde denn gestohlen?«

»Unsere Instrumente. Wir sind Berufsmusiker. Wir spielen bei den Rheinischen Symphonikern in Bonn.«

»Dann werden die sicherlich sehr wertvoll gewesen sein.«

»So ist es«, antwortete Martin Buchbinder spitz, »sonst wären die Diebe wohl kaum hier eingestiegen.«

»Wir verschaffen uns jetzt einen ersten Überblick über den Tatort und fordern umgehend die Kriminaltechniker zur Sicherung der Spuren an. Sie halten sich derweil zu unserer Verfügung«, erklärte Schreiber im Befehlston. »Am besten in einem der Räume, die die Täter links liegengelassen haben, falls es solche gibt.«

Martin Buchbinder nickte zustimmend. »In Ordnung. Sie finden uns dann in der Küche, wenn Sie uns brauchen sollten.«

Auf dem Weg dorthin warf Jana Jäger einen kurzen Blick in das Wohnzimmer. Sie war überrascht, wie ordentlich und aufgeräumt es aussah. Einen solchen Tatort hatte sie noch nie gesehen. Hier herrschte nicht das barbarische, zerstörerische Chaos, wie es nach den meisten Einbruchdiebstählen anzutreffen war. Nur ein einziger Schrank schien aufgebrochen worden zu sein.

»Das hatte ich mir hier aber ganz anders vorgestellt. Da habt ihr ja noch Glück im Unglück gehabt. Einbrecher verwüsten gerne die Wohnungen, die sie ausrauben.« Entsetzt starrten die Buchbinders Jana Jäger an.

»Da hat die Kollegin ausnahmsweise ganz recht«, pflichtete Oberkommissar Schreiber bei, der offenbar bereits genug vom Tatort gesehen und sich überraschend wieder zu ihnen in die Küche gesellt hatte. »Was wurde denn Ihrem ersten Eindruck nach so alles gestohlen?«

»Wie schon gesagt: unsere Instrumente. Also der Kontrabass von Martin. Der besonders selten ist. Und halt meine beiden alten Geigen, die auch richtig wertvoll sind. Die Instrumente unserer Kinder sind noch oben in ihren Zimmern.«

»Wo haben Sie Ihre Instrumente denn aufbewahrt?«

»Im Wohnzimmer. In dem massiven Eichenholzschrank mit dem Sicherheitsschloss, der aufgebrochen wurde«, antwortete Martin Buchbinder.

»Und was fehlt sonst noch?«, hakte der Polizist nach.

Beide Buchbinders dachten angestrengt nach, aber mehr fiel ihnen beim besten Willen nicht ein. »Nichts anderes, soweit wir feststellen konnten«, sagte Barbara Buchbinder, »Schmuck, Bargeld und unsere relativ neuen Laptops, iPads und Handys sind noch da. Auch alle sonstigen Gegenstände, die man noch zu Geld machen könnte.« Demonstrativ zeigte sie zum Küchentisch. »Da liegt zum Beispiel mein iPhone. Und daneben sogar das Portemonnaie. Da ist jetzt kein Vermögen drin, rund 150 Euro für diverse kleine Einkäufe. Das haben sie aber nicht mitgenommen. Nur die kostbaren Streichinstrumente sind weg.«

»Können Sie die Instrumente genauer beschreiben? Haben die Namen oder besondere Merkmale?«

»Natürlich«, bestätigte Martin Buchbinder. »Das sind ja kunsthistorisch bedeutende Objekte. Wir haben detaillierte Unterlagen: Fotos, Zertifikate, Kauf- oder Leihverträge und natürlich Versicherungsdokumente.«

»Das brauche ich alles schnellstmöglich. Würden Sie diese Sachen bitte sofort für uns zusammensuchen?«

»Die müssen wir nicht suchen. Alles ist oben in unserem Büro, in zwei Aktenordnern gesammelt. Allerdings will ich die Papiere noch kopieren, damit ich sie nicht aus der Hand geben muss – man weiß ja nie. Außerdem werden wir sie bestimmt für die Versicherung benötigen.« Barbara Buchbinder bewegte sich langsam in Richtung Treppe.

Schreibers Miene verzog sich merklich angesäuert. »Wenn Sie meinen. Eigentlich ist das nicht nötig, bei uns kommt nichts weg. Wir sind schließlich die Kriminalpolizei.«

»Was Sie nicht sagen, Herr Kollege. Da habe ich allerdings bisweilen andere Erfahrungen gemacht.« Manche Kommentare konnte sich Jana nicht verkneifen. Sie lächelte Schreiber herausfordernd an. Der hatte merklich Mühe, seine Emotionen zu zügeln.

Während Barbara nach oben ging, um die nötigen Unterlagen für die Polizei zu holen, setzte Schreiber seine Befragung mit Martin Buchbinder in der Küche fort. »Wann haben Sie den Einbruch bemerkt? Wann könnte die Tat begangen worden sein?« Gleichzeitig musterte er Jana Jäger und Alexander Hopp argwöhnisch. Es störte ihn gewaltig, dass sie ihn bei der Arbeit beobachten konnten.

»Ziemlich genau um 22 Uhr, nachdem wir gerade nach Hause gekommen waren.«

»Wo waren Sie? Beziehungsweise, von wo kamen Sie?«

»Aus Bad Godesberg. Wir waren dort in unserem italienischen Lieblingsrestaurant essen.«

»Wie heißt das Lokal, und seit wann, beziehungsweise wie lange waren Sie weg?«

»*Da Marcello.* Kurz vor 19 Uhr sind wir hier losgefahren. Wir sind es gewohnt, ziemlich früh zu essen, weil wir ja um 20 Uhr meist irgendwo spielen müssen.«

»Verstehe! Und die ganzen drei Stunden war niemand im Haus?«

»Nur Tusnelda, unsere Katze. Die Kinder, wir haben drei Töchter, sind dieses Wochenende bei den Großeltern in Köln«, erklärte der Hausherr.

»Wir hatten das erste Mal seit fast zwei Jahren wieder einen Abend für uns alleine. Den wollten wir uns richtig nett machen«, ergänzte Barbara Buchbinder, die mit den Aktenordnern und einigen Klarsichthüllen unter dem Arm wieder heruntergekommen war. »Gewöhnlich haben wir beide oder wenigstens einer von uns abends ein Konzert. Und wenn das ausnahmsweise mal nicht der Fall ist, machen wir uns mit den Kindern zusammen einen gemütlichen Familienabend. Nur zu zweit sind wir so gut wie nie.«

»Verstehe«, wiederholte Schreiber. Er wartete ungeduldig auf die Unterlagen, die Barbara Buchbinder kopiert hatte und ihm nun jeweils neben das Original aus den Ordnern hielt. Nachdem sie alle Dokumente, nach Instrumenten geordnet, in drei Klarsichthüllen sortiert hatte, griff der Kommissar hastig die Papiere, klemmte sie unter seinen linken Arm und signalisierte den anderen Beamten mit einem energischen Kopfnicken, dass er abrücken wolle. »Ich denke, das wär's von uns aus für den Augenblick. Wir überlassen jetzt den Kollegen der SpuSi das Feld und werten erst einmal Ihre Aussagen und diese Dokumente aus. Wir werden sicher sehr bald wieder auf Sie zukommen. Halten Sie sich bitte zu unserer Verfügung.«

Als die drei Kommissare gerade aus dem Haus waren, trat Jana kurz in die offenstehende Tür zum Wohnzimmer, wo sich zwei Kriminaltechniker in weißen Ganzkörperanzügen zu schaffen machten. »Hallo, Kollegen! Braucht ihr die Buchbinders, während ihr hier das aufgeräumte Haus auf den Kopf stellt, alles durcheinander bringt und die schönen Möbel bepudert? Wenn nicht, würden wir sie mit zu uns nehmen. Dann werdet ihr hier nicht gestört und lauft gar nicht erst Gefahr, euch über verwischte und zertrampelte Spuren aufregen zu müssen. Wir wohnen übrigens direkt gegenüber. Nummer 22.«

»Macht das so«, murmelte ein Kriminaltechniker, der gerade unter dem Couchtisch herumkroch. »Wir kommen am besten alleine zurecht. Das weißt du doch.«

»Und wenn nicht, bitte bei Jäger & Hopp klingeln.« Zum Abschied hob sie kurz die Rechte und winkte zweimal.

Zuhause warf Jana als Erstes den italienischen Kaffeevollautomaten an, den sich Alex und sie kurz vor dem Beziehungscrash geleistet hatten. Dann öffnete sie eine weitere Flasche Canonnau. Alexander und die Buchbinders machten es sich im Wohnzimmer bequem. Barbara hatte sich inzwischen wieder einigermaßen beruhigt. Martin war ohnehin nicht besonders aufgeregt gewesen. Er war eher der nüchterne, emotionsarme Typ, der sich selten echauffierte. Vor allem nicht dann, wenn etwas passierte, das er weder verhindern noch ändern konnte. Wenn er sich bei einem Konzert böse verspielte, war das für ihn allerdings etwas völlig anderes. Das war allein seine eigene Schuld und er wurde stinkwütend auf sich selbst, was dazu führen konnte, dass er die Konzentration verlor und noch mehr Fehler machte.

Alexander sprach als Erster aus, was auch Jana am meisten bewegte. »Es kann doch kein Zufall sein, dass ausgerechnet an dem seltenen Abend, wo keiner von euch Fünfen daheim ist, die Instrumente geklaut werden.«

Jana, die gerade mit einem Tablett voll Kaffee, Rotwein, Tassen und Gläsern an den Tisch trat, nickte zustimmend. »Ist es auch ganz bestimmt nicht! Wer möchte Kaffee? Wer Wein? Und wer am liebsten beides?« Da jeder gerne alles haben wollte, verteilte sie die Getränke, ehe sie weitersprach. »Der Einbruch muss sorgfältig geplant worden sein. Hier waren Profis am Werk, nicht Junkies oder Gelegenheitsdiebe. Das erkennt man doch auf den ersten Blick.«

»Was aber bedeuten würde, dass irgend jemand aus unserem persönlichen Umfeld beteiligt sein müsste. Zumindest indirekt. Oder?« Martin Buchbinder erschrak selbst über diese Folgerung und trank erst einmal einen kräftigen Schluck Rotwein.

»Anders kann es gar nicht sein. Die Täter haben es nur auf eure wertvollen Instrumente abgesehen. Andere Wertgegenstände, selbst der herumliegende Schmuck und das Bargeld auf dem Tisch, haben sie offensichtlich nicht die Bohne interessiert. Vielleicht nur, weil sie unter Zeitdruck standen? Möglich. Aber in jedem Fall muss sie jemand detailliert instruiert haben, der den Wert der Musikinstrumente genau kannte«, erklärte Jana. »Und dieser Mensch wusste außerdem ganz genau, wann die Luft bei euch rein war, wie man am besten in das Haus kommt und wo die Instrumente gelagert wurden. «

Für Alexander Hopp klang das überzeugend. »Wer war denn darüber informiert, dass ihr heute Abend ausgegangen seid und die Bude sturmfrei war?«

»Meine Eltern natürlich. Die Kinder sind deshalb schließlich bei ihnen«, antwortete Barbara Buchbinder. »Und vielleicht ein Kollege aus dem Orchester. Man unterhält sich ja manchmal auch privat vor und nach den Proben oder in Konzertpausen.«

»Sonst niemand?«

»Kann sein, dass ich diese Woche mit der Putzfrau darüber gesprochen habe.« Barbara Buchbinder kratzte sich nachdenklich am Hinterkopf, zog die Augen zu Schlitzen zusammen und kaute auf ihrer Unterlippe herum. »Und wohl auch mit Moni. Wir haben vor ein paar Tagen mal wieder ausführlich telefoniert.«

»Wer ist denn Moni?«, fragte Hopp neugierig.

»Meine beste Freundin. Wir kennen uns schon ewig. Vor vielen Jahren haben wir mal kurz zusammengearbeitet.«

Jana waren diese Angaben zu unpräzise. »Wer genau aus dem Orchester wusste denn Bescheid? Und wer fällt euch sonst noch ein? Denkt bitte konzentriert nach. Das werden die Kollegen vom Einbruch-Diebstahl auch unbedingt wissen wollen, und zwar mit Namen und Anschriften und genauen Daten. Das kann für die Ermittlungen entscheidend sein.«

Hopp hob abwehrend beide Hände und schüttelte zweifelnd den blonden Schopf. »Mal langsam, Leute. Nicht jeder, der von eurem freien Abend wusste, kommt als Mittäter in Frage. Immerhin muss die Person den Wert der Instrumente kennen, einen Auftraggeber oder Abnehmer dafür haben, ebenso reichlich kriminelle Energie, und vor allem muss sie motiviert sein, euch zu schaden.«

»Stimmt, Alex«, gab Jana zu, »dieses destruktive Motiv ist bei Barbaras Eltern garantiert auszuschließen und bei ihrer besten Freundin wahrscheinlich auch. Trotzdem könnten Verwandte oder Bekannte die entscheidende Information weitergegeben haben. Vielleicht unabsichtlich, quasi aus Versehen.«

Barbara und Martin Buchbinder nippten beklommen an dem mittlerweile kalten Kaffee. Dass der Auftraggeber oder zumindest Informant für diesen Einbruch aus ihrem direkten privaten oder beruflichen Umfeld kommen musste, lag ihnen schwer im Magen.

Barbara Buchbinder stand auf und zupfte sich verlegen den verrutschten Rock zurecht. »Das ist gerade alles ein bisschen viel auf einmal. Ich gehe jetzt mal wieder rüber. Ich muss mich dringend hinlegen.«

Auch ihr Mann Martin erhob sich. Beruhigend legte er einen Arm um die Schultern seiner Frau. »Ich komme mit. Für heute habe ich auch genug von diesem beschissenen Thema. Jana wohnt ja Gott sei dank direkt gegenüber. Da dürfen wir später sicher noch einmal wiederkommen.«

Jana Jäger lächelte aufmunternd. »Natürlich dürft ihr das. Allerdings kann ich euch nur privat beraten, offiziell ermitteln darf ich nicht. Wie gesagt: Raub ist nicht mein Fachgebiet, unser Kommissariat ist nur für Mord und Totschlag zuständig. Und wie bissig die

Herren vom Einbruch-Diebstahl ihr Terrain verteidigen, habt ihr ja eben schon miterlebt.«

Müde fuhr Alexander Hopp in seinem alten Audi A4 Avant in sein derzeitiges Zuhause. Mittlerweile war es fast ein Uhr nachts. Der unerwartet lange und aufregende Abend hatte ihn mächtig geschlaucht – nicht nur der Wirbel um den spektakulären Einbruch bei der Musikerfamilie, sondern auch die Anspannung bei dem ersten Treffen mit Jana seit Monaten. Seit ihrer Trennung im Herbst waren sie sich aus dem Weg gegangen und einander nicht einmal zufällig bei einem beruflichen Termin oder einer privaten Einladung begegnet. Zu heftig war die Auseinandersetzung nach der Entführung der kleinen Maria Peroni gewesen. Das sechsjährige italienische Mädchen und seine Mutter Giulia waren anlässlich eines Treffens von Abgesandten der Partnerstädte der Gemeinde Wachtberg bei ihnen in der Wohnung im Ortsteil Pech zu Gast gewesen. Gleich am ersten Tag hatte Alexander die beiden Italienerinnen auf einem Ausflug ins Siebengebirge begleitet. Auf dem Drachenfels war das Kind dann urplötzlich verschwunden.

Einfach so.

Spurlos.

Alexander hatte sich schuldig gefühlt und tagelang nach ihr gesucht. Obwohl Jana, die in diesem Vermisstenfall offiziell ermittelte, ihn ausdrücklich davor gewarnt hatte, sich in die Arbeit der Polizei einzumischen. Mehrfach hatte sie ihn deutlich angezählt. Vergeblich. Unbeirrbar hatte Hopp recherchiert und das Kind tatsächlich wiedergefunden, was Jana allerdings keineswegs gnädig stimmte. Kompromisslos hatte sie eine Auszeit in ihrer Beziehung verlangt. Widerwillig musste Hopp dies akzeptieren. In der Not war er vorübergehend zu seinem Freund Otto Springer ins Gästezimmer gezogen. Seither kultivierten die beiden ihre Männer-WG. Das lässige Zusammenleben ohne Anstandsdame gefiel Hopp, zweifellos hatte es seine coolen Seiten. Denn Alexander und Otto akzeptierten sich vorbehaltlos so, wie sie waren, sie verstanden sich wortlos, ihre Welt war auch in Ordnung, wenn sie sich mal eine Zeit lang nichts zu sagen hatten.

Doch Jana fehlte ihm sehr.

Von Woche zu Woche mehr.

Er fuhr vorsichtig. Zwar waren es nur rund fünf Kilometer bis zu Ottos Wohnung im alten Teil von Schweinheim. Aber die Sicht war vernebelt, und die Pecher Landstraße bergab in Richtung Bad Godesberg hatte ein paar tückische langgezogene Kurven. Wer die zu schnell nahm, landete unversehens in der Böschung. Zudem verursachten Wildschweine, Hirsche und Rehe immer wieder schwere Unfälle auf dieser Strecke, wenn sie die Seite wechselten. Vor allem nachts.

Otto würde mittlerweile wohl längst schlafen. Er war nicht so ein Nachtmensch wie Alexander. Das war aber fast schon der einzige gravierende Unterschied zwischen ihnen, wenn man vom Äußeren absah. Während Alexander Hopp groß und breitschultrig war und auch durch seine dicken, dunkelblonden Locken auffiel, hatte Otto Springer die kräftige, gedrungene Figur eines Ringkämpfers und eine besonders hohe Stirn, wie Hopp gerne scherzhaft dessen Glatze nannte. Ansonsten waren sie quasi »ein Kopf und ein Arsch«, wie gemeinsame Freunde ihre ungewöhnliche Seelenverwandtschaft nannten. Beide waren ebenso engagierte wie erfolgreiche Reporter: Otto fotografierend und Alexander recherchierend und schreibend. In den letzten zehn Jahren hatten sie oft zusammengearbeitet und viele spektakuläre Geschichten veröffentlicht. Was für beide eine Win-win-Situation war. Alexander bekam zuverlässig erstklassige Bilder für seine Reportagen und Otto ein gutes Honorar. Exklusive Fotoproduktionen wurden noch einigermaßen anständig entlohnt. Für klassische Pressefotos zahlten Verlage nur ein paar lumpige Euro. Schwere Zeiten für Freiberufler in der Medienbranche.

Doch Alexander und Otto hatten auch viel Spaß miteinander. Sie besaßen einen sehr ähnlichen Humor, hatten zu allen wichtigen Fragen des Lebens die gleichen Ansichten und mochten gern gutes, deftiges Essen, kräftigen Rotwein und kühles Kölsch. Beide liebten ihre Hunde Elvis und Zappa. Und den 1. Fußballclub Köln – trotz einer nicht enden wollenden Serie von Enttäuschungen.

Gerne hätte er Otto sofort von dem ungewöhnlichen Instrumentenraub bei den Buchbinders erzählt; gehört, was er von dem Fall hielt; und mit ihm besprochen, wie sie die Sache gemeinsam angehen könnten. Aber wecken würde er den Freund dafür nicht. Wenn jemand unnötig seinen Schlaf störte, reagierte Otto leicht gereizt. Was übrigens eine weitere Gemeinsamkeit war – auch Alexander war ein talentierter und leidenschaftlicher Schläfer, der ungern geweckt wurde. Mochte ihm das neue Thema noch so sehr unter den Nägeln brennen, die Beratung mit seinem kongenialen Kumpel würde bis zum Frühstück warten müssen. Soviel Zeit musste sein.

Samstag

Normalerweise war Hopp vor den ersten beiden Tassen Kaffee des Tages alles andere als gesprächig. Er antwortete höchstens einsilbig, wenn er etwas gefragt wurde, ging nicht ans Telefon, und erst recht begann er keine Unterhaltung. Doch an diesem Morgen war das anders. Alexander konnte es kaum erwarten, dass Otto aus dem Bad kam. Er sprach ihn ungewöhnlich direkt an, als er in der Küche erschien, wo er bereits das Frühstück vorbereitete.

»Gut, dass du endlich wach bist, Otto. Ich muss dringend mit dir reden.«

Überrascht und irgendwie auch belustigt sah Springer ihn an.

»Was ist denn mit dir passiert? Haben dich gestern etwa die Frühlingsgefühle übermannt? Gibt es interessante Neuigkeiten? Bin ich meinen WG-Genossen bald wieder los? Du warst ja verdammt lange weg gestern.«

Springer grinste. Er war offensichtlich gut gelaunt.

»Ja und nein. Ja, es fühlt sich wieder besser an mit Jana. Und nein, es gibt noch nichts Konkretes zu vermelden. Aber ich bin gestern in einen interessanten Fall geraten.«

»In was denn? Etwa eine Story?«

»Ganz genau.«

»Geraten? Einfach so? Ist dir diese Geschichte in Janas beziehungsweise eurer Wohnung einfach vor die Füße gefallen?«

»Ja, quasi. Du kennst doch sicher die Musikerfamilie von schräg gegenüber?«

»Nicht persönlich. Nur aus euren Erzählungen.«

»Bei denen ist jedenfalls gestern Abend eingebrochen worden, als niemand daheim war. Ihre alten, angeblich ziemlich wertvollen Streichinstrumente sind geklaut worden. Ein Kontrabass und zwei Geigen. Und zwar nur diese drei Instrumente. Sonst nichts. Nicht mal Geld und Schmuck. So was lag mehr oder weniger offen herum.«

»Das gibt's ja nicht.«

»Doch, doch. Wenn ich es dir sage.« Alexander drehte sich abrupt vom Kühlschrank zu Otto um und verschüttete dabei etwas Kaffee aus seiner rot-weißen, mit Geißbock-Logo verzierten Effzeh-Tasse, die er zusammen mit ein paar Büchern, seinem Computer und den nötigsten Kleidungsstücken aus der Wohnung in Pech mitgebracht hatte.

»Glaube ich dir natürlich. Ich meinte eigentlich eher: Was es nicht alles gibt. So eine Geschichte habe ich ja noch nie gehört. Das ist auf jeden Fall ein superspannendes Thema für uns. Dem sollten wir sofort nachgehen.«

»Sehe ich auch so. Aber wie? Mit Musikinstrumenten habe ich im Leben noch nie zu tun gehabt. Beruflich sowieso nicht. Aber auch privat nicht. Ich habe noch nicht einmal als Kind Mundharmonika oder Blockflöte gespielt, wie die meisten meiner Mitschüler.«

Alexander trank von dem heißen, schwarzen Kaffee und sah Otto nachdenklich über den Rand der Henkeltasse an.

»Irgendwelche Ansätze und Kontakte gibt es immer. Lass uns mal überlegen, was und wer uns dazu auf Anhieb so einfällt.«

Otto Springer nahm nun seinen ersten Tee. Er liebte chinesischen Lapsang Souchong. Kaffee vertrug er morgens nicht.

»Jana muss ich außen vor lassen. Ihr darf ich nicht mal annähernd in die Quere kommen, sonst ist es ein für alle Mal vorbei mit unserer Romanze.« Alexander verzog zerknirscht das Gesicht, alleine der Gedanke daran machte ihm schwer zu schaffen.

»Ist mir klar, Alex. Vielleicht fällt dir ja ein Kollege ein, der sich irgendwann mit Instrumenten oder wertvollen Kunstgegenständen beschäftigt hat. Denk mal nach. Ich hatte vor Jahren mal mit einem Privatdetektiv zu tun, der sich auf geraubte Kunst spezialisiert hat. Vielleicht kennt der sich ja auch mit alten Geigen aus. Solche Stradivaris sind ja eigentlich auch richtige Kunstwerke, wenn man es genau nimmt. Oder er nennt uns einen Kollegen, der sich besonders um Instrumente kümmert.« Otto Springer dachte nach und kratzte sich am Hinterkopf. »Ich versuche den gleich mal anzurufen. Vielleicht kann er uns auf die Sprünge helfen.«

»Prima Idee, Otto. Mach das bitte. Und mir fällt gerade doch noch eine mögliche Quelle ein. Wenn ich mich recht erinnere, ist ein früherer Kollege als Pressefuzzi zum Offenbach-Orchester nach Köln gegangen. Der müsste zu unserem Thema eigentlich auch etwas erzählen können. Bei ihm werde ich mich einfach mal wieder melden. Aber vorher schaue ich erst nach, was das Internet so alles hergibt.«

Gerade hatte Alexander Hopp seinen Laptop am Küchentisch aufgeklappt, um ihn hochzufahren und mit der Recherche zu beginnen, da meldete sich sein Handy mit dem markanten Piano-Riff, das er vor einigen Tagen als neuen Klingelton ausgewählt hatte.

Jana rief an, völlig überraschend.

»Guten Morgen, Alex, hast du gut geschlafen?«

»Geht so einigermaßen, ich hatte schon viele bedeutend geruhsamere Nächte.«

»Wieso das denn? Etwa wegen mir?« Die Frage schien ernster gemeint, als sie sich anhörte.

»Ja. Auch. Natürlich. Unser Treffen hat mich schon ziemlich bewegt.« Alexander war sich nicht sicher, ob er jetzt ehrlich sein sollte und noch mehr von sich preisgeben. Jedes Wort konnte unter Umständen eines zu viel sein. »Aber auch der Einbruch bei den Buchbinders geht mir nicht aus dem Kopf. Die armen Leute. Was machen die denn jetzt? Ohne ihre Instrumente sind die doch komplett aufgeschmissen. Hoffentlich sind sie wenigstens gut versichert.«

»Da hast du recht. Aber ich weiß es nicht. Ich rufe dich auch nicht deshalb an.«

»Was hast du denn auf dem Herzen?«

»Zwei wichtige Dinge: erstens, wie wir zwei jetzt weitermachen. Der Trubel um den Einbruch hat uns gestern Abend ja komplett aus der Spur gebracht.«

»Stimmt, wir haben überhaupt nichts vereinbart«, antwortete Hopp verdutzt und fuhr sich mit der rechten Hand durch die dicken Locken.

»Und zweitens?«

»Habe ich in dem ganzen Tohuwabohu auch vergessen, dir zu erzählen, was mit Elvis los ist. Wie eigenartig er sich in letzter Zeit benimmt.«

»Was denn? Wie denn?« Alexander war plötzlich hellhörig.

»Seit einigen Wochen macht er komische Sperenzchen: Bellt hysterisch, wenn jemand durchs Treppenhaus geht; heult wie ein Wolf, wenn das Telefon klingelt; frisst nur unregelmäßig; beißt Sachen in der Wohnung kaputt. Von Tag zu Tag wird es schlimmer.«

»Wie bitte? So was hat er ja noch nie gemacht.«

»Eben, deshalb will ich ja mit dir darüber sprechen. Als ich euch beide gestern Abend bei der überschwänglichen Begrüßung beobachtet habe, ist mir klar geworden, was Elvis hat.«

»Und was?« Alexander saß förmlich auf der Leitung. »Spann mich doch nicht so auf die Folter.«

»Er verkraftet die Trennung nicht. Er vermisst dich. Er hat so eine Art Liebeskummer. Das wird es wahrscheinlich sein. Deshalb habe ich mir überlegt, dass du einstweilen, solange unser Verhältnis noch nicht richtig geklärt ist, regelmäßig herkommen könntest, um mit Elvis spazieren zu gehen. Damit ihr euch wenigstens wieder öfter sehen könnt. Was hältst du von der Idee? Wärst du dazu bereit?«

»Natürlich. Liebend gerne«, sagte Alexander wie aus der Pistole geschossen. »Mir fehlt dieser eigenwillige Köter doch auch.«

»So so, Köter – ist klar.« Jana konnte sich ihr Lachen nicht verkneifen. »Dann hole ihn dir, wann immer du willst. Gib mir nur kurz Bescheid. Du kannst mich gerne anrufen, aber eine SMS tut es natürlich auch.«

»Okay, mach ich. Und wie verbleiben wir in der ersten Angelegenheit? Also mit uns?« Alexander war erleichtert, dass ihm diese Frage noch rechtzeitig eingefallen war, ehe er das Gespräch beendete. Sonst hätte Jana vielleicht den Eindruck bekommen, der Hund wäre ihm wichtiger als sie.

»Wir sollten uns schnell wiedersehen. Direkt heute Abend zum Beispiel. Hättest du dann Zeit? Um 20 Uhr bei mir, beziehungsweise in unserer Wohnung«, sagte Jana mit sanfter Stimme, die Alexander bis tief in die Magengegend drang.

Er brauchte ein paar Minuten, um seine Gedanken zu ordnen und den Faden wiederzufinden. Direkte Kontakte zu Jana war Alexander kaum noch gewöhnt, entsprechend heftig wühlten sie ihn auf. Musste er sich jetzt auch noch um Elvis Gedanken machen? Alles zu seiner Zeit. Er würde den Hund so schnell wie möglich zum Gassigehen abholen. Am besten auch noch heute. Dann würde er ja sehen, was mit ihm los war.

Womit hatte er sich vor dem Telefonat noch beschäftigt? Instrumentenraub. Richtig. Dazu wollte er sich eigentlich gerade im World Wide Web schlau machen. Er staunte nicht schlecht: Die Suchmaschine listete mehrere Hundert Beiträge auf. Dieses Verbrechen war also nichts Außergewöhnliches, sondern kam seit vielen Jahren immer wieder vor. Im Schnitt mindestens einmal pro Woche.

Zu manchen Zeitenn sogar noch öfter. In den meisten Fällen wurden Instrumente allerdings nur spontan bei passender Gelegenheit geklaut. Zum Beispiel auf Reisen von Musikern mit dem Bus oder der Bahn, bei Probeterminen oder nach Aufführungen. Manchmal einfach aus einem geparkten, schlecht gesicherten Auto heraus, wenn zufällig jemand vorbeikam, der die Gelegenheit nutzte. Oder sie wurden bei Einbrüchen als Beifang mitgenommen, weil die Diebe vermuteten, dass die Geigen, Celli und Flöten gutes Geld bringen könnten. Ob es nun 5.000 oder 50.000 Euro sein würden, wussten die Ahnungslosen in der Regel nicht. Demnach existierte also keine eindeutig charakterisierbare und identifizierbare Täter-Zielgruppe.

Sicherlich wurden solche Zufallsdiebstähle meistens von blutigen Amateuren begangen, dachte Hopp, von stümperhaften Junkies, unbedarften Kleinkriminellen.

Bei den Buchbinders war der Hergang jedoch komplett anders gewesen. Da waren eindeutig Profis am Werk, die genau wussten, was sie klauen mussten und wann sie es am besten erledigen konnten. Solche Fälle musste es doch auch schon gegeben haben.

Also recherchierte er weiter und fand einen Artikel eines monatlich erscheinenden Wirtschaftsmagazins, der über großangelegte Einbrüche in Musikalienhandlungen berichtete. So waren in Süddeutschland erst kürzlich 70 Saxofone, Klarinetten und Querflöten aus einem Fachgeschäft geraubt worden. Anscheinend war diese Tat sehr gründlich vorbereitet worden. Die Einbrecher wussten exakt, wie viel Zeit sie zur Verfügung hatten, ehe der Alarm bei der Polizei einging. Innerhalb weniger Minuten schnappten sie sich gezielt die teuersten Blasinstrumente. Der Schaden war immens: Gut 200.000 Euro betrug der Verkaufswert der entwendeten Flöten, Trompeten und Saxophone.

Wie der spannende Bericht weiter ausführte, gab es einen florierenden schwarzen Markt für Instrumente, in dem professionelle Händler zwei verschiedene Rollen spielten – und gleich doppelt gekniffen sein konnten. Einerseits konnten sie Opfer eines Einbruchs werden und andererseits auch Geschädigter bei Ankäufen, wenn ihnen heiße Ware angedreht wurde und sie nicht hatten erkennen können, dass ein angebotenes Instrument gestohlen worden war.

Um dieses Problem aktiv zu bekämpfen, hatte der Verband der Musikfachhändler vor Jahren bereits eine spezielle Onlineplattform zur Registrierung geraubter Instrumente installiert: *instrumentenklau.de*. Auf dieser Web-Seite konnten sich Händler schnell und einfach ein Bild davon machen, ob ein interessantes Exemplar wirklich sauber war. Umgekehrt hatten aber auch Geschädigte dort unter Umständen die Chance, ihr gestohlenes Eigentum wiederzufinden.

Zwar war Hopp jetzt etwas schlauer, aber trotzdem kaum einen Schritt weiter. Diese Onlineplattform würde ihnen im Fall Buchbinder nicht helfen, dort würden der Bass und die Geigen von Martin und Barbara sicher nicht auftauchen. Ungeduldig wühlte er sich weiter durch das Internet. Dabei stieß er schnell auf ein alternatives Fahndungsinstrument. Denn auch die Profikünstler hatten sich für den gefürchteten Fall der Fälle gewappnet. Die Organisation der Orchestermusiker führte ebenfalls ein Verzeichnis entwendeter Instrumente. Dort wurden die Situationen und Abläufe der Diebstähle, soweit bekannt, geschildert und die gesuchten Stücke meist detailliert beschrieben: Art und Alter des Instruments, Name des Herstellers, optische Merkmale wie Holzmaserung, Lack und Verzierung oder Schäden wie Kratzer und Dellen. Wenn vorhanden, hatten die Eigentümer Fotos beigefügt.

Auch die meisten der dort annoncierten wertvolleren Instrumente waren bei zufälligen, günstigen Gelegenheiten erbeutet worden. Manche aber auch bei Einbrüchen in Häuser und Wohnungen, die dem planvollen Vorgehen bei den Buchbinders in Pech sehr ähnelten.

Fieberhaft klickte sich Hopp jetzt von Datei zu Datei, las Artikel für Artikel. Und wurde mehrfach fündig. Gezielte Einbrüche kamen nicht oft, aber durchaus immer wieder vor. Die Buchbinders waren also alles andere als ein spektakulärer Einzelfall. Die meisten Diebstähle besonders wertvoller Instrumente wurden anscheinend gut organisiert und professionell ausgeführt – wahrscheinlich im Auftrag wirtschaftlich potenter Liebhaber oder skrupelloser Hehler.

So langsam wurde es Zeit, mit einem Insider zu reden. Mit reiner Internetrecherche würde Hopp nicht vorankommen. Ihm fehlte fundiertes Fachwissen, um die Fülle der Informationen sinnvoll zu ordnen und vor allem deren Relevanz zu beurteilen. Kurz entschlossen wählte er die dienstliche Durchwahl von Jakob Stiller, dem Pressesprecher des Kölner Offenbach-Orchesters. Vielleicht war Stiller zufällig im Büro. Hopp kannte seine Marotte, samstags nach dem Frühstück gerne für ein paar Stunden ins Büro zu gehen, um in Ruhe liegengebliebene Arbeiten zu erledigen. Das hatte er vor Jahren schon gewohnheitsmäßig getan, als sie beide gemeinsam der Redaktion eines bedeutenden Wirtschaftsmagazins angehörten, Jakob als Fachredakteur für Kapitalanlagen aller Art, wozu hin und wieder auch Kunstwerke und Instrumente zählten, und Hopp als Reporter für die investigativen Themen. Direkt zusammengearbeitet hatten sie eigentlich nicht, soweit er sich erinnern konnte. Aber als Teamkollegen hatten sie sich gut verstanden, obwohl Jakob als Typ nicht Alexanders Fall war.

Dann war Jakob Stiller überraschend aus dem aktiven Journalismus ausgestiegen und hatte die Schreibtischseite gewechselt. Vier oder fünf Jahre musste das nun her sein, dass er den Orchesterjob angenommen hatte. Hopp hatte sich damals darüber gewundert. Nicht, dass Stiller der begnadete Journalist gewesen wäre, den die Welt vermissen würde. Aber er war ein ebenso kritischer wie streitbarer Geist, der aus seinem Herzen selten eine Mördergrube machte. Und das war wahrscheinlich nicht die allerbeste Voraussetzung, um als Sprachrohr überzeugend die Anliegen und Meinungen anderer Leute zu vertreten.

»Hallo Jakob. Wie geht es dir?« Schon beim zweiten Klingeln hatte Stiller das Gespräch angenommen. »Meine Stimme wirst du hoffentlich noch erkennen. Auch wenn ich mich eine Zeit lang nicht gemeldet habe.«

»Eine Zeit lang nicht? Du bist lustig, Alex. Wenn ich mich recht entsinne, hast du genau einmal bei mir angerufen, seitdem ich hier arbeite. Und zwar ganz am Anfang, um mir zu der neuen Stelle zu gratulieren. Also vor reichlich fünf Jahren. Chapeau, Herr Kollege!«

»Echt? So lange ist das schon her? Kam mir nicht so vor.«

Stiller lachte kurz gekünstelt auf, ehe er weitersprach. »So habe ich dich in Erinnerung: locker, freundlich, hemmungslos. Immer noch ganz der Alte. Du hast dich wirklich nicht verändert. Dass du dich nun nach all den Jahren aus heiterem Himmel bei mir meldest, wird sicher einen triftigen Grund haben. Was willst du, Alex?«

Eigentlich hatte Hopp vorgehabt, zum Warmwerden mit Jakob ein bisschen über alte Zeiten und ehemalige Kollegen zu tratschen. Aber das konnte er nun getrost vergessen. Stiller hatte ihm kurzerhand den Wind aus den Segeln genommen. Es wäre komplett unglaubwürdig, wenn er jetzt versuchen würde, mit Smalltalk weiterzumachen.

»Okay, Jakob, du hast mich durchschaut. Ich brauche deinen fachlichen Rat. Aber ehe wir uns mit meiner Sache beschäftigen, möchte ich schon noch wissen, wie es dir geht. Was macht deine Frau? Was deine Tochter?«

»Danke der Nachfrage, Alex. So weit ich weiß, geht es Madame bestens. Wir haben uns vor drei Jahren getrennt, seither sehe ich sie nur hin und wieder.«

»Oh, das tut mir leid, Jakob. Das wusste ich nicht.«

»Woher auch. Wir hatten schließlich keinen Kontakt. Aber mir ist die Trennung gut bekommen. Ich bin wieder mein eigener Herr. Und seither läuft es im Job. Die Arbeit ist interessant und macht Spaß. Ich habe den Wechsel noch keine einzige Sekunde bereut.«

»Und wie kommt deine Tochter mit der Situation zurecht?«

»Eigentlich gut. Klara verbringt jedes zweite Wochenende mit mir. Nur im Moment ist sie gerade etwas schwierig. Sie ist 14. Du weißt sicher, was das heißt: Pickel, Sex und schlechte Laune.«

»Klar, kann mich noch daran erinnern.« Alexander lachte herzhaft, obwohl seine Pubertät ihm ähnlich lange her erschien wie der Westfälische Friede.

»Wunderbar, dann hätten wir das ja auch geklärt. Aber jetzt spuck's endlich aus. Weshalb rufst du an? Worum geht's?«

»Unsere Nachbarn in Wachtberg-Pech sind professionelle Musiker. Soweit ich weiß, spielen beide in Bonn bei den Rheinischen Symphonikern. Gestern Abend ist bei ihnen eingebrochen worden. Dabei wurden der Kontrabass und zwei Geigen gestohlen.

Ziemlich wertvolle Instrumente. Offensichtlich ganz gezielt, denn ansonsten haben die Diebe nichts mitgenommen. Nicht einmal die neuen Handys und Tablets und die Schmuckstücke, die offen herumlagen. Was sagst du dazu?«

»Nicht zu fassen«, antwortete Stiller kurz angebunden.

Alexander Hopp ärgerte sich über diese nichtssagende, schnodderige Antwort, ließ es sich aber nicht anmerken. »Hast du sowas denn schon einmal erlebt? Oder hast du davon gehört?«

»Erlebt nicht. Aber gehört schon, natürlich. Sowas soll wohl hin und wieder mal vorkommen.«

»Wie erklärst du dir das denn? Ein solcher Einbruch braucht doch sehr detaillierte intime Kenntnisse über die Eigentümer. Zuallererst, dass bestimmte Musiker besonders seltene, teure Instrumente besitzen. Klar, das können eine Menge Leute wissen. Theoretisch jeder, sogar Fremde. Aber dann, wie die kostbaren Teile gesichert sind, wie man am besten und unauffällig ins Haus gelangt und vor allem, wann die Luft rein und niemand im Haus ist. Sowas wissen doch nur Menschen aus dem direkten Umfeld. Verwandte, Freunde und Kollegen.«

»Wahrscheinlich, aber Kollegen würde ich ausschließen. Da hat jeder sein eigenes, vertrautes Instrument. Wieso sollte ein Musiker einem anderen aus demselben Orchester das Instrument klauen? Wäre doch Wahnsinn. Völlig absurd!«

»Das halte ich auch für unwahrscheinlich.« Hopp schüttelte verständnislos den Kopf. Über die ausweichenden Antworten von Stiller und dessen immer mehr verängstigt klingende Stimme konnte er sich nur wundern. »Aber als Informant für einen gut organisierten, lukrativen Einbruch könnte ich mir schon einen vertrauten Kollegen vorstellen. Zum Beispiel einen mit überzogenem Konkurrenzdenken. Oder mit massiven finanziellen Problemen. Was verdient man denn eigentlich so als festangestellter Musiker in eurem Kölner Orchester?«

»Unterschiedlich. Das hängt von verschiedenen Faktoren ab. So wie in anderen Berufen auch.«

Langsam aber sicher gingen Hopp die zähen und schwammigen Antworten seines ehemaligen Kollegen richtig gegen den Strich. Was stellt der Blödmann sich denn so an, überlegte er. Kann er als offizieller Pressefritze nicht anders oder will er aus persönlichen Gründen nicht? Der benimmt sich ja fast, als hätte er Angst. Da stimmt doch was nicht.

Hopp ließ einige Sekunden verstreichen, ehe er gezielter nachfragte. »Nun komm, Jakob, das kann ja wohl kein Staatsgeheimnis sein. Sind es 3.000, 4.000 oder eher 5.000 Ocken? Oder sogar noch mehr.«

»Sowohl als auch, je nachdem, wie gut die Musiker sind, wie lange sie angestellt sind und welche Position sie im Orchester bekleiden. Der erfahrene Konzertmeister verdient natürlich erheblich mehr als die junge, vierte Geigerin.«

»Was du nicht sagst. Darauf wäre ich alleine niemals gekommen. Aber richtig reich werden die bei euch doch bestimmt nicht. Oder?«

»Nein, das nicht.« Stiller flüsterte nun fast, so als ob er seinem Namen alle Ehre machen wollte. »Aber Not leidet in unserem Orchester auch niemand. Glaube ich zumindest.«

»Glaubst du, aha. Dann schließt du also materielle Motive aus?«

Wieder zögerte Stiller mit seiner Antwort auffällig lange. Hopp konnte ihn förmlich am anderen Ende der Leitung nachdenken hören.

»Ja, definitiv. Aber nicht nur, weil die Musiker genug verdienen«, erklärte er schließlich, »sie ticken auch einfach anders. Materielles spielt bei ihnen eine untergeordnete Rolle. Ich habe bisher zumindest niemanden in dieser Szene kennengelernt, der geldgeil wäre oder bei dem man so etwas Vulgäres wie kriminelle Energie vermuten könnte.«

Hopp glaubte, sich verhört zu haben. Wollte der ehemalige Kollege jetzt tatsächlich versuchen ihm weiszumachen, Künstler seien quasi per se brave, ehrliche und absolut idealistische Menschen? Nicht zu fassen – hielt Stiller ihn für bescheuert?

»Was aber nicht heißt, dass es einen Kriminellen in euren Reihen gar nicht geben kann. Ausnahmen bestätigen bekanntlich die Regel«, antwortete Hopp bissig. »Außerdem arbeiten in einem Orchesterbetrieb ja auch nicht nur Musiker. Du bist schließlich selbst keiner.«

»Da hast du natürlich recht.« Jakob Stiller war nun kaum noch zu verstehen. »Aber ich glaube es trotzdem nicht, dass jemand aus den eigenen Reihen sich an so was beteiligt. Jetzt müssen wir nur langsam Schluss machen. Ich habe gleich einen wichtigen Termin. Schön, dass du dich gemeldet hast. Dann bis zum nächsten Mal. Tschüs, Alex.«

Frustriert starrte Alexander Hopp auf sein Telefon. Stille. Aus. Ende der Durchsage. Dieses Gespräch, wenn man das gerade Geschehene überhaupt als solches bezeichnen konnte, hatte ihn nicht einen Millimeter vorangebracht. Wenn er davon absah, dass sein Bauchgefühl ihm gerade flüsterte, in Jakobs Orchester oder seiner direkten Umgebung müsse etwas faul sein. Warum sonst sollte sich der ehemalige Kollege ihm gegenüber so defensiv und zugeknöpft verhalten? Daran, dass er sich vernachlässigt fühlte und sauer auf ihn war, konnte es eigentlich nicht liegen. Höchstens noch daran, dass er sein Orchester übereifrig vor schlechter Presse schützen und sich deshalb krampfhaft aus diesem problematischen Thema heraushalten wollte.

Hopp musste schnell einen plausiblen Ansatz finden. Dafür brauchte er Fakten, Fakten, Fakten. Seine bisherige Recherche in den Registern gestohlener Instrumente hatte ihm allerdings vor Augen geführt, das er nicht einmal die relevantesten Details über den Bass und die Geigen von Martin und Barbara Buchbinder kannte. Wie alt sie waren; aus welchen Werkstätten sie stammten; welche besonderen Merkmale sie hatten. Dass die Fideln aus Italien kamen und ziemlich wertvoll waren, hatte Barbara gestern Abend zwar gesagt. Aber wie hießen denn die Geigenbauer? Waren sie richtig berühmt und ihre Instrumente eher selten? Wie hoch war der Schaden ungefähr? Und hatten sie dafür überhaupt eine passende Versicherung? Besonders wichtig war natürlich auch, wie die Instrumente genau aussahen. Wie waren sie gefertigt und woran konnte man sie von anderen unterscheiden? Holzart, Farbton, Lackierung, Verzierungen, optische Macken? Fragen über Fragen, auf die er schnellstmöglich Antworten bekommen musste. Vielleicht nicht, um selbst den Fall zu lösen. Das war schließlich Sache der Polizei. Aber auf jeden Fall für die Geschichte, die er schreiben wollte. Dafür brauchte er unbedingt Futter. Er musste dringend noch einmal mit dem Musikerpaar reden.

Für einen gewöhnlichen Samstagmittag war ungewöhnlich viel Betrieb auf der L 158 von Bad Godesberg nach Pech. Solchen Betrieb kannte er nur von Nachmittagen während der Woche, wenn die Menschen von ihrer Arbeit in Bonn nach Hause in die westlichen Vororte bis tief in die Eifel fuhren. Vor dem Gut Marienforst staute sich sogar der Verkehr, weil mehrere Autos hintereinander nach links in Richtung Muffendorf abbiegen wollten. Sicherheitshalber hatte Hopp vor der Abfahrt bei den Buchbinders angerufen, um zu fragen, ob sie Zeit für einen spontanen Besuch hätten. Barbara und Martin würden also bestimmt auf ihn warten, auch wenn er sich ein wenig verspätete.

Mit jeder Kurve der Pecher Landstraße spürte Alexander Hopp deutlicher, wie sehr ihm mittlerweile dieser Ort und sein Zuhause in Wachtberg fehlten. Nicht gerade so sehr, wie er Jana vermisste. Aber er hätte nie und nimmer gedacht, dass ihm dieses Provinzmilieu derart viel bedeuten könnte. Diese 13, in einer, zugegeben, traumhaften Landschaft verstreuten Kuhdörfer. Jedes von ihnen völlig anders als die anderen und keines wirklich schön. Alle irgendwie spießig und trotzdem charmant. Mit ihrer speziellen Mischung aus landwirtschaftlich geprägten Ureinwohnern und wohlhabenden bis superreichen zugezogenen Neubürgern, zu denen einige richtig Prominente gehörten. Wie der langjährige Bundeskanzler Helmut Kohl, der hier einige Jahre lang seine diskrete Zweitwohnung hatte. Oder sein Außenminister Hans-Dietrich Genscher, der fast die komplette zweite Lebenshälfte in Pech verbracht hatte. Posthum wurde vor einigen Jahren das Schulzentrum der Gemeinde nach ihm benannt. Doch der berühmteste Einwohner dieses Dorfes mit dem fatal klingenden Namen war wahrscheinlich Dr. Hans Riegel gewesen, zumindest indirekt. Denn sein Gummibärchenimperium »Haribo« kannte wohl so ziemlich jeder. Weltweit.

Genau genommen, hatte Alexander Hopp sein ganzes Leben in irgendeinem Kaff verbracht. Aufgewachsen war er in einem alten idyllischen Dorf auf der gegenüberliegenden, der rechten Rheinseite. Hatte dort in den Rheinauen gespielt, ein angrenzendes Wäldchen erforscht, im Weiher schwimmen gelernt, auf der Straße gebolzt und mit seinen Kumpels auf Fahrrädern die Gegend unsicher gemacht. Als Erwachsener war er zwar mehrfach umgezogen, aber sogar in Großstädten wie Hamburg und München hatte er lieber ruhig und dörflich am Rande gewohnt. Dort fühlte er sich wohl. Das pulsierende Leben der riesigen Metropolen fand er zwar spannend; er mochte die lebendigen Kneipen und internationalen Restaurants, die schrillen Läden für alles und jedes, die Theater, Museen, Kinos und vielfältigen Freizeitangebote; das waren interessante Optionen, die er gerne nutzte – wenn ihm danach war. Wenn er Zeit und Lust dafür hatte. Aber nur dann. Er war nicht auf die Vielfalt der Vergnügungen angewiesen. Er konnte ohne das alles glücklich sein. Und dauerhaft leben konnte er in den großen Städten ohnehin nicht. Dort kam er nicht zur Ruhe.

Umso begeisterter war er gewesen, als er mit Jana auf einer Wellenlänge gelegen und vor fast sechs Jahren die schöne, helle Wohnung im beschaulichen Dorf Pech gefunden hatte. Gut geschnittene vier Zimmer, Küche, Bad, Balkon und ein gepflegter Garten, den sie gemeinsam mit ihren Hausnachbarn benutzen konnten. In ruhiger Umgebung mit wenig Verkehr. Mit den wichtigsten Geschäften in nächster Nähe. Für Hopp war es wie Urlaub, wenn er dort vom Balkon aus den weiten Blick auf das unvergleichliche Panorama des Siebengebirges genoss und dazu ein Feierabendbier trank, oder wenn er mit seinem Hund Elvis durch Felder, Wald und Wiesen in der Gegend spazierte. Nirgendwo anders fand er es schöner.

Gerade diese ungewöhnlich ruhige Wohnlage und die Attraktivität der Landschaft hatte in den vergangen Jahren viele Menschen in das Drachenfelser Ländchen gezogen, wie die Bewohner Wachtberg liebevoll nannten. Doch auch ihre Nähe zur Stadt Bonn machte die Landgemeinde für viele Zugezogene interessant. Besonders für alle, die in der früheren Hauptstadt ihre Brötchen verdienten: bei den dort verbliebenen Bundesbehörden, bei den Konzernen Deutsche Post und Telekom, oder bei der riesigen Rheinischen Friedrich-Wilhelms-Universität.

Auch menschlich hatte Hopp sich in Pech schnell eingelebt.

Die meisten Nachbarn waren freundlich und unaufdringlich – von wenigen Nervensägen einmal abgesehen. Man half einander, wenn es gewünscht wurde, und ließ einander ansonsten in Ruhe. Was ganz nach seinem Geschmack war. Er hasste es, aus irgendwelchen unsinnigen gesellschaftlichen Zwängen heraus die Zeit mit Unsympathen und Idioten vergeuden zu müssen. Und richtig viel Nähe ertrug er nur, wenn er sich die Leute selbst ausgesucht hatte und wirklich schätzte und mochte. Was leider nicht allzu oft vorkam, weil er ausgesprochen anspruchsvoll war. Bei den Buchbinders war das allerdings so. Diese Musikerfamilie im Haus schräg gegenüber hatte ihm auf Anhieb gefallen. Er Bassist und sie Geigerin bei den renommierten Rheinischen Symphonikern in Bonn. Interessante Persönlichkeiten. Auch ihre drei hübschen, pubertierenden Töchter spielten ein Instrument – Cello, Gitarre, Querflöte. Alle fünf waren ihm bisher immer als freundlich und fröhlich erschienen. Im letzten Sommer waren Alexander und Jana bei ihrer großen Gartenparty zu Gast, seither duzten sie sich mit Barbara und Martin.

Eine ihm unbekannte, stattliche Mitvierzigerin mit feuerrotem Haar öffnete Hopp bei den Buchbinders schwungvoll die Tür.

»Guten Tag! Ich bin –«

»Ich weiß, wer Sie sind«, sagte sie, Alexander couragiert das Wort abschneidend; sie drehte sich abrupt um und führte ihn in die geräumige bäuerliche Wohnküche, wo Barbara gerade die Arbeitsplatte wischte.

»Hallo, Alex. Schön, dass du da bist. Das ist übrigens Bianca, unsere unentbehrliche Haushaltshelferin. Wir müssen hier erst einmal gründlich sauber machen. Du glaubst gar nicht, welche Sauerei die Typen von der Spurensicherung mit ihrem Puderzeugs überall im Haus veranstaltet haben. Soll ich uns erst mal einen Kaffee machen? Oder möchtest du lieber etwas Kaltes trinken?«

Auf den ersten Blick wirkte Barbara wieder eindeutig entspannter als am Vorabend. Die Frau war kaum wiederzuerkennen.

»Ein schwarzer Kaffee wäre prima, Barbara«, bedankte sich Hopp, »damit redet es sich bestimmt leichter. Ich habe nämlich einige Fragen. Das Gespräch könnte also etwas dauern.«

»Kein Problem. Wir haben heute nichts Besonderes mehr vor. Ich rufe kurz noch Martin dazu, der ist oben im Arbeitszimmer. Dann können wir loslegen.«

Wie Barbara machte auch Martin Buchbinder einen lockeren und fast gut gelaunten Eindruck. Allerdings hatte ihm der Einbruch ja schon gestern Abend merklich weniger zu schaffen gemacht als seiner Frau.

»Guten Tag, Martin. Danke, dass ihr so spontan Zeit für mich habt. Im Grunde gibt es zwei wichtige Themen, die ich mit euch besprechen möchte: erstens die Situation in eurem Orchester und die Beziehung zu den Kollegen. Damit wir vielleicht einen Hinweis darauf finden, wer euch verraten haben könnte. Und zweitens natürlich alles Wissenswerte über die gestohlenen Instrumente. Ist das in Ordnung für euch?«

Martin Buchbinder zuckte Zustimmung signalisierend mit beiden Schultern. »Ja klar, wenn es der Sache dient. Wenn das die

Chance erhöht, die Instrumente wiederzufinden und die Täter zu schnappen. Schieß einfach mal los.«

»Wieviele Personen seid ihr eigentlich im Orchester, Martin?«

»So um die 80 Musiker. Die genaue Zahl weiß ich im Moment gar nicht. Hinzu kommen natürlich noch eine Handvoll Leute aus der Verwaltung.«

»Und habt ihr da mit allen Kollegen gleich viel zu tun?«

Barbara schüttelte entschieden den Kopf. »Nein. Natürlich nicht. Wir kennen zwar jeden Musiker im Orchester. Aber nicht alle gleich gut. Mit den einen Kollegen redet man halt mehr und mit den anderen weniger, mit manchen sogar so gut wie gar nicht. Zum Beispiel mit den Mitarbeitern vom Management. Die sehen wir selten, und wir kennen von ihnen auch kaum jemanden. Das ist bei uns genauso wie in jedem anderen größeren mittelständischen Betrieb.«

»Mit wie vielen unterhaltet ihr denn intensivere persönliche Kontakte? Beziehungsweise, mit wem sprecht ihr auch offen über private Dinge?«

»Das sind nur ganz, ganz wenige«, antwortete nun wieder Martin. »Vielleicht vier oder fünf Kollegen insgesamt. Ich kenne den Paukisten mittlerweile ziemlich gut und er mich umgekehrt eben auch. Markus heißt er, Markus Gruber, kommt aus Bayern, lebt aber schon einige Zeit hier im Rheinland. Ein ziemlich besonnener und zuverlässiger Typ. Wir sind fast Freunde, gehen oft zusammen in die Pause. Da reden wir auch manchmal über private Sachen, ist ja klar. Meine Frau ist etwas kontaktfreudiger als ich. Aber mehr als drei Mitglieder aus dem Orchester, mit denen sie freundschaftlichen Umgang pflegt, fallen mir auf Anhieb auch nicht ein. Oder, Barbara?«

»Das stimmt. Mehr gibt es tatsächlich auch nicht. Die zweite Geigerin mag ich sehr gerne, Johanna. Und den Querflötisten Paul auch. Wir unterhalten uns ziemlich offen über alles und jedes. Mit dem neuen Cellisten habe ich zuletzt ein- oder zweimal einen Kaffee getrunken. Der scheint ein guter Typ zu sein, wir werden sehen.« Barbara dachte kurz nach. »Das war's dann auch schon an privateren Kontakten im Ensemble.«

»War denn von diesen Leuten bereits irgendwer hier bei euch im Haus?« Gespannt sah Alexander Hopp das Ehepaar an, denn die Antwort auf diese Frage konnte entscheidend sein. »Jemand, der oder die zum Beispiel auch weiß, wo die Instrumente aufbewahrt werden? Und vor allem wissen konnte, dass Freitagabend niemand daheim sein würde?«

Beide dachten konzentriert nach. »Mein Paukistenkumpel war schon öfter bei Geburtstagen und zum Grillen hier«, sagte Martin Buchbinder. »Von Barbaras Kontakten fällt mir auf Anhieb nur Johanna ein, die Geigerin. Kieselheger heißt sie mit Nachnamen. Die müsste dir beim letzten Sommerfest eigentlich aufgefallen sein.«

»Wieso das denn, Martin?«

»Sie fällt einfach jedem Mann auf. Relativ klein, blond, schulterlanges Haar, quirlig, sehr attraktiv. Ein fröhliches Küstenkind. Sie war damals besonders gut drauf, weil unsere Party am 20. Juli war – ihrem Geburtstag.«

Alexander erinnerte sich an einzelne Bilder von diesem Fest. Es war ein sehr launiger Sommerabend: wunderbares Wetter, leckeres Essen, kühle Getränke, nette Leute, fröhliche Kinder, prächtige Stimmung. Plötzlich entsann er sich auch wieder dieser temperamentvollen, sehr sportlich aussehenden, schönen Blondine, die quasi die ganze Zeit gelacht, sich mit fast allen Gästen unterhalten und mit einigen Kerlen sogar hemmungslos geflirtet hatte, wobei sie eine sehr bildhafte Körpersprache eingesetzt hatte. Mit ihm hatte sie allerdings nicht direkt geredet. Wieso eigentlich? Mangels Gelegenheit? Oder weil er sie nicht interessierte? Trotzdem war es ihm fast unmöglich, sich nicht an sie zu erinnern. Er hatte sie ausgesprochen reizend gefunden, damals. Vielleicht sollte er sich demnächst auch mit ihr auf einen Kaffee verabreden. Wer weiß, was sie so aus dem Innenleben des Orchesters zu berichten hätte. Schade konnte ein Treffen mit ihr sicherlich nicht. Bei Gelegenheit würde er sich von Barbara Buchbinder die Handynummer dieser Johanna geben lassen.

»Das stimmt«, ergänzte Barbara Buchbinder und holte Hopp schlagartig wieder in das Gespräch zurück. »Außer dem Paukisten und der Geigerin war bisher niemand aus dem Orchester bei uns zuhause.«

»Und die konnten beide wissen, dass gestern bei euch sturmfreie Bude war?«

»Theoretisch schon. Warum sollte ich einer befreundeten Kollegin gegenüber ein Geheimnis daraus machen? Allerdings bin ich mir hundertprozentig sicher, dass ich diese Woche nicht mit Johanna darüber gesprochen habe.«

»Das hat sich gestern Abend aber etwas anders angehört, wenn ich mich recht erinnere?«

»Mag sein. Gestern Abend war ich auch extrem gestresst. Seither habe ich aber intensiv darüber nachgedacht. Warum auch immer ich es Johanna nicht erzählt habe, kann ich nicht sagen. Auf jeden Fall habe ich es nicht getan.«

»Was ist mit den beiden anderen, Barbara? Mit dem Querflötisten und dem Cellisten?«

»Nein, die auch nicht. Paul war die ganze Woche über krank. Und mit dem neuen Cellisten habe ich die letzten Tage nur wenig geredet. Keine Ahnung, weshalb. Beide konnten das echt nicht wissen. Da bin ich mir ganz, ganz sicher. «

»Und dein Freund der Pauke, Martin? Wusste der denn Bescheid?«

»Nein. Definitiv nicht. Ich hätte Markus das schon erzählt, wenn es die Gelegenheit dazu gegeben hätte. Aber wir haben uns die letzten Tage kaum gesehen. Und dass die Mädels an unserem freien Freitagabend bei den Großeltern in Köln sein würden, hat sich auch erst kurzfristig am Dienstag oder Mittwoch ergeben.«

Für den Moment wussten alle drei nicht weiter, gingen in sich und nippten an ihren Kaffees, die längst kalt geworden waren.

Hopp hatte auf eine erste konkrete Spur gehofft. Doch die Antworten von Barbara und Martin ergaben keinen Anhaltspunkt. Erwartungsvoll sahen ihn die Buchbinders an.

Alexander unterbrach das bedrückende Schweigen. »Also habt ihr nicht den Hauch einer Ahnung, wer die Einbrecher instruiert haben könnte? Kommt ihr denn mit allen Kollegen gut aus? Oder habt ihr mit jemandem Ärger? Sowas soll ja unter Kollegen der besten Firmen durchaus vorkommen.«

»Wenn wir das wüssten oder wenn wir auch nur den geringsten Verdacht hätten, würden wir dir und der Polizei das doch direkt sagen«, antwortete Barbara Buchbinder zerknirscht. »Die Atmosphäre im Orchester ist entspannt, freundlich und sehr kollegial. Wirklich! Das ist kein Schmus. Natürlich kann ich nicht für jedes Mitglied die Hand ins Feuer legen. Aber mir fällt partout niemand ein, der uns übel gesinnt wäre oder Grund hätte, uns schaden zu wollen. Die vier befreundeten Musiker, über die wir eben gesprochen haben, sowieso nicht. Absolut sicher.«

Alexander Hopp sah ein, dass er über die kollegialen Verhältnisse der Buchbinders für den Moment wohl kaum mehr erfahren würde. Also wechselte er das Thema.

»Was könnt ihr mir denn über die Instrumente sagen? Wie alt sind sie? Woher stammen sie? Und wer hat sie gebaut?«

Diese einfachen Faktenfragen schienen Barbara Buchbinder nun sichtlich zu erleichtern. »Zwei sind aus Italien. Meine beste Geige stammt aus der berühmten Meisterwerkstatt von Giovanni Battista Guadagnini in Turin und ist Jahrgang 1770, stolze 250 Jahre alt. Martins Kontrabass wurde von dem Mailänder Geigenbauer Carlo Antonio Testore gefertigt, so etwa um das Jahr 1750. Meine zweite Geige ist allerdings deutlich jünger und stammt aus einer zeitgenössischen flämischen Meistermanufaktur«, sprudelte es förmlich aus der Musikerin heraus.

»Guadagnini? Testore? Nie gehört. Die Namen sagen mir absolut nichts.« Hopp verzog den Mund zur Schnute und zuckte beide Schultern.

Barbara lächelte nachsichtig. »Das dürfte den meisten so gehen, die nichts mit konzertanter Musik zu tun haben. Fachleute werden bei diesen Namen allerdings hellhörig. Die Leute kennen halt nur Stradivari. Dabei gibt es Dutzende alte Meister, deren Violinen, Bratschen oder Celli heute ein Vermögen wert sind. Ceruti, Guarneri, Rivolta, Storioni oder Vuillaume zum Beispiel.«

»Wie sehen eure Instrumente denn aus? Woran kann man sie gut wiedererkennen?«

»Mein Bass von Testore hat klassisches 4/4-Format und ist natürlich nur aus Edelhölzern gefertigt: die Decke aus Birne und der Rumpf aus Pappel. Der Lack ist wie bei fast allen Testore-Arbeiten goldgelb und spielt stellenweise ins Bräunliche. Ganz sicher erkennt man ihn aber an einer typischen Brandmarke. Die hat Testore immer innen auf dem Boden über dem Zettel und außen auf dem Bodenplättchen angebracht. Sie zeigt in einem Kreis seine Initialen C.A.T. und darüber einen Doppeladler. Vor allem aber verfügt der Bass über eine ungewöhnliche Tonfülle.« Martin Buchbinders stockte kurz und lächelte. »Um das festzustellen, müsste man ihn natürlich hören.« Wehmütig dachte er an dieses Meisterinstrument, das ihm sehr vertraut war. Hatte er es für immer verloren?

»Und meine Guadagnini-Geige hat auch einen unverwechselbar brillanten, fast gläsernen Klang. Bis auf den Hals ist sie aus Kirschholz gemacht, das zartrot schimmert. Sie ist ungewöhnlich schlank geschnitten und ohne jede Verzierung. Was aber am wichtigsten ist: Sie hat keinerlei Schäden, nicht einmal optische Macken wie kleine Kratzer oder so was. Das klingt jetzt für dich bestimmt wie Böhmische Dörfer, Alex, die du dir nur schwer vorstellen kannst. Das musst du aber auch nicht. Wir haben präzise Unterlagen über unsere Instrumente. Auch einige gute Fotos. Die haben wir der Polizei ja gestern schon mitgegeben. Brauchst du die etwa auch?«

Hopp nickte. »Klar. Die würden mir bestimmt helfen.«

»Ich kopiere gleich noch einmal alles, kein Problem.«

»Jetzt mal Butter bei die Fische.« Hopp war bewusst, dass seine nächste Frage delikat war. »Wie wertvoll sind die euch geklauten Instrumente denn?«

Wider Erwarten verzogen weder Barbara noch Martin Buchbinder eine Miene.

»Sehr wertvoll, besonders die beiden alten Italiener«, antwortete Barbara. »Anerkannte Gutachten haben den Bass von Testore vor einigen Jahren auf rund 120.000 Euro taxiert, und meine Guadagnini-Geige aus dem späten 18. Jahrhundert sogar auf gut 250.000 Euro. Heute würden sie auf Versteigerungen vermutlich mindestens das Doppelte erzielen, die Geige wahrscheinlich sogar noch mehr.«

»Wie bitte?« Hopp war ehrlich überrascht. Dass es bei den Instrumenten um eine Menge Geld ging, war ihm schon klar. Sonst hätten sich die Diebe nicht die Mühe gemacht, in ein fremdes Haus einzusteigen und das Sicherheitsschloss des Schranks aufzubrechen. Mit solchen Wahnsinnspreisen hatte er allerdings nicht gerechnet. Für ihn war es einfach irre, solche Unsummen für quietschende alte Holzschachteln auszugeben. Was, wenn die in Brand gerieten? Dann wäre der ganze Wert in wenigen Minuten vernichtet. »Ich will euch wirklich nicht kränken. Aber wie könnt ihr euch denn so teure Instrumente leisten?«

»Gar nicht«, erklärte Martin Buchbinder kurz und knapp. »Barbaras Geige und mein Bass von Testore sind Dauerleihgaben. Die Geige hat Barbara ein spezieller Instrumentenfonds des Landes Nordrhein-Westfalen zur Verfügung gestellt und meinen Bass habe ich von der Musikstiftung der Landesbank bekommen.«

»Wie das denn?« Hopp war weiterhin baff.

»Hierzulande ist es durchaus üblich, dass öffentliche Einrichtungen und große Unternehmen die Instrumente kaufen und an professionelle Spitzenmusiker verleihen. Nur die flämische Geige gehört Barbara, beziehungsweise uns. Da haben wir vor einigen Jahren bei einer Auktion ein Schnäppchen gemacht. Heute könnten wir sie wahrscheinlich auch nicht mehr bezahlen.«

»Was meinst du mit üblich? Was muss ich mir darunter vorstellen?«

»Es gibt diverse solcher Fonds und Stiftungen. Meines Wissens sogar europaweit drei gewerbliche Unternehmen, die Privatiers wertvolle Instrumente als Kapitalanlage besorgen. Und auf Wunsch zusätzlich auch den Kontakt zwischen Mäzen und Musiker vermitteln. Insgesamt dürften es bestimmt mehrere Tausend Instrumente sein, die als Dauerleihgaben gespielt werden.«

»Mehrere Tausend? Wie kann das sein?« Alexander kam aus dem Staunen gar nicht mehr heraus. Eine völlig neue, fremde Welt tat sich gerade vor ihm auf.

»Na ja, allein der Instrumentenfonds der Bundesrepublik besitzt rund 250 wertvolle Exemplare. Jahr für Jahr werden neue vergeben, meist im Rahmen von Wettbewerben. Daran beteiligen sich auch schon ganz junge Nachwuchstalente, die zuvor *Jugend musiziert* oder andere wichtige Ausscheidungen gewonnen haben. Einige von ihnen sind noch Kinder.« Barbara Buchbinder war nun in ihrem Element. Als professionelle Geigerin und Mutter von drei musizierenden Töchtern begeisterte sie dieses Thema unverkennbar. »Beim letzten Wettbewerb in Hamburg sind 60 junge Musiker angetreten. Jeder hatte zwanzig Minuten Zeit, ein besonders anspruchsvolles Stück zu spielen. Der jüngste Sieger war gerade dreizehn Jahre alt.«

»Donnerwetter. Sehr beeindruckend und auch gut zu wissen. Auch wenn uns das aktuell wohl kaum weiter hilft«, meinte Hopp und bremste den Redefluss von Barbara Buchfinder sanft aus. »Eine wichtige Frage hätte ich allerdings noch. Wisst ihr etwas über ähnliche Fälle? Oder kennt ihr sogar einen anderen Kollegen, dessen Instrument gestohlen worden ist?«

Martin Buchbinder nickte mehrmals energisch. »Natürlich. Denn das passiert leider alle Jahre wieder. Es ist noch gar nicht so lange her, dass es einen Cellisten erwischt hat, der früher einmal mit uns zusammen im Orchester gespielt hat. Er heißt Uwe Haas und wohnt hier in der Nähe. In Remagen, direkt am Rhein. Ich gebe dir gerne Adresse und Telefonnummer. Vielleicht kann er dir ja weiterhelfen.«

Nachdenklich überquerte Alexander Hopp die Straße. Hatte das Gespräch mit den Buchbinders ihm irgendetwas Verwertbares gebracht? Er wusste jetzt eine Menge über wertvolle alte Streichinstrumente. Und über Organisationen und Unternehmen und reiche Privatiers, die sie vielversprechenden Musikern zur Verfügung stellten. Das war interessant und bot einiges Futter für einen Artikel. Aber war das wirklich genug? Konnte das auch bei der Suche nach dem Diebesgut nützlich sein? Konnte dieses Wissen ihn oder die Polizei auf eine zielführende Spur bringen? Er glaubte es nicht. Trotzdem wollte er diesen Informationen weiter nachgehen. In jedem Fall würde er möglichst noch heute zu diesem Cellisten nach Remagen fahren. Vielleicht war ein Gespräch mit diesem Mann ja ergiebiger.

Schon als er seinen Schlüssel in das Schloss der Wohnungstür steckte, hörte er, wie Elvis drinnen aufgeregt jaulend in den Flur gerannt kam. Der Hund hatte offenbar seinen Schritt erkannt und seinen Geruch gewittert. Kaum hatte Hopp die Tür geöffnet, fiel der braune Labrador über ihn her. Er sprang an ihm hoch, streckte sich lang, legte beide Vorderpfoten auf seine Schultern und leckte ihn liebevoll am Hals. Fast so wie gestern Abend. Dann lief er wie von Sinnen ein paar Meter zurück ins Wohnzimmer, bremste auf allen vier Pfoten, drehte sich abrupt um, stürmte wieder auf ihn zu, steckte den Kopf zwischen seine Beine und ließ sich schwanzwedelnd kraulen. Dieses Spektakel wiederholte er mehrmals, bis Alexander zur Garderobe ging und die Leine für den Spaziergang nahm. Ohne vorheriges Kommando setzte sich Elvis, um sich anleinen zu lassen. Bester Laune verließen Herr und Hund das Haus.

Seinen Wagen stellte Hopp auf den Parkplatz Am Hümerich, der neben dem kleinen Waldstadion des Fußballvereins SV Wachtberg in Berkum lag, direkt gegenüber der Kugel. So nannten die Wachtberger das riesengroße, die Landschaft dominierende, ballonartige weiße Gebäude des Fraunhofer-Instituts für Hochfrequenzphysik und Radartechnik. Hopp hatte diese aufwendig gesicherte Forschungsstation noch nie von innen gesehen, obwohl er es schon seit Längerem vorhatte. Warum er noch nicht dort gewesen war, wusste er nicht zu sagen. Denn eigentlich interessierte es ihn sehr, was drinnen konkret gemacht wurde und wie das alles so funktionierte. Er war sich zwar nicht sicher, dass er die Zusammenhänge wirklich kapieren würde, denn Naturwissenschaften waren noch nie sein Ding gewesen. Vielleicht könnte er aber trotzdem eine Geschichte über diese weltbekannte Einrichtung schreiben.

Hinter der weißen Kugel, in der seinem bescheidenen Halbwissen nach permanent das All nach Objekten aller Art durchsucht und wichtige Raumfahrtmissionen unterstützt wurden, lagen weite Felder und ausgedehnte Obstplantagen, durch die er gerne mit seinem Hund spazieren ging. Bei gutem Wetter hatte man einen traumhaften Blick über sanft geschwungene Täler und auf bewaldete Berge bis weit in die angrenzende Eifel, einen Blick, der ihn immer wieder faszinierte und manchmal sogar inspirierte. Diesmal allerdings nicht. Diese Instrumentensache ging ihm einfach nicht aus dem Kopf. Er blickte nicht annähernd durch – und das behagte ihm absolut nicht. Was brauchte er als nächstes, um der Lösung des Falles wenigstens ein bisschen näher zu kommen? Bestimmt keine Hintergrundinfos mehr, sondern eher Namen, Namen und noch einmal Namen. Konkrete Hinweise auf weitere Personen, die mit derartigen Diebstählen konfrontiert worden waren, an denen er dann eine vertiefende Recherche ansetzten konnte. Am besten wäre es natürlich, wenn der Cellist seinerzeit jemanden im Verdacht gehabt hätte. Aber erst einmal musste der Mann überhaupt mit ihm reden.

Während Elvis aufmerksam die Ränder des Weges zwischen einer Apfelplantage und einem Erdbeerfeld beschnupperte, versuchte Hopp den Musiker per Handy zu erreichen. Unerwartet ging er sofort an sein Telefon. Und noch überraschender war er bereit, sich spontan mit ihm zu treffen. In rund einer guten Stunde könne er bei ihm sein, erklärte ihm Hopp. Herr Haas war einverstanden und nannte ihm seine Anschrift.

Samstagnachmittag

M an kann gar nicht vorsichtig genug sein. Trotzdem kommt es leider immer wieder vor«, sagte Uwe Haas als Erstes, nachdem er Alexander Hopp in seine kleine, gemütliche Wohnung in Remagen geführt hatte. Dann wechselte er sofort das Thema. »Entschuldigen Sie, dass ich direkt in medias res gehe. Aber darf ich Ihnen zuerst etwas anbieten? Einen Kaffee vielleicht? Oder etwas Kaltes? Ich habe Mineralwasser mit Sprudel und Apfelsaft im Kühlschrank.«

»Gerne beides, wenn das nicht zu viel verlangt ist.« Hopp kamen nach der ausgiebigen Hunderunde ein heißer Wachmacher und eine kalte Erfrischung zum Nachspülen wie gerufen.

Haas brachte Hopp die Getränke. Dann nahmen beide übereck auf der Bank am Küchenfenster Platz.

Der Musiker war vor beinahe drei Jahren ausgeraubt worden. Die Beute: seine beiden sündhaft teuren Celli. Nichts anderes. Weder Geld, das ungesichert in einem Schrank gelegen hatte, noch die relativ neuen, hochwertigen elektronische Geräte. Wie sich die Bilder glichen – die Täter waren exakt genauso vorgegangen wie bei den Buchbinders.

»Vergangene Woche habe ich noch in einer Zeitung gelesen, dass dem weltberühmten Ersten Cellisten der Los Angeles Opera das Cello geklaut wurde. Aus seinem Hotelzimmer. Offensichtlich auch ganz gezielt.« Uwe Haas wirkte fast amüsiert und schaute verträumt durch das Fenster auf die Ruine der berühmten Rheinbrücke. »Keine Ahnung, was dieses 300 Jahre alte italienische Prachtexemplar wert war oder ist. Sicher eine siebenstellige Summe. Angeblich soll er es kurz darauf wiederbekommen haben. Keine Ahnung, wie. Ich bin nicht einmal sicher, ob das überhaupt stimmt. Wenn ja, hat er riesiges Glück gehabt. Meistens passiert das nämlich nicht. Zumindest bei den richtig teuren Instrumenten nicht.«

»Wie ist die Sache denn bei Ihnen abgelaufen, Herr Haas? Wieso konnten die Diebe ungehindert in die Wohnung kommen? Und war es überhaupt hier? Oder haben Sie damals vielleicht noch woanders gelebt?«

»Nein, nein. Es war diese Wohnung. Wir, meine damalige Lebensgefährtin und ich, waren nicht zu Hause. Ich hatte ausnahmsweise einen Abend spielfrei und wir wollten nach langer Zeit mal wieder ins Kino gehen.«

Hopp pfiff leise durch die Zähne. Die Doublette wurde immer ebenmäßiger. Denn auch diese Situation war absolut identisch mit der bei Barbara und Martin Buchbinder. Es musste auch im Fall von Haas eine vertraute Person im Umfeld gegeben haben, die einerseits von dem freien Abend wusste und andererseits genug kriminelle Energie hatte, den Kollegen oder Freund zu verraten. Eventuell sogar dieselbe?

»Die Diebe sind ganz einfach von hinten über den Balkon eingestiegen, haben die Instrumente genommen, und fertig. Das kann höchstens fünf Minuten gedauert haben. Wenn überhaupt so lange.«

»Sie sagen: die Diebe. Wieso wissen Sie denn, dass es mehrere waren?«

»Das ist ziemlich sicher. Zwei Celli gleichzeitig zu tragen, ist sehr schwierig. Sie auch noch alleine über diesen Balkon abzutransportieren, so gut wie unmöglich. Außerdem bestünde dabei die große Gefahr, dass die Instrumente beschädigt werden könnten. Was wohl kaum im Interesse ihrer Auftraggeber liegen konnte. Und dem der Diebe natürlich auch nicht. Die Polizei ging jedenfalls von zwei Tätern aus.«

»Waren das eigentlich Ihre eigenen Celli? Oder wem gehörten sie?«

»Mein Zweitinstrument besaß ich schon beinahe dreißig Jahre. Damals hatte ich es günstig von einer pensionierten Musikdozentin kaufen können. Heute wäre das für mich komplett unmöglich. Mein Spitzencello, ein seltenes Exemplar von Guarneri, habe ich über die Capital-Sound-AG bekommen. Das ist ein hochspezialisiertes Unternehmen, das Geldgeber mit wertvollen Instrumenten und geeigneten Künstlern zusammenbringt. Übrigens sitzt diese Firma hier schräg gegenüber auf der anderen Rheinseite. In Bad Honnef.«

»Interessant. Von solchen Spezialfirmen habe ich gestern das erste Mal gehört. Vielleicht sollte ich auch mal bei dieser Capital-Sound vorsprechen.«

Hopp überlegte kurz, in welche Richtung er das Gespräch nun steuern sollte. Er war sich nicht sicher, ob die Herkunft der Instrumente ihn noch weiter interessieren müsste, oder ob er direkt zum heiklen Teil seiner Befragung übergehen sollte. »In welchem Orchester spielen Sie eigentlich derzeit, und wo waren Sie seinerzeit engagiert?«

»Damals war ich schon beim Kölner Offenbach-Orchester. Vorher habe ich lange in Bonn bei den Rheinischen Symphonikern gespielt. Übrigens zusammen mit Barbara und Martin Buchbinder, die Sie ja zu mir geschickt haben.«

Vor drei Jahren, als sich der Einbruch bei Uwe Haas ereignete, war Jakob Stiller längst Pressesprecher des Offenbach-Orchesters. Er kannte Haas also als Mitglied des eigenen Ensembles und musste deshalb zweifellos vom Diebstahl der zwei wertvollen Celli wissen. Hatte er sich beim Telefonat nur nicht sofort daran erinnern können? Oder hatte er ganz bewusst gelogen? Dem würde Hopp energisch nachgehen. Diese Fragen müsste er dringend klären. Allerdings musste er sich hüten, die Angelegenheit vorschnell überzubewerten. Stiller war zwar ein schräger Vogel, extrem auf seine Außenwirkung bedacht, und er machte gerne einen auf dicke Hose. Aber kriminell? In organisierte, schwere Straftaten verwickelt? Das traute Alexander Hopp ihm doch nicht zu. Dafür war Stiller seiner Erinnerung nach weder mutig noch clever genug.

»Apropos, immer wieder vorkommen …« Haas riss Hopp abrupt aus den gedanklichen Alleingängen. »Im vorletzten Jahr gab es einen weiteren außergewöhnlichen Fall. In Bonn. Da wurden einem Kollegen zwei Bratschen gestohlen. Natürlich alte italienische, besonders kostbare Exemplare. Übrigens nach dem gleichen Strickmuster wie bei mir.«

Und wie gestern bei den Buchbinders, dachte Hopp. »Davon habe ich gar nichts mitgekriegt.«

»Merkwürdig. Das ging doch quer durch alle Medien. Zeitung, Funk und Fernsehen haben wochenlang darüber berichtet. Der geschädigte Musiker war übrigens früher Mitglied des Kölner Orchesters. Seit Jahren arbeitet er aber nur noch freiberuflich. Vor allem als Springer für diverse Ensembles, bei denen vorübergehend ein Bratschist ausfällt.«

»Bis wann war der Mann denn in Köln engagiert? Wissen Sie das zufällig genauer?«

»Leider nein. Ich kann mich nicht erinnern. Das Zahlengedächtnis ist nicht gerade meine größte Stärke«, antwortete Haas grinsend und zuckte, um Entschuldigung bittend, mit den Schultern.

»Hatten Sie denn vor drei Jahren einen konkreten Verdacht? Kam Ihnen ein Kollege merkwürdig vor? Oder verhielt sich jemand nach dem Diebstahl Ihnen gegenüber deutlich anders als vorher?«

Haas schaute Hopp schweigend an, kniff beide Augen zusammen und überlegte konzentriert. Dann schüttelte er langsam mehrmals den Kopf. »Eigentlich nicht. Natürlich denkt man in der ersten Erregung, dieser oder jener Kollege, den man sowieso nicht besonders mag, könnte dahinter stecken. In meinem Fall gab es da zwei Typen, denen ich in meiner Wut gerne die Schuld in die Schuhe geschoben hätte. Aber das hat sich schnell wieder gelegt. Als die Aufregung nachließ, da wurde mir klar, wie unbegründet und willkürlich das war. Es gab faktisch keinen einzigen konkreten Anhaltspunkt für meinen Verdacht.«

»Würden Sie mir denn vielleicht trotzdem die Namen dieser Leute nennen, die Sie damals im Visier hatten?« Alexander Hopp schaute den Musiker mit Unschuldsmiene an, wohl wissend, wie brisant die Frage war.

»Ungern. Besser nicht.« Haas zögerte, dann sagte er entschieden: »Nein! Auf keinen Fall!«

Zwar war Alexander Hopp davon überzeugt, dass der Cellist seine Meinung kaum ändern würde. Trotzdem startete er sicherheitshalber einen modifizierten Versuch. »War denn Jakob Stiller dabei? Haben Sie ihn auch verdächtigt?«

Haas blickte erstaunt auf. Dann lachte er laut los und winkte weit ausholend mit der rechten Hand ab. »Den? Ach was. Den doch nicht.« Er stockte kurz und wischte sich Lachtränen ab. »Der Stiller ist ein sympathisches Großmaul. Völlig harmlos!«

Drei schwere Fälle von Instrumentenraub in jüngster Zeit. Alle im Köln-Bonner Raum. Zwei davon mit direktem Bezug zum Offenbach-Orchester, wo Jakob Stiller seit rund fünf Jahren als Pressesprecher arbeitete und wo es sein Job verlangte, alles und jedes über seine Truppe zu wissen.

Er kannte jeden im Ensemble, und jeder kannte ihn. Dabei hatte er sicherlich auch immer wieder private Dinge von den Musikern erfahren. Er musste auch über die Diebstähle Bescheid wissen. Anders konnte es überhaupt nicht sein. Dennoch hatte er, da war sich Hopp sicher, im Gespräch mit ihm den Ahnungslosen gegeben. Er hatte ihn belogen. Soweit Hopp das inzwischen beurteilen konnte, waren solche gezielten Einbrüche ohne einen bestens vernetzten Drahtzieher oder Mittelsmann im Orchester oder in dessen direktem Umfeld nicht realisierbar. Denn minutiöse Realisierung basierte auf detailliertem Wissen, welches eine gründliche Vorbereitung ermöglichte. Die drei Instrumentendiebstähle waren alle perfekt geplant und ausgeführt worden – und vor allem auch immer nach demselben Schema. Konnte Jakob Stiller tatsächlich in die Angelegenheit verwickelt sein? Weshalb sonst sollte Stiller die Wahrheit verschweigen. Sein ehemaliger Kollege Uwe Haas hielt diese Verdächtigung für ausgesprochen lächerlich.

Alexander Hopp, selbst ein ehemaliger Kollege von ihm, konnte es sich zumindest nicht vorstellen. Zumal Stiller mit den Buchbinders überhaupt nichts zu tun zu haben schien. Die spielten schließlich beide bei den Rheinischen Symphonikern in Bonn, also quasi bei der Konkurrenz. Wie sollte er da so genau über sie Bescheid wissen, um den gestrigen Einbruch in Pech vorzubereiten? Nein, das konnte nicht sein. Hopp musste weiter wühlen, um den Strippenzieher zu finden.

Auf dem Weg nach Schweinheim, zu dem vorübergehenden Männerasyl in Otto Springers Wohnung, klingelte Hopps Handy. Er nahm das Gespräch über die Freisprecheinrichtung seines Wagens an.

»Guten Abend, lieber Alex!«, sagte Josephine Franzen, mit der er seit mehr als zwanzig Jahren eng befreundet war, »wie geht es dir?«

»Alles bestens, Josy. Und selbst? Ich habe ungewöhnlich lange nichts mehr von dir gehört.«

»So lange nun auch wieder nicht. Zwei, drei Wochen vielleicht.«

»Das ist für uns beide doch ziemlich lange.«

»Egal, jetzt melde ich mich ja gerade wieder.«

»Nur so? Zum Quatschen? Oder hast du was auf dem Herzen?« Alexander war neugierig. Denn beides war gut möglich. Als talentierte Netzwerkerin schaffte Josephine Franzen es spielend, eine für ihn schier unüberschaubare Menge an Kontakten über Jahre zu pflegen. Und als engagierte Ehrenamtlerin, die sich vor allem für die europäische Idee und die bessere Verständigung der Europäer untereinander engagierte, hatte sie auch keine Hemmungen, sich spontan zu melden und um irgendeine Unterstützung zu bitten, wenn ihr die Sache wichtig war.

»Direkt auf dem Herzen habe ich nichts. Allerdings wüsste ich gerne, ob an der Geschichte mit dem Musikerehepaar etwas dran ist. Das sind doch eure Nachbarn. Oder irre ich? Wurden denen gestern wirklich ihre wertvollen Instrumente gestohlen?«

Alexander war mehr als verwundert. Dass Josephine als sogenannte sachkundige Bürgerin und Vorsitzende des Wachtberger Vereins *Forum Freunde in Europa* für gewöhnlich gut informiert war, wusste er natürlich. Aber woher konnte sie jetzt schon wieder von dem Einbruch wissen? Vor allem so schnell, nicht einmal 24 Stunden nach der Tat.

»Obwohl ich dich mittlerweile sehr lange und so gut kenne, überraschst du mich immer wieder, Josy. Ja, die Geschichte stimmt. Barbara und Martin Buchbinder wurden gestern Abend drei Streichinstrumente geklaut, darunter zwei antike Meisterstücke. Woher weisst du das denn schon wieder?«

»Aus dem Verein. Weil dort leider mal wieder einiges nicht richtig rund läuft, musste ich heute eine Menge telefonieren. Da hat es mir ein Vorstandsmitglied erzählt.«

»Sagenhaft, wie flott sich das Unglück anderer Leute in der Gemeinde herumspricht.«

»Da sagst du was. Aber deswegen rufe ich eigentlich nicht an. Ich habe noch etwas Wichtigeres.«

Jetzt war Alexander gespannt. »Dann spuck's schon aus, Josy.«

»Am Donnerstag kommen kurzfristig ein paar Freunde aus unserer Partnerstadt in der Lombardei für das Wochenende zu Besuch. Die dürftest du von dem Treffen im vergangenen Herbst noch alle kennen. Wahrscheinlich bleiben sie bis Sonntag.«

»Soll ich etwa wieder jemanden von ihnen beherbergen?«

Ihm wurde schlagartig mulmig bei diesem Thema. Die Erinnerung an die gemeinsamen Erlebnisse Anfang Oktober verursachte Turbulenzen in seiner Magengegend. Die kleine Maria Peroni, die damals entführt worden war, hatte mit ihrer Mutter Giulia bei ihm zuhause in Pech gewohnt. Er selbst hatte die Besucher bei einem Ausflug auf den Drachenfels begleitet und nicht genug aufgepasst. Noch heute gab er sich die Schuld an dem dramatischen Schlamassel.

»Ich wohne doch selbst gerade im Männerheim bei Otto. Das weißt du doch.«

»Ja, das weiß ich, Alex. Du sollst auch überhaupt nichts tun, außer am Donnerstagabend zu mir zu kommen. Denn dann treffen wir uns alle zu einem schönen, gemütlichen Wiedersehen. Giulia wird übrigens auch dabei sein. Und sie wird dich ganz bestimmt sehen wollen. Da bin ich mir ganz sicher. Wie steht es denn eigentlich gerade mit Jana und dir?«

Für einen Moment wusste Alexander nicht, was er antworten sollte. Giulia kam nach Wachtberg? An Karneval hatte er sie noch daheim in Italien besucht. Da waren sie sich erheblich nähergekommen. Natürlich wollte auch er sie sehr gerne wiedersehen, obwohl es ihm gleichzeitig Angst machte.

»Giulia kommt. Am Donnerstagabend. Das ist ja schön.« Auf die Frage zum aktuellen Status seiner Beziehung mit Jana ging er sicherheitshalber nicht ein.

»Dachte ich mir, dass du dich darüber freust. Um 19 Uhr wird es losgehen.«

»Prima. Ich komme. Was soll ich denn mitbringen?«

»Eigentlich ist für alles gesorgt. Aber wenn ich mich recht erinnere, schmeckte Giulia deine berühmte Remouladensoße so gut. Und die habe ich natürlich nicht.«

Alexander parkte seinen Wagen in der Winterstraße unmittelbar vor dem Haus, in dem Ottos Wohnung war. So viel Glück hatte er dort selten. Normalerweise musste er zweimal um den Block fahren, ehe er einen Platz fand. Als er die Aktentasche, die Jacke und das Handy vom Beifahrersitz nahm, sah er, dass während des Telefonats mit Josy eine SMS angekommen war. Von Jana. Mit mulmigem Gefühl öffnete er sie – und war enttäuscht.

Sie sagte das Treffen am Abend kurzfristig ab. Sie müsse sofort zu einem Tatort nach Beuel. Es würde spät werden.

Sonntag

A m Morgen erwachte Alexander erst gegen neun Uhr. Er konnte sich nicht erinnern, wann er zuletzt so lange und so fest geschlafen hatte. Als er zwanzig Minuten später geduscht und voller Elan in die Küche kam, hatte Otto bereits den Frühstückstisch gedeckt.

»Guten Morgen, Alex! Magst du auch ein Ei?«

»Warum eigentlich nicht? Gute Idee.«

»Und wie? Gekocht oder lieber gebraten? Vielleicht mit Speck?« Otto wedelte mit seiner kleinsten gusseisernen Pfanne, weil er vermutete, dass Alexander sich für das Spiegelei entscheiden würde, das auch ihm selbst die liebste Zubereitungsart war.

»Spiegelei. Mit Speck natürlich.«

Alexander enttäuschte seinen Freund nicht. Er wusste, dass er ihm mit dieser Wahl eine Freude machte.

»Ich habe übrigens gestern im Laufe des Tages drei interessante Gespräche in Sachen Instrumentenraub geführt. Zuerst mit meinem ehemaligen Journalistenkollegen Jakob Stiller, der mittlerweile Pressechef des Kölner Offenbach-Orchesters ist. Dann noch einmal mit den beiden Buchbinders. Und am Nachmittag mit einem Musiker in Remagen, der vor drei Jahren um seine zwei kostbaren Celli erleichtert worden ist. Diesen Kontakt haben Barbara und Markus Buchbinder hergestellt.«

»Da warst du ja richtig fleißig. Hat es sich wenigstens gelohnt? Bist du einen Schritt weitergekommen?«

Hopp pendelte abwägend den Kopf hin und her. »Ja und nein. Zweifellos bin ich jetzt Experte für antike Streichinstrumente. Ich könnte glatt Vorträge über dieses Thema halten. Wusstest du zum Beispiel, dass die wertvollsten Exemplare Millionen kosten können und oft gar nicht den Musikern gehören, sondern von Mäzenen oder Stiftungen nur auf Zeit ausgeliehen sind?«

»Nein, natürlich nicht. Woher sollte ich das denn wissen?« Otto

Springer war erstaunt und zugleich irritiert. »Und was bringt dir dieses Knowhow?«

»Erst einmal noch nichts. Aber es scheint einen schwarzen Markt für diese historischen Schätzchen zu geben. Allein hier am Mittelrhein gab es in den vergangenen drei Jahren drei spektakuläre Fälle, den von vorgestern bei uns in Pech mitgerechnet.«

»Das ist krass. Wenn das mal keine super Geschichte für uns ist.« Otto hatte Witterung aufgenommen. Alexander registrierte erfreut, wie der Spürhund in seinem Kumpel wach wurde.

»Ja, das schätze ich auch, Otto. Zumal irgendwie alles nach organisierter Kriminalität aussieht. Mein werter Ex-Kollege Stiller hat sich bei unserem Telefonat übrigens äußerst merkwürdig verhalten. Er war wenig auskunftsfreudig und wollte angeblich nichts von solchen Diebstählen in seiner Umgebung gewusst haben. Dabei betraf einer der Fälle einen angestellten Musiker aus seinem Kölner Ensemble und der andere immerhin ein ehemaliges Mitglied, das er auch sicherlich gut kennen wird. Er hat mich ganz eindeutig dreist angelogen. Warum wohl?«

»Bestimmt, weil er selbst nicht koscher ist. Der hängt da irgendwie mit drin, sagt mir jedenfalls gerade mein Bauch.«

»Na dann. Der hat schließlich im wahrsten Wortsinn Gewicht, Otto. Also wird es wohl stimmen«. Alexander grinste breit von einem Ohr zum anderen. Kleine, liebevolle Boshaftigkeiten wegen Ottos Figur oder Frisur konnte er sich nur schwer verkneifen. Zumal Otto es ihm nie übel nahm. »Aber im Ernst, mit dem Raub der Buchbinderschen Instrumente kann er kaum etwas zu tun haben. Zu diesen Leuten gibt es keine direkte Verbindung.«

»Meinst du das nur oder weißt du es?«, hakte Otto kritisch nach. Er wollte sich sein spontanes Gefühl nur ungern zerreden lassen.

»Nein, sicher weiß ich das nicht. Woher auch? Aber das werden wir herausfinden. Was ist übrigens mit deinem Kunstdetektiv? Was sagt der denn?«

Otto schüttelte nur den Kopf. »Nix, weil ich ihn leider noch nicht erreichen konnte. Ich bleibe natürlich dran. Aber mir sind in der Zwischenzeit noch ein paar andere alte, etwas vernachlässigte Kontakte im Kulturbetrieb eingefallen. Die versuche ich aus gegebenem Anlass wieder in die Gänge zu bringen. Dabei könnte ich mich auch ganz vorsichtig über deinen Ex-Kollegen Stiller erkundigen. Vielleicht weiß ja jemand Spannendes über ihn zu berichten.«

Hopp hatte nichts dagegen einzuwenden und trank den letzten Schluck Kaffee. Dann wischte er sich mit dem Handrücken über den Mund. »Klar. Mach das. Ich muss übrigens um 11 Uhr zur Eröffnung einer Kunstausstellung in Adendorf. Willst du mit? Könnte für dich fotografisch interessant sein. Vielleicht kannst du das Thema anschließend vermarkten. Der Maler ist jedenfalls eine echte Größe.«

»Warum nicht? Versuchen kann ich es ja mal. Wie lange dauert die Sause denn?«

»Eine gute Stunde, maximal zwei, denke ich. Danach hätten wir dann noch genügend Zeit, um die Nachbarschaft von uns und den Buchbinders abzuklappern. Da heute Sonntag ist, sollten eigentlich alle gemütlich zuhause sein, wenn sie nicht gerade beim Frühschoppen sitzen oder bei der Polizei, der Feuerwehr oder im Krankenhaus arbeiten. Vielleicht hat ja irgendjemand etwas Auffälliges bemerkt.«

Seit langem war Jana Jäger mal wieder beim Training. Wann genau sie das letzte Mal hier gewesen war, daran erinnerte sie sich nicht mehr. Es mussten mehrere Monate her sein. Die körperliche Belastung und die kompetitive Herausforderung im Zweikampf fehlten ihr sehr. Doch der Job ließ ihr einfach keine Zeit für den Sport. Die Kameraden vom Godesberger Judoverein hatten sie anscheinend auch vermisst, was sie auf ihre typische, ironische Art erkennen ließen.

»Guten Tag, junge Frau. Möchten Sie gerne bei uns mitmachen? Wie heißen Sie denn?«, fragte der erste Mannschaftskollege, der ihr in der Halle begegnete. Und der Trainer bemerkte spöttisch: »Hier findet heute nur Leistungssport statt. Anfänger trainieren mittwochs.«

Die Sprüche der anderen fielen ähnlich süffisant aus.

Jana hatte die Kritik mit einem Lachen weggesteckt. Sie nahm das nicht persönlich, an ihr lag es schließlich nicht, dass die Mannschaft ohne sie auskommen musste. Wenn es nach ihr ginge, würde sie zwei- bis dreimal die Woche trainieren und selbstverständlich auch in den offiziellen Kämpfen antreten – und meist gewinnen. Sie ließ das Team doch nicht absichtlich hängen. Was einige ältere Herrschaften in der Vereinsführung wohl anders sahen. Das war ihr längst im Vertrauen zugetragen worden. Angeblich stänkerten die Funktionäre mittlerweile unverhohlen darüber, dass sie kaum noch zum Training erschien und für Meisterschaftseinsätze überhaupt nicht mehr zur Verfügung stand. Mit der bedauerlichen Konsequenz, dass ihre Mannschaft fast nur noch verlor. Ohne sie als As waren die Godesberger Judoka nicht einmal die Hälfte wert. Seit fast 20 Jahren gehörte Jana in ihrer Altersgruppe zur nationalen und später sogar internationalen Spitzenklasse. Sie war einfach nicht zu ersetzen.

Für die Mannschaftskameraden tat es Jana leid. Aber sie konnte es eben nicht ändern. Ihre Zeit als Spitzensportlerin war vorbei. Dafür versuchte sie nun eben als Kommissarin richtig gut zu sein. Man kann nicht alles haben, sagte Jana zu sich selbst, wobei ihr Alexander in den Sinn kam. Dem hatte sie am Abend leider kurzfristig einen Korb geben müssen. Am Nachmittag hatte er noch angerufen, um anzukündigen, wann er Elvis wieder zum Spazierengehen holen wolle.

Bei diesem Telefonat hatte er ihr ungewöhnlich schüchtern vorgeschlagen, ihn heute zur Vernissage des Malers Karl Michels zu begleiten. Doch sie hatte das dankend abgelehnt. Sie hatte sich fest vorgenommen, an diesem Sonntagmorgen endlich wieder mit dem Judoteam zu trainieren, und ihren Entschluss wollte sie nicht plötzlich wieder kippen. Obwohl sie die Vernissage wirklich gereizt hätte. Sie mochte die Malerei von Michels. Außerdem wäre es spannend gewesen, seit fast einem halben Jahr mal wieder als Paar zusammen in der Öffentlichkeit aufzutreten. Sie wusste kaum noch, wie sich das anfühlte. Und wenn sie geahnt hätte, dass das Date am Abend platzen würde, hätte sie sich wahrscheinlich anders entschieden.

Zusammen in Ottos altem japanischen Wagen fuhren die Freunde kurz vor 11 Uhr nach Adendorf, wo Karl Michels in einer stillgelegten Töpferei seine neue Ausstellung präsentierte. Zwei Monate würden die Gemälde des Lumen-Zyklus, die sich alle um das Thema Licht drehten, in Wachtberg gezeigt werden. Anschließend würden sie auf eine beachtliche internationale Tournee nach Amsterdam, Paris und Barcelona gehen. Alexander hatte gehofft, Jana würde ihn zu dieser Vernissage begleiten. Aber sie hatte ihm abgesagt; äußerst schonend zwar, aber das änderte nichts daran, dass er jetzt mit Otto statt mit ihr zu dieser Veranstaltung gehen musste. Das tat er allerdings hauptsächlich aus beruflichen Gründen, um seine Kontakte zu pflegen, denn eigentlich waren diese Bussi-Bussi-Schampus-Stehpartys mit Smalltalk und Häppchen absolut nicht sein Ding. Dort trieben sich zu viele professionelle Schmarotzer herum, die es immer irgendwie schafften, als erste das Buffet zu plündern. Und zu viele Aufschneider, die erstaunlich geübt darin waren, ihre profanen Bedürfnisse mit pseudointellektuellem Geschwafel und mit schwülstiger Kennermiene zu kaschieren. Und zu viele echte Kulturprofis, deren Schwadronade sicherlich kompetenter, für Hopp aber nur schwer verdaulich war. Mit all diesen Typen konnte er herzlich wenig anfangen. Allerdings wären sie ihm in Begleitung von Jana ziemlich wurst gewesen.

Wie zu erwarten, war die lokale Prominenz nahezu vollständig vertreten. Der Landrat und der Bürgermeister standen direkt am Eingang, in ein intensives Gespräch vertieft. Alexander Hopp, der beide nicht persönlich kannte, aber trotzdem freundlich grüßte, nahmen sie gar nicht wahr. Wahrscheinlich hatten sie bedeutende

Parteiinterna zu klären, schließlich gehörten sie der gleichen politischen Organisation an. Der Beigeordnete der Gemeinde war von mehreren Wichtigtuern umzingelt, die verdächtig nach Angehörigen der Kunstszene aussahen. Vermutlich Galeristen und Agenten aus dem Rheinland, die bei dieser Gelegenheit eigene Anliegen zu platzieren versuchten. Einige Ratsmitglieder verschiedener Parteien und ein halbes Dutzend Funktionäre Wachtberger Vereine standen gut gelaunt in kleineren Grüppchen zusammen. Zu Alexanders Überraschung war auch seine Freundin Josephine Franzen anwesend. Das hatte sie bei ihrem Anruf gestern Abend mit keiner Silbe erwähnt. Wahrscheinlich hatte sie angenommen, dass ihn derartige gesellschaftliche Amüsements nicht die Bohne interessierten. Womit sie ja im Grunde völlig recht hatte. Er hingegen hätte sich denken können, dass diese Veranstaltung für sie als Vorsitzende des Partnerschaftsvereins Forum Freunde in Europa quasi ein repräsentativer Pflichttermin sein müsste. Gerade prostete sie mit einer Sektflöte ihrem Stellvertreter Hannes Dörfler zu. Während Otto sich langsam durch die Menge bewegte und Fotos der Gäste schoss, ging Alexander auf Josy zu.

»Was machst du denn hier, mein Lieber?«

»Vermutlich das gleiche wie du. Bella figura und faszinierte Miene zum langweiligen Spiel«, meinte Hopp grinsend. »Für den unwahrscheinlichen Fall, dass hier doch ein interessantes Thema für mich abfällt. Ist schon etwas Bedeutendes passiert? Hat schon ein Wichtigheimer gesprochen?«

Josephine zog ihre Nase kraus und schüttelte den Kopf, der plötzlich mitten in dieser Bewegung abrupt stehen blieb. Irgendwo hinter Hopps Rücken schien sie jemanden entdeckt zu haben, der ihr nicht gefiel, denn ihr Blick verfinsterte sich. »Wenn die gleich redet, verschwinde ich auf der Stelle. Deren Gefasel ist echt nicht zu ertragen. Nicht einmal mit reichlich Sekt, der hier, wie ich zugebe, ziemlich gut ist.«

Neugierig geworden, drehte sich Alexander langsam um und erschrak ebenfalls. Dort stand Margarete Einkorn, Literaturprofessorin an der Kölner Universität und ebenso omnipräsente wie unvermeidliche Kulturpäpstin des Rhein-Sieg-Kreises. Sie war für ihr unerschöpfliches Wissen genauso berühmt wie für ihre unzumutbar langweiligen Ansprachen berüchtigt.

Bei ihrem Anblick schüttelte sich Hopp angewidert. »Dann komme ich mit dir, das halte ich auch nicht aus!«

Schnell nahm er sich ein Glas Sekt von dem Tablett, das eine hübsche, junge Frau mit weißblondem, dickem Haarzopf gerade herumtrug.

Noch einmal schaute Hopp sich gründlich in dem großen Ausstellungsraum um, konnte aber keinen weiteren Bekannten entdecken. Die unbekannten Gesichter der anderen Herrschaften erschienen ihm nicht gerade vielverheißend: reife Jahrgänge, im Schnitt sicherlich eher siebzig als sechzig Jahre alt, die meisten von ihnen garantiert in Rente, alle spießig fein gemacht und mit ernsten Mienen der weiteren Ereignisse harrend. Das typische Publikum, das überall in der Bundesstadt Bonn und dem umliegenden Speckgürtel die Kulturveranstaltungen bevölkerte – nicht seine Szene.

Was hatte er hier anderes erwartet? Und aus welchem Grund? Bisher hatte ihm eigentlich noch nie eine Vernissage gefallen. Er war gespannt, ob Otto interessante Motive finden und welche Ausbeute er am Ende der Veranstaltung vorzeigen konnte.

Karl Michels klatschte mehrmals laut in die Hände, um sich Gehör zu verschaffen. »Liebe Wachtberger, liebe Kulturinteressierte, liebe Freunde. Ich bin sehr glücklich, Sie alle hier so zahlreich zur Eröffnung meiner Ausstellung begrüßen zu dürfen.« Der Maler sprach mit fester, klarer Stimme und strahlte in die vielköpfige Runde. »Und genauso glücklich bin ich, Ihnen endlich die Ergebnisse meiner jahrelangen künstlerischen Auseinandersetzung mit dem Thema Licht zeigen zu dürfen. Mehr möchte ich dazu jetzt gar nicht sagen. Machen Sie sich bitte selbst ein Bild von meinen Bildern. Wenn Sie dann mehr wissen möchten, sprechen Sie mich später bitte einfach an. Oder bedienen Sie sich am Infoständer. Dort finden Sie lesenswerte Flyer mit vielen aufschlussreichen Beschreibungen und Erläuterungen. Jetzt wünsche ich Ihnen viel Vergnügen und einen schönen Tag!«

Wie auf Kommando kam Bewegung in die Gesellschaft. Die kleinen Gesprächsgruppen lösten sich auf, und die Gäste gingen näher an einzelne Gemälde heran.

Hopp hatte erwartet, dass sich jetzt, wie vor kalten Buffets, eine Schlange bilden würde und dass die Kunstfreunde im Gänsemarsch von links nach rechts oder rechts nach links an den Gemälden vorbei defilieren würden – und das selbstverständlich wohlgeordnet und diszipliniert. Aber die Leute verteilten sich ebenso unsystematisch wie überraschend gleichmäßig in der Ausstellung.

Er selbst, den der ungewöhnlich kurze und deshalb umso souveränere Auftritt von Michels beeindruckt hatte, fühlte sich spontan von einem großen dreiteiligen Werk angezogen, welches das Herz des Siebengebirgspanoramas zeigte: links den Petersberg mit dem riesigen Hotel, in der Mitte das prächtige Schloss Drachenburg und rechts den Drachenfels mit der markanten Burgruine. Jedes der Bilder des Triptychons wies eine eigene Lichtstimmung auf, zusammen entsprachen sie einem Tagesverlauf. Der Petersberg erwachte in der blau schimmernden Morgendämmerung, die Drachenburg stand in voller goldener Mittagssonne, und der Drachenfels erstrahlte in sanftem Abendrot.

Alexander Hopp, der Michels Arbeiten bisher nur aus Zeitungsartikeln und vom Hörensagen kannte, war wirklich beeindruckt. Wenn er eine passende Wand und vor allem ein für dieses opulente Werk kompatibles Portemonnaie besessen hätte, hätte er es gerne erstanden. Dass der Maler mittlerweile internationales Ansehen genoss und für die Gemeinde Wachtberg ein kulturelles Aushängeschild war, wusste er zwar. Aber das musste ja nicht zwangsläufig bedeuten, dass ihm die Bilder gefielen. Im Gegenteil.

Bisher hatte er eher die Erfahrung gemacht, dass er mit den Arbeiten umso weniger anfangen konnte, je frenetischer der Künstler gefeiert wurde.

Kurz überlegte Hopp, ob er Michels jetzt ansprechen sollte, um ein paar Erläuterungen aus erster Hand und möglichst druckfähige, markige Zitate zu bekommen. Doch als er sah, wie der Künstler von vielen Besuchern regelrecht belagert wurde, nahm er davon Abstand. Der Mann würde sich jetzt sowieso nicht auf ihr Gespräch konzentrieren können. Außerdem lag Adendorf ja nicht am Ende der Welt. Am besten würde er die Tage noch einmal hierherkommen und in Ruhe mit ihm reden. Also schlenderte er langsam quer durch den Saal, signalisierte Otto, gehen zu wollen, nickte Josephine kurz zum Abschied zu und griff sich am Ausgang den Flyer zur Ausstellung. Dann verdrückten sich die Freunde unauffällig.

Schon die bloße Vorstellung, er könnte gleich beim Klinkenputzen in Pech Jana über den Weg laufen, verursachte Alexander Hopp butterweiche Knie. Dann wäre es vermutlich endgültig aus mit Verzeihen und Neustart und Liebesbeziehung. Um dieses Risiko wenigstens etwas zu verringern, waren sie mit Ottos Auto gekommen, das Jana wahrscheinlich kaum wiedererkennen würde, und parkten in sicherer Entfernung auf dem kleinen Vorplatz der Grundschule am Langenacker. Außerdem hatten sie vereinbart, dass Otto die direkte Umgebung ihrer Wohnung alleine abklappern würde. Alexander würde sich um die etwas entferntere Nachbarschaft kümmern.

Zuerst ging er rund hundert Meter den Nachtigallenweg hoch zu den Apothekerleuten, die er über seinen Hund kennengelernt hatte. Mit ihrem wunderschönen weißen Golden-Retriever-Weibchen spielte Elvis besonders gerne. Anna und Markus Wasner saßen noch gemütlich auf der Terrasse am reichlich abgegrasten Esstisch und berieten, wie der Sonntagnachmittag bei diesem herrlichen Sonnenschein weiter verlaufen sollte.

»Guten Tag, Alex. Das ist ja eine Überraschung. Dich habe ich ewig nicht gesehen.« Anna freute sich über den Besuch. »Was führt dich denn zu uns?«

»Der Einbruch bei den Buchbinders. Den Ärmsten sind vorgestern Abend ihre Instrumente gestohlen worden.«

»Davon haben wir auch schon gehört. Als wir eben mit Mimi Gassi gegangen sind, hat Herr Beier ganz aufgeregt davon berichtet. Der weiß ja für gewöhnlich alles, was hier so passiert«, sagte Markus Wasner. »Was hast du denn mit der Angelegenheit zu tun?«

»Barbara Buchbinder kam in ihrer Not sofort zu uns herüber, als sie das Malheur entdeckt hatte. Nun bin ich etwas angefixt und gehe der Sache halt nach. Einerseits natürlich, um eine gute Geschichte darüber schreiben zu können. Das ist schließlich mein Job. Und andererseits, um mit meinen Ermittlungen vielleicht zur Lösung des Falles beizutragen.«

»Ermittlungen? Stellt die nicht eher die Polizei an? Bei Journalisten heißt das doch Recherchen. Stimmt's?« Anna war bestens gelaunt und versuchte ihn, frech grinsend, zu provozieren.

»Oder auch Schnüffeln, je nachdem wie positiv man journalistischer Arbeit gegenübersteht.« Hopp blieb gelassen. Ihre Sticheleien reizten ihn nicht, er fand sie nur amüsant.

»Aber im Ernst. Habt ihr vorgestern etwas Verdächtiges oder Ungewöhnliches gesehen? Vielleicht einen Wagen, der hier nicht hingehört? Oder Typen, die euch dubios oder suspekt vorkamen?«

Markus schüttelte bedauernd den Kopf. »Zur Tatzeit waren wir überhaupt nicht in Pech. Wir waren bei meinem Bruder eingeladen, der hatte gestern Geburtstag. Wir sind erst nach Mitternacht nach Hause gekommen.«

Er legte eine kleine Pause ein und lächelte verlegen. »Aber selbst, wenn wir früher zurück gewesen wären, hätten wir wahrscheinlich nicht viel mitbekommen – so knülle, wie wir waren.«

»Knülle? Ich hoffe, ihr seid nicht mehr Auto gefahren?«

»Nein, nein. Keine Sorge. Das haben wir wohlweislich hier stehen gelassen. Wir haben uns Taxis genommen.«

»Na gut, ihr Lieben. Dann will ich eure verdiente Sonntagsruhe nicht länger stören.« Alexander erhob sich. Mimi begleitete in schwanzwedelnd bis zur Tür. Sie mochte Alexander besonders gerne.

»Lasst euch beide doch bald mal wieder bei uns blicken«, sagte Markus Wasner. »Ich könnte dann etwas Leckeres für uns zubereiten.«

»Sehr gerne. Wir melden uns.« Dieser Vorschlag gefiel Hopp, denn er kannte keinen Menschen, der so meisterhaft kochte wie Markus.

Geistesabwesend schlenderte Hopp langsam den Bürgersteig entlang, um Otto wiederzufinden. Ob der wohl Nützliches erfahren hatte? Irgendwer in der Nachbarschaft musste doch etwas mitbekommen haben. Ein stattlicher Kontrabass war schließlich kaum zu übersehen.

»Was machen Sie denn hier?«

Die Stimme, die ihn so schroff ansprach, kam ihm bekannt vor. Kriminaloberkommissar Detlef Schreiber stand ihm gegenüber und funkelte ihn aggressiv an.

»Was geht Sie das denn an? Ich wohne hier.« Hopp bemühte sich, ähnlich pampig zu antworten.

»Meiner Erinnerung nach wohnen Sie aber ein gutes Stück weiter die Straße hinunter.«

»Ja. Und? Ist es neuerdings verboten, sich weiter als fünfzig Meter von seinem Domizil zu entfernen? Was bilden Sie sich eigentlich ein? Lassen Sie mich einfach in Ruhe.«

Alexander Hopp setzte sich langsam in Bewegung und schob Schreiber mit der Schulter energisch beiseite.

»Vorsicht. So kommen Sie mir nicht davon. Ich lasse nicht zu, dass Sie sich in meinen Fall einmischen. Morgen will ich Sie im Präsidium sehen, bis spätestens 12 Uhr. Wenn Sie bis dahin nicht erscheinen, werden meine Leute Sie holen. Das garantiere ich Ihnen.« Die letzten Worte hatte der Kommissar ihm hinterhergerufen.

»Vollpfosten«, zischte Hopp, als er an ihm vorbei war.

»Wie bitte? Was haben Sie gesagt?«

»Vielleicht sollten Sie mal einen Ohrenarzt aufsuchen.« Hopp ging weiter, ließ Schreiber stehen und dachte: Vollpfosten habe ich gesagt, du Arschgesicht!

Otto Springer hatte ebenfalls wenig erreicht. Jede zweite Tür war überhaupt nicht geöffnet worden. Und auch sonst wollte kaum jemand irgendetwas gehört oder gesehen haben. »Offensichtlich schauen die Leute in diesem Dorf nicht aus den Fenstern.« Otto war enttäuscht.

»Das wundert mich nicht. Warum sollten sie das tun? Hier gibt es auf der Straße meist echt nichts zu sehen – außer Paketboten, diversen Lieferwagen und der Müllabfuhr.« Alexander erinnerte sich sehnsüchtig daran, wie ruhig und angenehm ereignislos das Leben in Pech normalerweise verlief.

»Einen dunklen Kleintransporter eines Bonner Installateurs will ein älterer Herr bemerkt haben. Das habe er eigenartig gefunden für einen Freitagabend. Was ich nicht richtig nachvollziehen kann. Wenn die Heizung streikt, kommt halt der Notdienst, auch abends. Aber wenn wildfremde Leute einen Kontrabass und zwei Geigen aus einem Nachbarhaus tragen, dann ist das alles andere als normal. Irgendwem müsste das doch aufgefallen sein.«

Eigentlich schon, dachte Hopp und hob ratlos die Schultern.

Auf dem kurzen Weg zu Ottos Wagen warf Hopp einen hektischen Blick auf die Armbanduhr. Schon 15:15 Uhr. Nur noch eine Viertelstunde bis zum Anpfiff des Spiels. Die Fahrt nach Villip in die Kupferklause würde mindestens sieben bis acht Minuten dauern. Wenn nichts Ungewöhnliches dazwischen käme, würden sie gerade rechtzeitig zum Anpfiff des Spiels Borussia Mönchengladbach gegen den 1. FC Köln dort sein. Wenn nicht, wäre das auch nicht so schlimm, denn er hielt es für ziemlich unwahrscheinlich, dass in den ersten Minuten ein Tor fallen würde – zumindest für seinen Effzeeh. Auf ein blödes Gegentor direkt zu Spielbeginn konnte er sowieso verzichten.

Gerade lief die dritte Spielminute, als Hopp und Springer in ihrer Stammkneipe eintrafen. Wie erhofft, hatte der Wirt zwei Plätze für seine beiden besten Gäste freigehalten. Das Lokal war brechend voll, alle Tische und Stühle waren besetzt. Mindestens ein Dutzend Gäste standen am Tresen, von wo sie einen optimalen Blick auf den größten Fernsehbildschirm hatten. Zur Begrüßung klopfte ihm ein entfernter Bekannter kurz auf die Schulter und berichtete unaufgefordert, was bisher passiert war. »Noch null-zu-null. Zum Glück. Die Fohlen hatten schon zwei Ecken und eine riesige Torchance. Der Effzeeh hat mal wieder voll den Start verpennt. Wenn die so weitermachen, gibt das eine derbe Klatsche.«

»Das wollen wir nicht hoffen. Aber jetzt wird es sicher besser werden. Wir sind ja da.« Hopp winkte dem Gastwirt Klaus Kupfer zu, der an diesem Abend wieder einmal höchstpersönlich die Bar schmiss.

Kupfer war in jungen Jahren eine Art Kultwirt der Bonner Studentenszene gewesen. Anfangs hatte er wie etliche andere sein Studium mit Nebenjobs in diversen Gaststätten finanziert, sehr bald jedoch aus einer heruntergekommenen Spelunke mit viel geliehenem Geld und noch mehr Enthusiasmus eine eigene Studentenkneipe gemacht. Dann hatte er sein Studium abgebrochen, sich voll auf die Wirtschaft konzentriert und sein Kuddelmuddel zur Nummer 1 in der Bonner Südstadt gemacht.

Das war verdammt lange her. Mittlerweile ging Kupfer stramm auf die Siebzig zu und ließ es in Wachtberg-Villip gastronomisch deutlich ruhiger angehen.

Seine Kupferklause war das Musterbeispiel für eine gemütliche, gutbürgerliche, liebevoll geführte dörfliche Gastwirtschaft. Dort zog er eine reifere und arriviertere Kundschaft an, übertrug Fußballspiele der Profuclubs aus der Region live auf einer Großlein-

wand und mehreren Fernsehern, und vor allem tischte er groß-
artige deftige Küche zu anständigen Preisen auf. Alexander und
Otto kannten Kupfer schon ihr halbes Leben lang und gingen seit
Jahren in Klausens Klause ein und aus.

»Sollen wir eigentlich was zu Essen bestellen?« Alexander sah
Springer fragend an, als er bemerkte, dass die Bedienung mit zwei
leckeren großen Kölsch im Anmarsch war. Der Wirt hatte den
Wink verstanden. Stammgäste kennt man aus dem Effeff.

Otto nickte. »Ich hätte gerne Sülze mit Remoulade und Brat-
kartoffeln. Und zwar am liebsten genau in der Halbzeit. Dann
lenkt das Essen nicht so vom Spiel ab.«

»Gute Idee, da bin ich dabei.« Also bestellte Alexander zweimal Sülze für die Halbzeitpause, was die junge Frau offensichtlich
amüsierte. »Das nenne ich mal Kontinuität. In der ersten Hälfte
bekommt ihr ja auch schon reichlich Sülze«, konterte sie schlagfertig. Dann lud sie die leeren Gläser vom Tisch auf ihr Tablett, drehte
sich schwungvoll um und ging laut lachend und mit provokantem
Hüftschwung zurück zur Theke.

Wie so oft in den letzten Jahren entwickelte sich die Bundes-
ligaparty aus Sicht der vielen FC-Anhänger im Lokal ausgesprochen unerfreulich. Mönchengladbach dominierte das Spielgesche-
hen nach Belieben, die Kölner liefen nur hinterher, gewannen
kaum einen Zweikampf und brachten nicht eine einzige Chance
zustande. Auch der Schiedsrichter schien recht einseitige Sympa-
thien zu hegen. Folgerichtig fiel kurz vor dem Pausenpfiff das 1:0
für die Heimmannschaft – durch einen umstrittenen Foulelfmeter,
nach Videobeweis. Wieder einmal zu Ungunsten der Domstädter.
So als wollten die Zusatzschiedsrichter vor den Kontrollmonitoren
im sogenannten Kölner Keller Woche für Woche aller Welt beweisen, dass der ortsansässige 1. FC bei ihnen keinen Heimvorteil
besaß.

Die anfangs prächtige Stimmung in der Kupferklause drohte
zu kippen. Auch Alexanders Begeisterung war erst einmal dahin.

»Verdammter Driss«, schimpfte er lauthals, »das verdirbt mir jetzt echt die Laune und den Appetit! Ob ich das Essen noch abbestellen kann?«

Entgeistert starrte ihn Otto an. »Wohl kaum, Alex. Da wirst du jetzt einfach durch müssen. Außerdem kommt unsere Sülze gerade, wenn ich mich nicht vergucke.«

»Davon habe ich für heute schon genug. Die Kellnerin hatte eben eigentlich recht.«

Eine knappe Stunde später saßen sie euphorisiert an der Bar und freuten sich mit Wirt Klaus Kupfer über den ebenso überraschenden wie seltenen Triumph. Kurz nach Anpfiff zur zweiten Halbzeit hatte der Effzeeh den glücklichen Ausgleich erzielt. Danach hatte sich das Spiel gedreht, und Köln hatte auf dem Rasen das Kommando übernommen und in der zweiten Minute der Nachspielzeit sogar den mittlerweile verdienten Führungstreffer geschossen. Wenige Sekunden später war das Spiel beendet. Auswärtssieg – tatsächlich 2:1 bei den ungeliebten Fohlen gewonnen – Grund zum Feiern.

»Und sonst?«, fragte Kupfer auf typisch rheinische Art.

»Und selbst?«, fragte Otto belustigt, statt zu antworten.

»Spektakulärer Diebstahl wertvoller Streichinstrumente. Bei uns in Pech«, berichtete Alexander. »Gut und gerne eine halbe Million Schaden. Mindestens. Hast du etwa noch nichts davon gehört?«

Überrascht schüttelte Kupfer den Kopf, zog dann beide Augenbrauen hoch und pfiff leise durch die Zähne. Gleichzeitig spülte er drei Kölschstangen, um sie neu zu befüllen.

Alexander nickte bekräftigend und rieb sich mit beiden Handflächen mehrmals über die Wangen, wie er es oft tat, wenn er angespannt oder beunruhigt war. Spannende Szenen des Spiels schwirrten ihm noch durch den Kopf. Deshalb fiel ihm der Themenwechsel gerade etwas schwer. Aber der musste sein. Schließlich wollte er sich mit Otto über ihr weiteres Vorgehen austauschen.

»Die Sache sieht sehr professionell aus. Diebstähle dieser Art gab es in den letzten Jahren gleich dreimal hier in der näheren Umgebung. Aber wir wissen absolut nichts. Die Täter haben nie Spuren hinterlassen, und Augenzeugen gibt es wohl auch nicht. Soweit wir wissen, will in allen drei Fällen niemand in der Nachbarschaft irgendetwas gesehen haben.«

»Davon werdet ihr euch jedoch nicht abschrecken lassen. Gibt es denn keine Quellen, die ihr anzapfen könnt?« Kupfer servierte Alexander, Otto und sich selbst ein frisch gezapftes Bier. »Ihr investigativen Journalisten habt doch meist für alles und jedes einen Informanten.«

»Schön wär's.« Alexander setzte eine bedauernde Miene auf.

»Na ja, so ganz schlecht stehen wir nun auch nicht da. Ein paar zuverlässige und nützliche Kontakte haben wir zwei schon.« Otto schlug Alexander aufmunternd auf die Schulter. »Ich habe den freien Nachmittag heute genutzt, um ein bisschen in der regionalen Musikszene herumzutelefonieren. Der Instrumentenraub bei den Buchbinders hat sich bereits herumgesprochen.«

Alexander legte nachdenklich die Stirn in Falten. »Das war zu erwarten. Aber hat denn einer deiner Gesprächspartner eine Ahnung oder zumindest einen Verdacht, wer dahinter stecken könnte?«

»Natürlich nicht. Allerdings finden es alle äußerst merkwürdig, dass die Fälle immer irgendwie mit dem Kölner Offenbach-Orchester in Verbindung stehen. Da muss es einen Drahtzieher oder zumindest einen Kontaktmann geben.«

»Darauf waren wir auch schon gekommen. Was sagen die Leute denn über meinen Ex-Kollegen Jakob Stiller?«

»Eine Menge. Der Typ ist bekannt wie ein bunter Hund. Den scheint wirklich jeder zu kennen – aber kaum jemand zu mögen. Im Gegenteil. Dein Kumpel ist nicht gerade beliebt. Zumindest habe ich heute kein gutes Wort über ihn gehört. Alle nennen ihn arrogant, angeberisch, unkollegial.«

»Was sich mit meinen früheren Erfahrungen deckt.«

»Sie nennen ihn auch faul und feige. Krumme Geschäfte in dieser Größenordnung traut ihm deshalb keiner zu. Wenn seine Branchenkollegen ihn einigermaßen richtig einschätzen, dann hat er mit diesen Diebstählen wahrscheinlich nichts zu tun.«

»Das sehe ich eigentlich ähnlich.« Alexander leerte sein Kölsch auf einen Zug. Das kribbelte ihm merkwürdig in der Nase. Was wollte sein stattlicher Zinken ihm damit andeuten? Seine Großmutter hatte früher immer gesagt: Wenn die Nase juckt, gibt es entweder Geld oder irgendwas ist hier faul. Jetzt, so vermutete er, konnte es nur um die zweite Möglichkeit gehen, und deshalb stand leider kein unverhoffter Geldsegen bevor. »Trotzdem sollten wir Stiller weiter auf den Zahn fühlen. Vielleicht irren sich die Leute ja in ihm, und er ist cleverer als alle denken.«

»Und wenn nicht, kann er uns eventuell durch irgendeine Information unabsichtlich auf die richtige Spur bringen«, spekulierte Otto. »Wer weiß, wofür es gut ist.«

»Okay, das mache ich. Ich rufe ihn noch einmal an oder statte ihm einen überraschenden Besuch ab, was wahrscheinlich noch besser wäre. Was sagt denn dein Kunstdetektiv?«

Otto schüttelte den Kopf und nahm erst einen kräftigen Schluck Bier, ehe er weitersprach: »Nichts. Ich konnte ihn noch immer nicht erreichen, aber ich bleibe natürlich dran.«

»Als nächstes fahre ich mal rüber auf die andere Rheinseite nach Bad Honnef zur Capital-Sound-AG, diesem eigentümlichen Unternehmen, das die sündhaft teuren Instrumente beschafft, dann weiter verkauft und deren neue Besitzer anschließend mit begabten Musikern verkuppelt.«

Klaus Kupfer war überrascht. Er schüttelte erstaunt mehrmals den Kopf, während er weiter Weingläser polierte. »Was es nicht alles gibt. Sagenhaft!«

Schweißgebadet und schwer atmend wachte Hopp auf. Er fühlte sich wie durch die Mangel gedreht. Wie spät war es jetzt? Konnte er noch einmal einschlafen? Oder musste er bald aufstehen? Der

Blick auf den Wecker schockierte ihn. Es war kurz nach sieben Uhr morgens. Die Nacht war gleich vorbei. Wieder hatte ihn dieser schreckliche, endlose Albtraum heimgesucht.

Hopp hatte das Gefühl, dass sich der Schrecken in immer kürzeren Abständen wiederholte.

Als er noch ein Junge war, hatte dieser Traum ihn nur hin und wieder geplagt, vielleicht einmal oder zweimal im Jahr. Nicht öfter. An das erste Mal erinnerte er sich noch immer so gut, als ob es vorgestern gewesen wäre. Er war damals Ministrant in der Doppelkirche von Schwarz-Rheindorf und mächtig stolz darauf gewesen, an diesem bedeutenden Ort einen so wichtigen religiösen Dienst leisten zu dürfen. Entsprechend ernst nahm er seine Verpflichtungen. Wieder einmal hatte er bei einer Beerdigung zu dienen. Das kam oft vor, weil die Verstorbenen immer am Morgen eines normalen Wochentags beerdigt wurden. Dann, wenn Kinder eigentlich in der Schule sein mussten und nicht als Ministranten zur Verfügung stehen konnten. Alexander war jedoch einerseits ein sehr guter und andererseits ein besonders lebhafter Schüler, weshalb sich die Lehrerin und der Pfarrer klammheimlich darauf verständigt hatten, dass er regelmäßig bei Beerdigungen eingesetzt wurde. Das verpasste Lernpensum würde er locker nachholen, und er würde während der Beerdigung den Unterricht nicht stören können. Außerdem hatte der Pfarrer für diese schwierigen Termine einen zuverlässigen Ministranten. Eine komfortable Lösung für beide. Nur nicht für Alexander.

Er kannte den Verstorbenen, sehr gut sogar. Der Mann war der Großvater eines Spielkameraden aus seiner Straße. Deshalb war ihm heute sein Dienst noch wichtiger als sonst, wenn das überhaupt möglich war. Er musste unbedingt rechtzeitig vor der Messe frisch geduscht und anständig gekleidet in der Sakristei sein, um sich für die Zeremonie herrichten zu können. Obwohl er der Uhr regelrecht dabei zusah, wie die Zeit verrann, schaffte er es nicht, flott durch die Morgentoilette zu kommen, die strubbeligen Haare zu kämmen, ein sauberes Hemd aus dem Schrank zu nehmen, sich fertig anzuziehen, unfallfrei das Frühstücksbrötchen mit Erdbeermarmelade zu essen, die Schuhe und den Ranzen und den Anorak zu finden. Irgendwie kam ein Unheil zum anderen.

Viel zu spät rannte er aus dem Haus. Viel zu spät kam er in der Sakristei an. Und viel zu spät, als der Pfarrer bereits allein die Totenmesse begonnen hatte, erschien er am Altar – völlig außer Atem. Und alle Leute starrten ihn entsetzt an. Er hatte nicht nur den Beginn der Trauerfeier gestört, sondern auch weder Schuhe noch Strümpfe an.

Gerade eben, in dieser abrupt beendeten Nacht, hatte er bei der jüngsten Neuauflage des Albtraums zum Flughafen fahren müssen, weil ein wichtiger Interviewtermin in München anstand. Wieder einmal war er zu spät dran, weil der Wecker nicht geklingelt oder er es zumindest nicht gehört hatte. Ausgerechnet jetzt! Scheiße! Wenn er sich extrem beeilte, würde er den Flieger vielleicht noch erreichen können. Aber einen Kaffee auf die Schnelle brauchte er trotzdem, sonst wäre er die nächsten Stunden zu nichts zu gebrauchen. In seiner Hektik verschüttete er den Kaffee auf die Hose seines frisch gereinigten grauen Anzugs. So konnte er nicht aus dem Haus, er musste sich umziehen. Aber sein zweiter Anzug war nicht besonders gut in Schuss. Das war jetzt leider nicht zu ändern, darauf kam es auch nicht an. Schließlich flog er nicht zu einem Modeevent. Nur würde ihn das Umziehen einige Minuten kosten. Minuten, die er sich eigentlich nicht leisten konnte. Verdammt! Und wo steckte eigentlich sein Handy? Auf der kleinen Kommode im Flur, wo das Portemonnaie und der Schlüsselbund lagen, war es nicht. Er brauchte das Handy dringend. Weniger um zu telefonieren, darauf würde er zur Not auch einen Tag verzichten können. Auf dem Gerät befanden sich jedoch sowohl die Adresse zum Interviewtermin als auch das elektronische Flugticket. Fieberhaft suchte er das Mobiltelefon – im Schlafzimmer, im Bad, im Flur, im Wohnzimmer. Schließlich fand er es in der Küche.

Wieder waren Minuten vergangen. Kostbare Zeit, die er wirklich nicht mehr hatte. In einer knappen Stunde würde der Flieger starten, wahrscheinlich ohne ihn. Hektisch, schwitzend und schwer atmend stürzte er aus dem Haus – und erwachte völlig aufgewühlt. Hatte er den Flieger noch bekommen? War er diesmal wenigstens vollständig gekleidet unterwegs? Er wusste es nicht. Schwerfällig kroch er aus dem Bett und stellte sich unter die Dusche.

Montagmorgen

Hopp fühlte sich wie durch den Wolf gedreht. Er brauchte dringend eine doppelte Dosis Koffein, um sich nach dieser aufregenden, schweren Nacht einigermaßen mit dem neuen Tag anfreunden zu können. Ohne Kaffee am Morgen kam er sowieso nie auf Touren, aber diesmal würden mehrere Tassen seiner heißen Liebe nötig sein. Wie in Trance wankte er durch die Küche und suchte Kaffeepulver. Die Frischhaltedose war leer. Auch im Vorratsfach des Küchenschranks fand er kein neues Päckchen. Habe ich Blödmann etwa vergessen, Kaffee zu kaufen? Das gibt es doch nicht, verdammt noch mal! Was mache ich denn jetzt? Hopp fragte sich, ob er zum Supermarkt rennen sollte, um Nachschub zu besorgen, oder ob er zur Not auf schwarzen Tee umstieg. Davon war garantiert genug im Haus. Otto war leidenschaftlicher Teetrinker. Beide Optionen gefielen ihm nicht.

Der dynamische Klingelton des Handys riss ihn aus seinen Überlegungen. Eigentlich ging er morgens vor dem ersten Kaffee grundsätzlich nie ans Telefon. Das Display kündigte jedoch Jana an. Ausgerechnet Jana. Gerade jetzt. Was tun? Die Mailbox ihren Dienst verrichten lassen oder doch ausnahmsweise das Gespräch annehmen? Schnell räusperte er sich kräftig und sagte dreimal laut »guten Morgen« und zweimal »ich bin fit« zu sich selbst, um die Stimmbänder einigermaßen in Schwung zu bringen. Dann stellte er sich so unverkrampft wie möglich dem Telefonat.

»Guten Morgen, Jana. Welche Überraschung.«

»Hallo, Alex. Alles gut bei dir? Du klingst so anders, ziemlich matt, irgendwie mitgenommen.«

»Bin ich leider auch, weil ich schlecht geschlafen habe. War mir klar, dass du das bestimmt sofort bemerken würdest. Du kennst mich einfach zu gut.« Alexanders Stimme klang bereits fester.

»Für meinen Geschmack noch nicht gut genug.« Jana lachte. »Aber lassen wir das jetzt. Darüber sprechen wir bei unserem nächsten Treffen. Tut mir sehr leid, Alex, dass unsere Verabredung am Samstag kurzfristig geplatzt ist. Auf der anderen Rheinseite ist eine tote Frau gefunden worden. Sieht nach Mord aus. Also musste ich unbedingt dorthin. Ist ein langer Abend geworden. Wollen wir es heute einfach noch einmal miteinander versuchen? Gleicher Ort, gleiche Zeit?«

»Das kriege ich leider nicht hin, Jana. So ein Mist! In unserer WG steigt ein Männerabend. Den kann ich schlecht absagen kann, weil ich kochen soll. Wie sieht es denn morgen bei dir aus? Hättest du dann auch Zeit?«

»Ich werde mir alle Mühe geben. Hast du eigentlich schon von Michels gehört?«

»Was soll ich von ihm gehört haben? Ich war doch gestern selbst bei seiner Vernissage in Adendorf. Da hat er kaum etwas gesagt. Eine kurze, aber knackige Ansprache. Ansonsten war die Veranstaltung so dröge wie erwartet. Keine besonderen Vorkommnisse.«

»Bei der Vernissage vielleicht nicht, aber dafür heute Nacht.« Jana legte eine dramaturgisch geschickte Gesprächspause ein.

»Was war denn heute Nacht? Schieß schon los, spann mich bitte nicht so auf die Folter.«

»Da wurde, wahrscheinlich zwischen drei und vier Uhr, in den Ausstellungsraum eingebrochen und das wichtigste und wohl auch wertvollste Werk von Michels gestohlen«, berichtete Jana nüchtern im Stil eines Polizeisprechers.

»Wie bitte? Welches denn?«

»Ein Triptychon, drei quadratische Einzelbilder, 90 Zentimeter hoch und zusammen 2,70 Meter breit, die …«

»… das Siebengebirge in verschiedenen Lichtstimmungen zeigen. Das habe ich mir gestern selbst als erstes angeschaut. Wirklich beeindruckend. Wer stiehlt denn so was?« Für Hopp war dieser Bilderdiebstahl im ersten Moment noch rätselhafter als der Instrumentenraub bei den Buchbinders.

»Keine Ahnung. Woher soll ich das wissen? Kunstdiebstähle sind nicht mein Fachgebiet. Und offiziell habe ich mit diesem Fall ja auch nichts zu tun. Der ist wieder Sache unseres gemeinsamen Freundes Schreiber. Das weißt du doch. Ich dachte nur, du solltest möglichst früh über den neuen Einbruch Bescheid wissen, zumal du ja zur Ausstellungseröffnung gehen wolltest. Was du jetzt mit der Information anfängst, ist deine Sache.«

»Danke, Jana, sehr lieb von dir! Übrigens darf ich den besagten Herrn Kriminaloberkommissar gleich im Präsidium besuchen. Er hat mich zu einer exklusiven Audienz eingeladen. Ausgerechnet heute Vormittag! Wenn du im Büro bist, stecke ich nach diesem sicherlich beglückenden Termin mal den Kopf durch die Tür. Okay?«

»Ja. Mach das bitte. Ich bin gespannt, was der großartige Kriminalist von dir will und wie er sich dabei wieder aufführt. Bis später.«

Jana hatte bei diesem kurzen Gespräch fröhlich geklungen. Das beflügelte Hopp. Dennoch stand er noch immer vor dem drängenden Problem, zwischen Einkaufengehen und Teetrinken wählen zu müssen. Er entschied sich für Abwarten und Teetrinken.

Jana Jäger ging zum Kaffeeautomaten im Flur des Präsidiums. Das Gebräu schmeckte zwar nicht besonders, aber mangels Alternative war es immerhin besser als nichts. Sie zog zwei Becher Milchkaffee und schlenderte damit vorsichtig in ihr Büro. Wie erwartet, war Frank Streffer schon dort und starrte auf den Monitor, als ob er den Computer hypnotisieren wollte. Sie kannte den Kriminaloberkommissar, mit dem sie seit Jahren zusammenarbeitete, mittlerweile fast besser, als er sich selbst. Frank war Frühaufsteher und Morgenmuffel und Asket und Schweiger und Computerfreak und Erbsenzähler und Arbeitstier und Ehrgeizling und Musterbeamte und Herr Zuverlässig. Einfach ein Unikum. Für sie war er der beste Partner, den sie sich für ihren gefährlichen Job vorstellen konnte. Außerdem mochte sie diesen kauzigen Kerl richtig gerne.

»Guten Morgen, Frank. Hast du schon gehört, was am Wochenende bei uns in Wachtberg los war?« Jana strahlte ihn gut gelaunt an, während sie ihm einen der beiden Kaffeebecher auf den Schreibtisch stellte.

»Nein. Was denn? Und Dankeschön für den Kaffee!« Streffer schaute weiter konzentriert auf den Computerbildschirm.

»Bitte, gern geschehen. Freitagabend wurde in Pech bei unseren Nachbarn direkt gegenüber eingebrochen. Gestohlen wurden zwei wertvolle Geigen und ein Kontrabass. Sonst nichts. Als wäre das nicht schon ungewöhnlich genug für unser langweiliges Kaff, gab es heute Nacht einen weiteren Kunstraub. Aus der gerade eröffneten Ausstellung wurde das Hauptwerk eines bekannten Wachtberger Malers gestohlen. Ist das nicht irre?«

Langsam drehte Streffer seinen Kopf um 45 Grad und schaute sie mit zusammengepressten Lippen und verkniffenen Augen skeptisch an.

»Und das soll ich glauben? Du willst mich wohl schon am frühen Montagmorgen verarschen.«

»Nein, Frank. Wirklich nicht! Beim Leben meiner lieben Großmutter ...«

»... die schon vor fünf Jahren verstorben ist. Echt witzig, Jana!«

»Okay, okay. Anderer Einsatz: Bei allem, was ich besitze, schwöre ich, dass beides haargenau so passiert ist. Echt kein Scherz. Ehrlich!«

»Whow. Da haben die geschätzten Kollegen vom Einbruch-Diebstahl ja jetzt ein richtig dickes Brett zu bohren. Das hört sich nämlich nach Vollprofis an.«

»Sieht auch ganz so aus. Die Frage ist nur: Handelt es sich um ein und dieselbe Truppe, die gleich zweimal kurz hintereinander zugeschlagen hat oder ist es Zufall, dass verschiedene Täter innerhalb von zwei Tagen in Wachtberg auf sehr ähnliche Weise ihr Unwesen in der Kunstszene getrieben haben?« Jana Jäger legte nachdenklich ihre Stirn in Falten und kratzte sich am Hinterkopf.

»Beides ist möglich, aber nicht gleich wahrscheinlich, wenn du mich fragst. Mein Gefühl flüstert mir spontan, dass die Fälle miteinander zusammenhängen.«

»Kann ich mir auch vorstellen, Frank, obwohl Streichinstrumente und Gemälde auf den ersten Blick ja ziemlich wenig miteinander zu tun haben.«

»Stimmt. Muss aber nichts zu bedeuten haben.« Streffer wandte sich demonstrativ wieder seinem Computer zu, offenbar wollte er das Thema gerne beenden. So interessant die Sache auch sein mochte, sie hatten nichts damit zu tun. Dafür waren die Herrschaften vom Einbruchskommissariat zuständig. Und daher war für ihn der Reiz gering. »Wie auch immer, Jana. Du wirst dich ausnahmsweise gedulden müssen, bis die Kollegen die Fälle geklärt haben. Dann erfährst du es bestimmt.«

»Was mir extrem schwerfällt, wie du weißt. Zumal mich die Buchbinders, das sind die Musiker, deren Instrumente Freitagabend gestohlen wurden, um Hilfe gebeten haben. Sie wohnen direkt uns gegenüber. Nette Nachbarn. Aber egal. Ich muss und werde mich zurückhalten.« Jana seufzte einmal tief. »Womit wir beim eigentlichen Thema wären, bei dem ich dich um Rat fragen möchte, Frank. Nämlich, wie Alex und ich uns künftig in konfliktträchtigen Situationen unserer Beziehung verhalten können sollten. Äh, müssten.« Sie lachte verlegen.

Streffer errötete schlagartig und sah seine Kollegin ebenso erschrocken wie erwartungsvoll an. Ungefragt sprach sie eigentlich selten über private Dinge, schon gar nicht, wenn sie problematisch waren. Und über Beziehungsfragen hatte sie sich in all den Jahren noch nie geäußert.

»Wie bitte? Das fragst du mich?«

»Ja, Frank. Dafür habe ich eine Idee, und ich brauche deine Einschätzung, weil es nicht zuletzt um polizeiliche Dinge geht.«

Streffer öffnete schwerfällig den Mund, brachte aber nur ein unartikuliertes »Aha« als Antwort heraus.

Irgendwie erinnerte er Jana gerade an einen Goldfisch im Glas – aber sie beendete das Kopfkino umgehend. Sie wollte sich durch diese schräge Assoziation partout nicht von ihrem wichtigen Thema ablenken lassen.

»Wir haben seit Monaten Beziehungspause, weil wir unsere Streitereien über aktuelle Fälle, an denen ich arbeite und über die er berichten will, nicht in den Griff gekriegt haben. Das hast du ja alles mitbekommen.« Sie sprach ruhig und sachlich.

»Ja klar, Jana, weiß ich natürlich.«

»Aber ich liebe Alex und vermisse ihn sehr. Entweder finden wir jetzt eine Lösung, wie wir unsere Spannungen einvernehmlich managen können, oder ...« Sie stockte abrupt, als hätte sie Angst, etwas Unsägliches auszusprechen. »Oder wir müssen uns endgültig trennen. Einfach so weitermachen wie früher und immer wieder aneinandergeraten ist jedenfalls keine Option.«

Streffer nickte nur kurz, was Jana Jäger ermutigte, ihren Monolog fortzusetzen.

»Ich will mit Alex einen Deal vereinbaren. Informationen gegen Informationen. Vertrauen gegen Vertrauen. Ich weihe ihn offen und ehrlich in die Ermittlungen in meinen akuten Fällen ein, soweit ich das noch einigermaßen vertreten kann, und er überlässt mir dafür im Gegenzug die Ergebnisse seiner Recherchen. Seine Story darf er aber nur nach vorheriger Abstimmung mit mir beziehungsweise uns veröffentlichen. Ich glaube, davon können beide Seiten profitieren. Vor allem aber, und das ist mir wirklich das Wichtigste, gehen Alex und ich damit unserem Dauerkonflikt aus dem Weg. Vorausgesetzt natürlich, dass jeder sich an die Spielregeln hält.«

Erwartungsvoll sah Jana Jäger ihren langjährigen Partner mit großen Augen an.

Streffer holte tief Luft und blies dann beide Backen prall auf. Meinte Jana das wirklich ernst? Das konnte doch wohl nicht wahr sein. Aber zuzutrauen war es ihr. Sie kam auf die verrücktesten Ideen. Skeptisch zog er beide Augenbrauen zu einem fast durchgehenden, dichten Haarstreifen zusammen und schüttelte langsam den Kopf. »Bist du wahnsinnig, Jana? Das kannst du nicht bringen. Deine Intention kann ich zwar einigermaßen nachvollziehen, aber die Umsetzung überhaupt nicht. Dieses Vorgehen ist viel zu gewagt. Damit verstößt du konsequent gegen die Dienstvorschriften. Wenn das auffliegt, bist du am Arsch. Willst du das tatsächlich riskieren?« Seine Stimme zitterte vor Aufregung.

Resigniert senkte Jana den Kopf und sprach nun ungewöhnlich leise weiter: »Ich muss es riskieren, fürchte ich. Denn wenn ich es nicht tue, verliere ich Alex ein für alle Mal. Und dann bin ich wirklich am Arsch.«

Für einige Minuten schwiegen beide verlegen. Frank Streffer widmete sich verbissen seiner vorherigen Beschäftigung, kaute nachdenklich auf der Unterlippe herum und schlürfte zwischendurch an dem mitgebrachten Milchkaffee, der ihm nun nicht mehr schmeckte. Jana Jäger starrte mit leerem Blick aus dem Fenster, wo es nur parkende Autos zu sehen gab. Dann sortierte sie die Ordner auf ihrem Schreibtisch und klappte den obersten auf. Er enthielt die ersten spärlichen Unterlagen zu ihrem aktuellen Fall – einer Wasserleiche, die vorgestern Abend in Beuel beim Bonner Bogen gefunden worden war, nur wenige Hundert Meter vom Polizeipräsidium entfernt. Unmittelbar vor dem mondänen *Kameha Grand*, das viele für das beste Hotel weit und breit hielten. Jana war noch nie in diesem Haus gewesen. Aber von außen gefiel ihr das ungewöhnliche Gebäude. Irgendwie sah es wie ein gigantisch großer Drucker aus.

An dieser exponierten Stelle des Rheinufers lag die Leiche halb im Fluss, halb auf dem Kies. Jana besah sich zuerst die Fotos der toten Frau. Augenscheinlich hatte sie schon einige Zeit im Wasser verbracht, woraus zu schließen war, dass die Fundstelle nicht der Tatort gewesen sein konnte. Denn dort hätte die Leiche kaum mehrere Tage liegen können, ohne von Hotelgästen oder einem der zahlreichen Spaziergänger und Fahrradfahrer entdeckt zu werden. Wahrscheinlich war die Frau an einer Stelle rheinaufwärts zu Tode gekommen und von der starken Strömung im Fluss nach Beuel getrieben worden. Der Täter hatte sich jedenfalls keine Mühe gegeben, das Opfer irgendwo zu verstecken.

Nach den ersten Eindrücken vom Fundort war die Frau keines natürlichen Todes gestorben. Die schwere Verletzung an ihrem Hinterkopf sprach eher für ein Gewaltverbrechen. Theoretisch konnte sie auch irgendwo am Ufer auf glitschigen Steinen ausgerutscht sein, sich dabei die Wunde zugezogen haben und, bewusstlos im Wasser liegend, ertrunken sein. Theoretisch. Nach allen kriminalistischen Erfahrungen hielt Jana dieses Szenario jedoch für äußerst unwahrscheinlich. Wie, wann und vielleicht auch wo die Frau umgekommen war, würden die Rechtsmediziner zweifelsfrei herausfinden. Noch lag der Obduktionsbericht aber nicht vor.

Die Verstorbene hatte weder Papiere noch Handy bei sich.

Sie sah sehr gepflegt aus, soweit man das von einer Leiche, die einige Tage im Wasser gelegen hatte, behaupten konnte. Wahrscheinlich war die Frau Mitte bis Ende Dreißig und zu Lebzeiten ziemlich attraktiv gewesen. Ihre Kleidung jedenfalls war teuer und geschmackvoll. Einen Kaschmirpullover, wie sie ihn trug, hatte sich Jana bisher nicht leisten können und nicht leisten wollen. Sie war nicht knausrig, warf ihr Geld aber auch nicht aus dem Fenster. So dicke hatte sie es als Beamtin schließlich nicht.

Eigentlich müsste doch irgendjemand diese Frau vermissen – ein Lebensgefährte, eine Freundin, Eltern, Geschwister, Arbeitskollegen, Sportkameraden oder Nachbarn, überlegte Jana Jäger. »Hast du eigentlich schon die Vermisstenmeldungen im System überprüft?«, fragte sie Frank Streffer nach minutenlanger Sprachlosigkeit.

»Habe ich, Chefin! Aber da ist nichts Passendes dabei. Nur zwei Frauen sind hier im Westen gemeldet. Eine ist 22 Jahre jung, Studentin, und stammt aus Düsseldorf. Und die andere ist Mitte 60, seit langem obdachlos und wurde zuletzt in der Fußgängerzone von Koblenz gesehen. Beide können kaum unsere attraktive dreißigjährige Leiche sein. Und dass die Tote von irgendwo weiter weg stammt, kann ich mir kaum vorstellen.«

»Wäre aber möglich. Wenn wir sie nicht bald identifizieren können, müssen wir auch dieser Alternative nachgehen.«

»Klar. Aber vorher machen wir erst einmal hier unsere Hausaufgaben.«

»Na gut. Hast du denn schon irgendwas aus der Rechtsmedizin gehört? Wann gedenken die Halbgötter in Grün denn, uns ihre bahnbrechenden Erkenntnisse mitzuteilen?«

»In Grün? Wieso denn Grün? Das heißt doch in Weiß.«

»Beim letzten Mal trugen die aber Grün. Oder?«

»Ist mir nicht aufgefallen. Aber egal, ich vermute, dass die Pathologen uns im Laufe des Tages ihren Bericht liefern.«

Jana Jäger war enttäuscht. »Dann bleibt uns wohl erst einmal nichts anderes übrig, als weiter abzuwarten. Oder fällt dir etwas Sinnvolleres ein?«

Auf Anhieb wusste Alexander Hopp nicht zu sagen, wann er das letzte Mal an der Redaktionskonferenz des Kölner *Kurier* teilgenommen hatte. Er konnte sich kaum daran erinnern, das musste verdammt lange her sein, in diesem Jahr hatte er sich jedenfalls noch nicht dort blicken lassen. Aber heute war er ausnahmsweise dabei. Weil er sich leider nicht vor dieser lästigen Veranstaltung hatte drücken können, obwohl er in ungewöhnlich miserabler Verfassung war. Der Albtraum der vergangenen Nacht hallte in seinem unausgeschlafenen Schädel nach. Doch die Chefredakteurin hatte kompromisslos auf seiner Anwesenheit bestanden und offen mit dem fristlosen Rausschmiss gedroht, wenn er wieder nicht erscheinen würde.

Seit Nikola »Nicki« Schnell vor fast drei Jahren die Redaktionsleitung des Boulevardblatts übernommen hatte, befand sich Hopp praktisch im Dauerclinch mit ihr. So gut wie nie waren sie derselben Meinung. Einerseits lag es daran, dass Schnell unter extremem Druck stand und deshalb immer mehr von ihren Leuten verlangte. Sie musste Kosten sparen, weil die Zeitung im harten Pressemarkt an Boden verlor. Die Auflage sank kontinuierlich, entsprechend schrumpften die Anzeigenerlöse. Auch mit der digitalen Transformation kam der *Kurier* nicht zurecht. Die Leser wollten partout nicht für Inhalte zahlen, die sie bisher im Internet kostenlos bekommen hatten.

Für diesen Stress seiner Chefredakteurin hatte Hopp Verständnis. Er hätte nicht mit ihr tauschen wollen.

Andererseits aber war Schnell handwerklich überfordert: journalistisch wie organisatorisch unbedarft und charakterlich ungeeignet. Damit konnte Hopp schlecht umgehen, zumal sie seine Sonderrolle als freier Reporter, der nur durch einen pauschalen Teilzeitvertrag mit dem Blatt verbunden war, nicht respektierte. Sie erwartete von ihm klassische Routinearbeiten im Büro, so wie sie festangestellte Redakteure tagtäglich leisteten. Zusätzlich verdonnerte sie ihn immer öfter, kurze Zusatzbeiträge für die digitalen Kanäle des Verlags zu schreiben, was eigentlich auch die originäre Aufgabe der Festangestellten war und bei den meisten Zeitungen normalerweise von Volontären und Nachwuchsredakteuren erledigt wurde. Für die digitalen Zusatzbeiträge, die ganz und gar nicht seine Sache waren, war Hopp eindeutig zu teuer. Er war eine Art journalistisches Trüffelschwein, musste sich möglichst frei bewegen, um auf die spektakulären und exklusiven Themen zu stoßen. Aber auch seine Geschichten gefielen Nikola Schnell in jüngster Zeit nur noch selten.

»Guten Morgen, Kollegen. Wie Sie alle sehen, beglückt uns unser hochverehrter Starreporter mal wieder mit seiner überaus kostbaren Anwesenheit. Ich bitte daher alle, das heutige Datum rot in ihren Kalendern anzustreichen.«

Was für ein Affront.

Hopp dachte kurz nach. Dass diese Tussi ziemlich doof war, wusste er längst. Aber soviel Dreistigkeit hatte er ihr bisher nicht zugetraut. Er lächelte souverän und holte zu einem intelligenten Konter aus: »Vielen Dank für die herzliche Begrüßung! Wenn meine seltene Anwesenheit dazu führt, dass sie so hoch geschätzt wird, werde ich sie künftig wohl noch sparsamer dosieren. Schließlich ist Wertsteigerung durch Verknappung ein äußerst bewährter Marktmechanismus.«

»Unterstehen Sie sich, Hopp! Legen Sie sich nur nicht mit mir an. Das würde Ihnen nicht bekommen. Nutzen Sie diese seltene Gelegenheit lieber, um uns Ihre Themen vorzustellen.«

»Wenn Frau Chefredakteurin meinen.«

Hopp ließ sich von ihrem autoritären Gehabe nicht beeindrucken. Wenn sie ihm so kam, würde er ihr erst einmal ein paar harmlose, unspektakuläre Vorschläge präsentieren, um sie so richtig auf die Palme zu bringen. »Also: Auf dem Land, in und um Wachtberg herum, grassiert ein rätselhaftes Vogelsterben. Der pensionierte Oberförster des Reviers glaubt, die Erklärung dafür gefunden zu haben.«

»Ist ja klasse, freut mich vor allem für die Vögel. Interessiert mich aber nicht die Bohne«, kanzelte Schnell ihn barsch ab.

»Nicht? Ach so. Wie wäre es denn damit? Der Pferderipper ist zurück. In den Dörfern Niederbachem und Holzem hat er zwei junge Stuten ganz widerlich ...«

»Widerlich. Sie sagen es. Wer will das denn lesen? Da wird einem ja alleine von der Vorstellung speiübel. Ganz abgesehen davon, dass Sie uns mit dieser Schote schon im letzten Herbst wochenlang genervt haben.«

»Auch nicht? Schade. Dann hätte ich noch Korruption in Rheinbach. Da soll es bei mindestens einem Beamten Baugenehmigungen nur gegen Bares gegeben haben.«

»Soll es, Hopp, oder hat es? Ein ganz feiner, aber entscheidender Unterschied. Aber selbst wenn das stimmt, sind Unregelmäßigkeiten auf dem Bauamt von Rheinbach alles andere als ein Kracher für uns. Ungefähr so relevant wie der berühmte Sack Reis, der in einem der Häfen von Shanghai umfällt. Ist das alles, was Sie in der Pipeline haben?«

Alexander Hopp wusste genau, was jetzt kommen würde. Er kannte Schnell und ihr Repertoire; die nun anstehende Leier hatte er zur Genüge gehört. Er freute sich fast auf ihre Reaktion.

»Sie lassen sich nicht nur nie hier blicken, sondern Sie schreiben auch keine spannenden Geschichten mehr. Seit der Entführungsstory um die kleine Italienerin, und die ist locker ein halbes Jahr her, haben Sie nur noch Schrott geliefert. Unwichtige Allerweltsartikel, Hopp, langweiligen Stehsatz. Wofür zahle ich eigentlich Ihr üppiges Pauschalistensalär? Für das gleiche Geld könnte ich sofort zwei junge, hungrige Redakteure einstellen.«

»Ihre Entscheidung, Chefin.«

Hopp blieb, trotz Kopfschmerzen, völlig entspannt. Triumphierend lächelnd zog er seinen Joker. »Einen Themenvorschlag hätte ich allerdings noch. Wenn Sie ihn denn hören möchten?«

»Raus damit. Letzte Chance!«

»An diesem Wochenende gab es in Wachtberg zwei ziemlich ungewöhnliche Einbrüche. Beim ersten wurden sehr wertvolle Streichinstrumente, beim zweiten drei besondere Gemälde gestohlen. Der Schaden ist immens.«

»Wie hoch ist immens in Ihrer persönlichen Wertskala?«

»Hoch sechsstellig, wenn nicht gar siebenstellig.«

»Das ist wirklich immens und klingt für Ihre Verhältnisse auch ausnahmsweise interessant.« Die Stimmung von Nikola Schnell schien sich schlagartig aufzuhellen. »Ich brauche einen großen Aufmacher. Wann können Sie liefern?«

»Nicht heute und nicht morgen. Die Recherche ist kompliziert. Die Polizei hält bislang komplett dicht und …«

»Ich wusste doch, das an dieser Geschichte etwas faul sein muss. Ausreden, Hopp, immer nur Ausreden. Wenn Ihre Stories annähernd so originell wären wie Ihre fadenscheinigen Ausflüchte, dann hätten Sie längst den Pulitzer Preis. Mindestens.«

»Das ist keine Ausrede. Ich habe tatsächlich noch nicht die nötigen Fakten für einen großen Aufmacher. Die Fälle vorschnell spekulativ aufzublasen, wäre journalistisch unseriös und auch kontraproduktiv. Damit würden wir uns die wirklich große Geschichte kaputtmachen.«

»Mein Gott, Hopp. Ihr pseudomoralisches Journalistenethos-Gequatsche kann ich nicht mehr hören. Ich will die Story. Schnellstens!«

»Die kriegen Sie auch, so schnell es eben möglich ist. Als Erstes schreibe ich einen handfesten nachrichtlichen Bericht, soweit die Fakten tragen, und parallel recherchiere ich für die große Titelgeschichte. Mehr geht nicht. Einverstanden?«

Nikola Schnell starrte ihn grimmig an und grummelte. Alexander Hopp wertete das als eindeutige Zustimmung.

Im weiteren Verlauf der Konferenz sagte er nichts mehr, hörte sich noch einige Ideen der Kollegen an und verließ wenig später mit freundlichem Gruß den Raum.

Er fuhr auf die andere Rheinseite nach Bonn-Beuel ins Polizeipräsidium, um der unerfreulichen Einladung zum Gespräch mit Kriminaloberkommissar Detlef Schreiber Folge zu leisten. Der zweite Profilneurotiker, mit dem sich Hopp an diesem Vormittag herumschlagen musste, und das nach dieser aufwühlenden Nacht. An manchen Tagen blieb einem einfach nichts erspart.

Augen zu und durch, dachte Hopp, der sich allerdings nach dem Gekabbel mit Nikola Schnell schon gut für das anstehende Duell bei der Kripo vorbereitet fühlte.

Punkt fünf Minuten vor Zwölf klopfte Hopp an die Tür von Schreibers Büro. Das mehr gebellte als gesprochene »Herein!« klang wenig einladend.

Statt ihn zu begrüßen, schaute der Oberkommissar nur missmutig auf seine Armbanduhr.

»So gerade eben noch die Kurve gekriegt, Herr Hopp. Mit spätestens zwölf Uhr hatte ich eigentlich einen etwas früheren Zeitpunkt gemeint.«

»Dann sagen Sie das doch einfach klipp und klar. Ich kann schließlich keine Gedanken lesen.«

Hopp hatte sofort einen barschen Ton angeschlagen und verzichtete ebenfalls darauf, sein Gegenüber zu grüßen.

»Was hatten Sie am Freitagabend bei den Buchbinders zu suchen? Und was haben Sie am Sonntagmorgen in deren Nachbarschaft getrieben?«

»Wenn ich mich recht entsinne, habe ich Ihnen das am Freitagabend bereits erklärt und am Sonntag sogar noch einmal. Obwohl es Sie überhaupt nichts angeht.«

»Ich ermittle im Fall eines besonders schweren Einbruchs. Da geht mich fast alles etwas an.« Wie zu erwarten war: Schreiber reagierte großkotzig. Selbstbewusst jonglierte er einen Kugelschreiber zwischen den Fingern seiner rechten Hand.

Alexander Hopp lachte kurz tonlos auf und schüttelte fassungslos den Kopf, so wie sein Vater es immer gemacht hatte, wenn er als kleiner Junge etwas Unsinniges angestellt hatte.

»Dann passen Sie nur gut auf, dass Sie alles im Griff behalten und Ihnen nichts auf die Füße fällt. Und damit meine ich nicht diesen bedauernswerten Kuli«, antwortete er respektlos.

»Was fällt Ihnen denn ein? Werden Sie mir ja nicht frech!« Schreibers Kopf färbte sich binnen Sekunden knallrot.

»Könnten Sie mir jetzt bitte endlich erklären, was Sie überhaupt von mir wollen? Ich habe meine Zeit schließlich nicht im Lotto gewonnen.«

Hopp ging in die Offensive, weil er diese Farce so schnell wie möglich hinter sich bringen wollte.

»Ich will, dass Sie Ihre Journalisten-Finger aus meinem Fall heraushalten. Ich will, dass Sie mir nicht in meine Ermittlungen hineinpfuschen. Und ich will Sie nie mehr in der Nähe eines meiner Tatorte erwischen.«

»Ihre Tatorte? Der Herr Kriminaloberkommissar hat eigene Tatorte, sensationell«, spottete Hopp. »Aber jetzt mal im Ernst, Herr Schreiber. Was haben Sie mir eigentlich zu sagen? Nichts! Ich habe weder etwas verbrochen, noch gibt es gegen mich irgendwelche begründeten Verdachtsmomente – wenn ich nicht irre. Dass ich überhaupt heute hierhergekommen bin, ist reine Kulanz meinerseits. Sie hatten kein Recht, mich hierher zu bestellen. Und außerdem: Wenn ich Freunde besuche, ist das meine Sache. Ebenso, wann und wo oder warum ich im Dorf herumspaziere. Das geht Sie alles einen feuchten Kehricht an.«

Schreiber holte tief Luft, kniff beide Augen zusammen und rang um Fassung. Als er endlich Hopps markige Ansage parieren wollte, kam der ihm zuvor.

»Machen Sie doch bitte einfach Ihren Job, ermitteln Sie gründlich, und klären Sie den Fall auf. Damit haben Sie wahrscheinlich mehr als genug zu tun. Und mischen Sie sich nicht unnötig in die Angelegenheiten anderer Leute ein, die auch nur ihren Job machen müssen. Ich bin Journalist, ich recherchiere Themen des öffentlichen Interesses, und dann schreibe ich Artikel darüber und lasse sie von meinen Auftraggebern veröffentlichen. Alles im Rahmen der hierzulande gültigen Gesetze. Wenn Ihnen das nicht passt – Ihr Problem. Schönen Tag noch, Herr Schreiber.«

Ohne eine weitere Antwort des Kommissars abzuwarten, erhob er sich, nickte kurz und verließ das Büro.

Jana Jäger saß am Schreibtisch und studierte Akten, als Alexander den Kopf zur Tür hereinsteckte. Erfreut bat sie ihn in ihr Büro, stand auf und umarmte ihn herzlich.

»Na, was wollte der Schaumschläger vom Einbruch-Diebstahl denn von dir? Lass mich raten. Du sollst dich heraushalten – stimmt's? Oder hab ich recht?«

»So ungefähr. Das Thema kennen wir zwei ja nur zu gut.«

Alexander lachte verlegen. Genau das war ja der wunde Punkt in ihrer kriselnden Beziehung. »Allerdings hat er sogar etwas dagegen, wenn er mich bei Freunden antrifft oder in unserem Dorf auf dem Bürgersteig oder in der Nähe irgendeines Tatorts, mit dem er gerade beschäftigt ist. Er beschneidet mir quasi meine Grundrechte auf Freizügigkeit und auf Berufsausübung. Alles auf einen Abwasch. Starkes Stück!«

»Was du dir sicherlich nicht kampflos hast gefallen lassen.«

»Das kannst du laut sagen. Ich habe ihm einen Einlauf verpasst, der sich gewaschen hat. Den vergisst er sicher nicht so schnell.«

Jana musterte Alexander. Er sah ungewöhnlich mitgenommen aus, was kaum an dem Disput mit Schreiber liegen konnte. Der hatte ihm eher Auftrieb gegeben, so wie sie ihn kannte. Jetzt erinnerte sie sich auch, dass er schon morgens am Telefon nicht gut geklungen hatte. Einer seiner berüchtigten Albträume musste der Grund für seine schlechte Verfassung sein.

»Ich besorge dir jetzt erst einmal einen starken Kaffee. Wie wäre es mit Espresso? Der ist hier einigermaßen genießbar.«

Alexander bedankte sich für das Angebot, zog seine Jacke aus und setzte sich auf den Besucherstuhl vor Janas Schreibtisch, als sie kurz aus dem Raum ging.

Der kleine, heiße Schwarze war wirklich nicht schlecht für einen Automatenkaffee. Er weckte neue Energie in Hopp. Neugierig sah er Jana an. »Und? Gibt es schon irgendwelche Erkenntnisse zu den beiden Einbrüchen in Wachtberg?«

»Nicht, dass ich wüsste. Allerdings wäre ich auch bestimmt nicht die Erste, die davon erfährt. Warum, muss ich dir nicht erklären. Du hast Schreiber ja gerade live und in Farbe erlebt. Was ich dir heute Morgen von Karl Michels berichtet habe, war hier im Flurfunk zu hören.«

»Schade. Ich dachte, dass vielleicht nicht alle in diesem Kommissariat solche Idioten sind.«

»Sind sie auch nicht. Trotzdem halten die Teams meist geschlossen dicht, weil sie gewissermaßen im innerbetrieblichen Wettbewerb stehen. Einen der jüngeren Kollegen vom Einbruch-Diebstahl kenne ich seit Langem, noch von der Polizeischule. Der ist schwer in Ordnung. Mal sehen, ob ich den auf einen Kaffee zu fassen kriege.«

Hopp grinste unauffällig. Er wollte Jana nicht irritieren. Allerdings war er überzeugt, dass sie fest entschlossen war, diesen Kollegen sehr bald in die Mangel zu nehmen.

»Ich habe zusammen mit Otto ein paar vielversprechende Ansätze für die Recherche zum Instrumentenraub gefunden. Denen werde ich als Nächstes nachgehen. Danach, falls es noch nicht zu spät am Abend ist, fahre ich spontan zu Maler Michels und höre mal nach, was er zu berichten hat. Eventuell lässt er sich ja richtig interviewen.«

»Mach das. Vielleicht findest du ja etwas Sachdienliches heraus. Wie schätzt du die Situation denn bisher ein? Hältst du die beiden Einbrüche am selben Wochenende für reinen Zufall? Oder hängen sie deinem Eindruck nach zusammen, und ein und die gleiche Bande ist dafür verantwortlich?«

»Ich weiß es nicht, Jana. Beide Fälle sind reichlich ungewöhnlich, vor allem wegen der Beute. Wenn ich mich jetzt, zum Beispiel wegen einer Wette, spontan entscheiden müsste, würde ich sagen: kein Zufall!«

Sie lächelte Alexander an und nickte langsam. »Mein Gefühl sagt mir dasselbe. Apropos Gefühl: Sollen wir unser beider Gefühlschaos morgen Abend nicht besser bei einem leckeren Essen aufräumen? Zum Beispiel im Dahlien-Hotel? Das Restaurant dort ist ziemlich gut und hat gerade sardische Woche. Da stehen ungewöhnliche Gerichte auf der Karte. Das wäre doch bestimmt was für dich. Soll ich für 20 Uhr reservieren?«

Alexander gab Jana einen Kuss. Den ersten seit einer gefühlten Ewigkeit.

Fröhlich pfeifend tänzelte er zu seinem Audi, den er auf dem großen Parkplatz vor dem Präsidium abgestellt hatte. Der pochende Schmerz hinter seinen Schläfen war wie weggeblasen.

»Für einen professionellen Musiker ist das natürlich der reinste Albtraum«, erklärte die zuständige Sachbearbeiterin für Instrumentendiebstähle bei der Organisation der Orchestermusiker mit übertrieben mitleidiger Stimme. »Leider kommen solche Diebstähle ziemlich häufig vor. Allein bei uns werden im Schnitt drei pro Monat gemeldet.«

»Kann ich mir vorstellen. Aber …«

»Das ist für die Musiker ein fast unersetzlicher Verlust. Schließlich haben sie zu ihrer Geige oder Flöte eine ganz besonders innige Beziehung. Sie sind quasi ein eingespieltes Paar und verstehen sich blind. Da kann die verlorene Liebe nicht einfach von heute auf morgen durch eine neue ersetzt werden.«

Hopp verdrehte die Augen und musste sich zwingen, weiter still und geduldig zuzuhören, bis er die eigentlichen Fragen stellen konnte. Unruhig spielte er mit der freien Hand am Stiftständer auf dem Schreibtisch herum. Irgendwann würde die gesprächige Frau am anderen Ende der Telefonleitung ja wohl mal eine Atempause einlegen müssen. Seit zehn Minuten dozierte sie nun schon salbungsvoll über ihr Fachgebiet.

»Von dem materiellen Verlust ganz zu schweigen. Der ist meist riesig, weil Profiinstrumente heutzutage sehr, sehr teuer sind. Für viele Musiker sogar unbezahlbar.«

»Davon habe ich schon gehört.« Hopp sah nun seine Chance gekommen. Entschlossen ergriff er das Wort. »Wo tauchen die geraubten Instrumente denn in der Regel wieder auf, beziehungsweise wo werden sie gehandelt?«

»Entweder auf den einschlägigen Plattformen im Internet oder bei Händlern, denen sie entweder angedreht wurden oder die selbst nicht ganz seriös sind. Manchmal findet man auch welche auf Flohmärkten. Natürlich keine besonders wertvollen Unikate, weil sowas doch kein vernünftiger Mensch auf dem Rummel kaufen würde.«

»Wo denn dann? Wo werden zum Beispiel die richtig teuren Stradivaris gehandelt?«

Für einen Moment schwieg die Sachbearbeiterin nachdenklich. »So richtig wissen wir das leider selbst nicht. Denn eine Art speziellen Marktplatz für gestohlene Instrumente scheint es nicht zu geben. Höchstens irgendwo tief im Darknet. Wahrscheinlich funktioniert dieses Geschäft nur über direkte, sehr diskrete persönliche Kontakte. Sozusagen auf Bestellung.«

Hopp fühlte sich bestätigt. Genau das hatten Otto und er ja schon vermutet. Er bedankte sich überschwänglich bei der auskunftsfreudigen Dame und beendete rasch das Gespräch. Wer würde ihm noch mehr über den exklusiven Markt für Spitzeninstrumente berichten können? Sicherlich die Leute von der Capital-Sound-AG in Bad Honnef, deren ungewöhnliches Businessmodell darauf basierte, alte Meisterstücke zu kaufen und mit Gewinn zu verscherbeln oder zumindest gegen Provision zu vermitteln. Kurz entschlossen wählte Hopp die Nummer der Geschäftsführung, die er im Internet gefunden hatte.

Schon die ersten Laute, die eine Sekretärin in ihren Hörer zischte, klangen nicht besonders freundlich. Er ließ sich jedoch davon nicht verunsichern. Unverblümt stellte er kurz sein Anliegen vor.

»Ich bin Reporter des Kölner *Kurier* und arbeite an einer großen Geschichte über den Markt für wertvolle Instrumente.«

»Was Sie nicht sagen. Interessant«, antwortete die Chefsekretärin provozierend gelangweilt. Dass er sich als Journalist zu erkennen gegeben hatte, war anscheinend alles andere als hilfreich gewesen. »Wir haben hier keinen Pressesprecher. Und ich habe von diesen Dingen leider keine Ahnung.«

»Das hatte ich auch nicht angenommen. Und einen Pressesprecher wollte ich sowieso nicht sprechen. Das war ja schon Ihrer Homepage zu entnehmen, dass es den nicht gibt. Ich hätte gerne einen Interviewtermin mit Ihrem Chef.«

»Mit dem Geschäftsführer?« Sie schnappte künstlich aufgeregt nach Luft. Hopp hätte meinen können, er habe um eine Privataudienz beim Papst ersucht.

»Mit dem Geschäftsführer, ganz genau. Oder haben Sie noch einen anderen Chef?« Die ironische Replik konnte er sich nicht verkneifen. Von dieser Zicke würde er sich nicht so einfach abwimmeln lassen.

»Das ist gerade ganz schlecht. Herr Doktor Neumeyer ist extrem vielbeschäftigt. Das wird erst …«

Sie blätterte ostentativ und deutlich hörbar in einem antiquierten Schreibtischkalender.

»Hmmm, erst in …« Wieder legte sie eine künstliche Pause ein.

»In drei Wochen möglich sein. Wenn Sie solange warten möchten?«

»Nein, möchte ich nicht und werde ich auch nicht«, antwortete Alexander Hopp entschieden. »Ich bräuchte den Termin kurzfristig.«

»Das geht wirklich nicht. Da kann ich Ihnen leider nicht helfen«, säuselte sie mit schlecht gespieltem, falschen Bedauern.

»Und ich kann keine drei Wochen warten. Wenn Sie mir jetzt keinen Termin geben, stelle ich mich eben morgen früh vor Ihrem Firmensitz auf den Chefparkplatz und passe den Herrn Doktor dort persönlich ab. Wenn Ihnen das lieber ist?« Hopp lächelte siegesgewiss vor sich hin. Er wusste, was jetzt kommen würde. Verunsichert würde sie gleich einknicken. Diese Nummer hatte bisher noch immer gezogen.

Wieder blätterte die Chefsekretärin geflissentlich in ihrem Kalender. »Oh, ich sehe gerade, dass morgen Vormittag ein wichtiger Termin gecancelt wurde. Das ist mir eben gar nicht aufgefallen. Um 11 Uhr hätte Herr Doktor Neumeyer kurzfristig eine Stunde Zeit.«

»Sag mal, Jana …«

Keine Reaktion.

»Gibt es mittlerweile neue Erkenntnisse über die Wasserleiche?«

Wieder antwortete die Kollegin nicht, was Frank Streffer von ihr eigentlich nicht gewohnt war. Wahrscheinlich hatte sie seine Fragen nicht gehört. Hoch konzentriert und geistesabwesend las sie ein offenbar spannendes Schriftstück.

»Hallo! Jana! Hier bin ich!«

Verdutzt sah die Hauptkommissarin auf. »Hast du was gesagt, Frank? Habe ich gar nicht mitgekriegt. Tschuldigung. Ich lese gerade den Obduktionsbericht, der vorhin gekommen ist.«

»Endlich! Steht denn etwas drin, was uns weiterhilft?«

»Und ob. Da gibt es gleich mehrere konkrete Ansätze für unsere Ermittlungen.«

»Mach's doch nicht spannender als unbedingt nötig, Jana. Was haben die geschätzten Pathologen denn herausgefunden?«

»Also: Die Frau hatte am linken Arm einen komplizierten Ellenbogen-Speichen-Spaltbruch, der angeblich relativ selten vorkommt. Der ist aber vor längerer Zeit mit Erfolg operiert worden. Wann und wo genau, müssten wir eigentlich herausfinden können, wenn dieser Bruch so ungewöhnlich ist.«

»Halte ich auch für möglich.« Frank Streffer machte sich fleißig Notizen.

»Und dann hat sie ein eigenwilliges, äußerst exklusives Gebiss. Sie hat nur 26 Zähne.«

»Aha. Wieviele hat man denn normalerweise?«

»32. Ihr fehlen also genau sechs. Nicht nur alle vier Weisheitszähne, was es häufiger gibt, sondern am Oberkiefer zusätzlich auch noch zwei Backenzähne. Das sieht nach einem weiteren ziemlich vielversprechenden Ansatz für uns aus, wenn du mich fragst.«

»Super! Das klingt ähnlich originell wie diese seltene Ellenbogenfraktur. Damit sollten wir sie eigentlich identifizieren können. Und was ist mit der Todesursache? Natürlich? Gewaltsam? Ungeklärt?«

Angewidert verzog Jana Jäger den Mund von einem Ohr zum anderen. »Ziemlich sicher gewaltsam. Was sonst? Die Frau war definitiv schon tot, als sie in den Rhein gelegt worden ist. Ihre Kopfverletzung hatten wir ja direkt an Ort und Stelle bemerkt. Die stammen von einem heftigen Schlag mit einem schweren, stumpfen Gegenstand, also dem berühmten Baseballschläger oder etwas ähnlich Brachialem. Dieser Schlag war todesursächlich. Ertrunken ist die Frau auf keinen Fall. Sie hatte nämlich mehr oder weniger null Wasser in der Lunge.«

Streffer schwieg einen Augenblick. Konzentriert rief er sich das Bild des Fundortes am Beueler Rheinufer noch einmal vor Augen.

»So ähnlich hatte ich mir das fast schon gedacht. Und was steht zum Todeszeitpunkt in dem Bericht?«

»Da legen sich die Kollegen nicht fest, weil das bei einer Wasserleiche ja nicht einfach zu bestimmen ist. Mindestens zwei Tage, aber nicht mehr als drei. Also auch irgendwann am Wochenende.«

»Wieso denn *auch*? Gab es da etwa noch einen Toten?«

»Naja, wegen der spektakulären Einbruch-Diebstähle in Wachtberg. Die waren an diesem Wochenende, habe ich dir doch eben erzählt.«

»Was hat das denn miteinander zu tun?« Streffer wunderte sich.

»Nichts. Glaube ich zumindest.«

»Dafür gibt es ja auch nicht den klitzekleinsten Anhaltspunkt.«

»Stimmt. Aber diese Häufung schwerer Delikte an einem einzigen Wochenende ist schon außergewöhnlich.«

»Bestimmt reiner Zufall.« Streffer sah nun Jana direkt in die Augen. »Wie machen wir beiden Hübschen denn jetzt mit unserer Wasserleiche? Sollen wir alles gemeinsam verfolgen oder besser die Arbeit aufteilen?«

»Aufteilen natürlich«, erwiderte Jana entschieden, »sonst schaffen wir diese Fleißarbeit ja nie. Du telefonierst bitte die Krankenhäuser und chirurgischen Praxen im Umkreis von 100 Kilometern ab. Ich will Friseurin werden, wenn wir dort den Operateur des Ellenbogens nicht finden.«

»Was aber dauern kann. Das werden doch eine ganze Menge Adressen sein.«

»Möglich. Vielleicht haben wir ja Glück. Ich kümmere mich währenddessen um die Zahnkliniken und Zahnärzte hier in der Gegend.«

Gerade waren Jäger und Streffer dabei, die Listen der infrage kommenden Praxen und Kliniken für ihre Ermittlungen zusammenzustellen, da wurde die Bürotür energisch aufgerissen. Der Erste Kriminalhauptkommissar Peter Paul Pinsel stürmte herein und baute sich wichtigtuerisch vor Jana Jäger auf.

»Darf ich fragen, wie der Stand Ihrer Ermittlungen im Fall dieser Wasserleiche ist?«

»Natürlich dürfen Sie das. Schließlich sind Sie der Chef.« Sie lehnte sich entspannt zurück und grinste Pinsel höhnisch an. Irgendwie gelang es ihr nie, in solchen Gesprächssituationen mit diesem kleinen, rundlichen Glatzkopf beherrscht und sachlich zu bleiben. Dieser Mann provozierte sie immer wieder – vor allem durch sein autoritäres Gehabe und seine aggressive Redeweise.

»Oh, vielen Dank, dass Sie das zumindest anerkennen, Jäger. Wie großzügig von Ihnen. Aber zur Sache: Was wissen Sie nun über die Wasserleiche?«

»Leider sehr wenig.« Jana Jäger zwang sich, ihre Widerborstigkeit im Zaum zu halten. »Die Gerichtsmediziner haben gerade den Obduktionsbericht geschickt. Demnach ist die Frau vor zirka zwei bis drei Tagen getötet worden. Durch einen heftigen Schlag auf den Hinterkopf. Ertrunken ist sie nicht. Kein Wasser in der Lunge. Sie wurde also schon tot in den Rhein geworfen.«

»Oha. Sehr übel. So was hatten wir schon lange nicht mehr. Ist das jetzt alles, was Sie mir dazu berichten können?«, fragte Pinsel spitz und wippte dabei ungeduldig auf den Fußballen vor und zurück.

»Ja, quasi. Die teure, geschmackvolle Kleidung der Frau lässt die Vermutung zu, dass sie nicht arm war und wahrscheinlich einen gut bezahlten Job hatte.«

»Brillant kombiniert, Frau Hauptkommissarin. Sensationell, darauf wäre sonst niemand gekommen!«

Jana Jäger funkelte ihren Chef an, schaffte es aber erneut, ihre Schlagfertigkeit zu zügeln. »Aber wir wissen noch immer nicht, wer die Tote ist. Allerdings sehen wir zwei vielversprechende Ermittlungsansätze. Die Unbekannte hatte eine ungewöhnliche Zahnformation und eine ziemlich seltene Ellenbogenfraktur, die irgendwann erfolgreich operiert worden ist. Damit sollten wir sie identifizieren können.«

»Mehr haben Sie nicht?«

»Leider nein!«

»Dann setzen Sie Ihren hübschen Hintern mal richtig in Bewegung, damit sich das rasch ändert.«

»Wie bitte? Würden Sie das kurz wiederholen?«

»Wieso das denn? Haben Sie mich etwa nicht verstanden?«

»Ich fürchte doch. Aber ich will ganz sicher gehen, mich nicht verhört zu haben, ehe ich Ihren sexistischen Übergriff der Gleichstellungsbeauftragten melde.« Jana Jäger hatte sich von ihrem Platz erhoben und funkelte Pinsel herausfordernd an. Jetzt hatte sie diesen Idioten am Schlafittchen.

»Mal langsam, jetzt übertreiben Sie es bitte nicht!«

»Da gibt es nichts zu übertreiben.« Frank Streffer sprang seiner Partnerin zur Seite. »Ich habe auch ganz genau gehört, was Sie sich da gerade geleistet haben.«

Peter Paul Pinsel lief auf der Stelle rot an, der blanke Angstschweiß trat ihm auf die Stirn. Hilflos hob er beide Hände, was sowohl abwiegelnd als auch entschuldigend wirken sollte.

»Tut mir leid, Frau Jäger! Ist mir einfach so rausgerutscht. Das hätte ich natürlich nicht sagen dürfen. Da haben Sie vollkommen recht. Aber Sie wissen ja, unter welchem Druck ich stehe. Der Polizeipräsident, die Staatsanwaltschaft – der reinste Spießrutenlauf. Wenn ich nicht bald Ergebnisse präsentiere, dann …«

»Dann präsentieren Sie eben keine. Basta. Wenn wir nichts haben, können Sie auch nichts verkünden. Dann muss sich die gierige Meute halt gedulden.«

Jana Jäger kannte diese Nummer ihres Chefs zur Genüge, immer die gleiche Platte. Langweilig. »Oder Sie erzählen denen einfach, was Sie wollen, um uns Zeit zu verschaffen. Damit wir in Ruhe unseren Job machen können. Außerdem ist Ihr persönlicher Druck noch längst keine Entschuldigung dafür, sich derart übel im Ton zu vergreifen.«

Ihr war klar, das Pinsel bei aufsehenerregenden Mordfällen von allen Seiten bedrängt wurde. Von seinen Vorgesetzten, von Politikern und nicht zuletzt von den Medien. Weil er diesem Stress meist nicht gewachsen war, ventilierte er ihn einfach in sein Kommissariat und verstärkte ihn. Seine Leute würden schon irgendwie damit fertig werden. Peter Paul Pinsel war quasi das personifizierte Peter-Prinzip. Er war bis zur völligen Überforderung die Karriereleiter hinaufgefallen. Ansonsten war er im Grunde kein übler Kerl.

Der Erste Kriminalhauptkommissar biss sich nervös auf die Lippen und verkniff sich jeden weiteren Kommentar. Er nickte betreten, drehte sich abrupt um und ging mit hängenden Schultern zur Tür.

Jana Jäger war klar, dass sie und dieser Pinsel wohl keine Freunde mehr werden würden.

Montagabend

Das Haus von Maler Michels war schon von weitem zu erkennen. Auf einem großen Grundstück am Dorfrand gelegen, hob es sich deutlich durch die kreative Gestaltung der Fassade und die eigenwilligen Skulpturen im Garten von allen anderen Anwesen in der Umgebung ab. Karl Michels war bleich im Gesicht und wirkte verstört, als er die Tür öffnete. Alexander Hopp stellte sich kurz vor und erklärte frank und frei sein Anliegen. Der Maler blieb regungslos im Türrahmen stehen, sah ihn fragend aus müden Augen an und sagte zunächst nichts. Hopp wollte gerade einen neuen Anlauf nehmen, da gab er doch einige unartikulierte Laute von sich. Nicht nur die äußere Erscheinung, sondern auch die Stimme dieses Mannes hatten nicht mehr viel mit Erscheinung und Stimme des Mannes von gestern zu tun, der glücklich und stolz seine Ausstellung eröffnet hatte.

»Entschuldigen Sie bitte, Herr Michels. Könnten Sie das noch einmal wiederholen? Ich habe Sie leider nicht richtig verstanden.«

»Waren Sie nicht gestern schon bei der Vernissage hier? Ich meine, mich an Ihr Gesicht zu erinnern.«

»Das stimmt. Ich wollte mir die Eröffnung Ihrer eindrucksvollen Ausstellung nicht entgehen lassen. Und eigentlich hatte ich auch vor, Sie gestern anzusprechen. Aber dann habe ich gesehen, wie Sie pausenlos von Gästen umringt waren, und da mochte ich nicht stören.«

»Verstehe. Sehr rücksichtsvoll von Ihnen! Allerdings hätte ich Ihnen gestern wahrscheinlich gerne ein Interview gegeben. Heute ist mir nicht mehr danach.«

Hopp sah den Maler verständnisvoll an. Der arme Kerl war völlig fertig mit der Welt. Sollte er ihn jetzt wirklich weiter bedrängen? Wäre es nicht sinnvoller, ihn erst einmal in Ruhe zu lassen und morgen wiederzukommen? »Mir geht es auch gar nicht um ein offizielles Interview. Jedenfalls im Moment nicht. Ein vertrauliches Gespräch mit Ihnen über die Hintergründe Ihrer Ausstellung, über organisatorische Details und eventuell besondere Vorkommnisse bei der gestrigen Veranstaltung wären mir im Moment eigentlich wichtiger«, erklärte Hopp ehrlich. Er hoffte, dass sich die Verkrampfung des Malers etwas lösen würde.

»Wieso das? Was haben Sie davon?«, fragte Karl Michels verdutzt, wobei er gleichzeitig zur Seite trat. »Aber kommen Sie erst einmal herein. Wir müssen das nicht zwischen Tür und Angel besprechen. Entschuldigen Sie bitte, dass ich Sie noch nicht ins Haus gebeten habe.«

Sie gingen durch einen langen Flur in den hinteren Teil des großen Gebäudes, wo Michels die Tür zu einem ungewöhnlich karg möblierten und aufgeräumten Büro öffnete. »Da unser Gespräch ja für Sie wie für mich Arbeitscharakter hat, sollten wir es am besten hier führen.«

Hopp war es egal, wo sie miteinander reden würden. Hauptsache, der Maler fing sich endlich wieder und würde ihm brauchbare Informationen geben können.

»Kannten Sie eigentlich alle, die gestern anwesend waren? Und gab es eine Einladungsliste?«

»Nein und ja. Natürlich kannte ich nicht alle Leute. Sie zum Beispiel kannte ich ja auch nicht. Wir hatten meiner Erinnerung nach noch nie das Vergnügen. In der Regel kommen zu einer Vernissage immer viele Kunstinteressierte, die davon aus der Zeitung oder dem Internet oder von Bekannten erfahren haben. Das ist ja sogar in meinem ureigensten Interesse.«

»Wieso haben Sie die Vernissage eigentlich am Sonntagvormittag veranstaltet? Ein ziemlich ungewöhnlicher Termin. Meist finden solche Events doch donnerstags oder freitags statt.«

»Stimmt, aber das ging nicht anders. Weil weder in dieser noch in der nächsten Woche die lokale Prominenz gekommen wäre. Viele der Amtsinhaber, Politiker und Vereinsfunktionäre hatten nur am Wochenende Zeit. Die meisten von denen kenne ich natürlich, das sind für mich sehr wichtige Multiplikatoren. Diese Leute haben wir selbstverständlich als Ehrengäste eingeladen.«

»Wieviele der gestrigen Gäste kannten Sie denn nicht?«, hakte Hopp nach.

»Schwer zu sagen. Vielleicht fünfzig oder sechzig.«

»Oh, doch so viele. Kam Ihnen denn jemand davon irgendwie merkwürdig vor? Oder sogar zwielichtig?«

Karl Michels lachte kurz auf und schüttelte den Kopf. »Wenn ich diese Frage aufrichtig beantworte, halten Sie mich garantiert für arrogant.«

»Wieso das denn? Ich bitte Sie ausdrücklich darum, ehrlich zu sein. Alles andere ergibt doch keinerlei Sinn.«

»Na gut. Sie haben es so gewollt. Aber schreiben Sie das bitte nicht. Im Kunstbetrieb treiben sich nämlich viele Akteure und Rezipienten herum, die ich ausgesprochen seltsam finde. Und bei jedem Ereignis ist mir irgendeiner suspekt. Mindestens einer.«

»Kann ich gut verstehen. Geht mir eigentlich genauso. Aber unangenehm aufgefallen ist Ihnen gestern niemand?«

»Nein. Nicht, dass ich mich erinnern könnte.«

Michels hatte also keinen Verdächtigen bei seiner Vernissage ausmachen können. Das wäre auch zu schön gewesen. Vielleicht hätte er wenigstens eine Ahnung, was das Motiv des Kunstraubs anging.

»Können Sie sich erklären, warum ausgerechnet diese drei Bilder gestohlen worden sind?«

»Natürlich. Das ist sonnenklar – um auch semantisch gewissermaßen beim Thema zu bleiben.« Wieder lachte er, diesmal über seinen Wortwitz. »Dieses Triptychon ist das Herzstück meines Lumen-Zyklus, dessen Einzelwerke in einer ausgefeilten Dramaturgie das Thema Licht auf unterschiedlichste Weise behandeln. Ohne diese drei Bilder ist das eigentliche Werk zerstört und der Zyklus damit quasi wertlos.«

»Wieso denn quasi?«

»Weil die einzelnen Bilder ohne den Kontext dieses Zyklus eine weit geringere Bedeutung haben. Und was noch viel wichtiger ist:

Ohne das Triptychon kann ich den Lumen-Zyklus nicht mehr vollständig zeigen, die Ausstellung ist kaputt, und die geplanten Stationen in den Museen europäischer Metropolen haben sich damit erledigt.«

Alexander Hopp sah Michels überrascht an. Was wollte er ihm damit sagen? Ging es in diesem Fall etwa überhaupt nicht um Geld?

»Was hätten Täter denn davon, die Europatournee Ihrer Ausstellung zu sabotieren? Daran verdienen sie doch nichts«, fragte Hopp erstaunt.

»Mit gestohlenen Bildern von mir ist doch sowieso kein Vermögen zu machen. Heiße ich etwa Munch? Oder Rembrandt? Oder Vermeer? Geld kann eigentlich nicht das Motiv sein.« Michels schüttelte den Kopf.

»Wie viel sollte dieses Triptychon denn kosten?«

»Ich hatte so an die 90.000 Euro gedacht«, erklärte Michels. »Ein einzelnes Bild in der Größe dieser drei Teilstücke verkaufe ich normalerweise für 15.000 bis 20.000 Euro. Aber das Triptychon ist als Gesamtkunstwerk natürlich deutlich wertvoller als nur die Summe seiner Teile. Deshalb 90.000.«

Der Maler sah Hopp aufmerksam an. Er war auf dessen Reaktion gespannt.

Hopp pfiff erstaunt durch die Zähne. »Das ist doch eine schöne Stange Geld. Viele Verbrechen werden für deutlich geringere Beträge begangen.«

»Kann sein. Aber darum geht es hier bestimmt nicht. Da will mich jemand einfach nur fertig machen.«

»Wer denn?«, fragte Alexander Hopp überrascht. »Und wissen Sie das oder vermuten Sie es nur?«

»Wenn ich es sicher wüsste, säße der Betreffende schon längst im Knast.«

Auf dem Heimweg zur Wohnung von Otto Springer in Schweinheim erledigte Hopp schnell die dringendsten Einkäufe. In der

Metzgerei von Eddie Fuchs in Pech kaufte er Hackfleisch, Speck, Blut- und Leberwurst sowie frische Eier. Der Chef war nicht selbst hinter der Theke und auch nicht in der Wurstküche, was Hopp bedauerte. Er hatte Lust auf einen Schwatz mit dem fröhlichen Metzgermeister, der meist außerordentlich gut über alles und jedes in der Gemeinde informiert war. Andererseits musste Hopp sich sowieso beeilen. Es ging auf 18:30 Uhr zu. Er wollte noch schnell zu Mustafa, dem Getränkehändler seines Vertrauens, um ein paar Flaschen italienischen Roten und bayerisches Helles zu besorgen. Niemand in der Gegend hatte ein exquisiteres Sortiment als er.

Und schon in einer Stunde sollte ein Frikadellenabend in der Männer-WG steigen. Otto hatte dazu noch den befreundeten Rechtsanwalt Reinald Pastor eingeladen. Zum einen, weil er juristische Probleme wegen eines nicht beachteten Tempolimits hatte; als temperamentvoller Autofahrer wurde er oft geblitzt. Zu oft. Zum anderen, weil Pastor total auf hausgemachte Buletten abfuhr.

Alexander und Otto kochten gerne, vor allem Deftiges. Frikadellen gehörten zu ihren Lieblingsgerichten. An diesem Abend war Alexander mit der Zubereitung an der Reihe. »Hast du zum Einweichen etwas trockenes Brot im Kasten?«, fragte er seinen Freund.

»Keine Sorge, Alex. Alles da. Ich hatte extra zwei Brötchen beiseitegelegt. Die sind bereits gewässert. Was beziehungsweise wer noch fehlt, ist Reinald.« Otto Springer warf einen kurzen Blick auf seine Armbanduhr. Vorsorglich hatte er seinem Freund aufgetragen, um 19 Uhr da zu sein. Otto wusste, dass der arbeitswütige Anwalt sich meist verspätete. Deshalb hatte er sich angewöhnt, sich mit Reinald immer eine halbe Stunde früher als nötig zu verabreden, damit er tatsächlich rechtzeitig ankam.

»Wundert dich das, dass er noch nicht hier ist? Du kennst ihn doch lange genug. Außerdem ist das gerade nicht so schlimm. Ich brauche bestimmt noch eine halbe Stunde.«

Alexander sah kurz auf, um nach diesem Timing Ottos Gesichtsausdruck zu mustern. Er wirkte entspannt. Alles gut. Also konzentrierte er sich wieder darauf, den Fleischteig gründlich zu vermengen.

Otto öffnete eine Flasche Rotwein und schenkte zwei Gläser ein. Dann reichte er Alexander ein Glas, prostete ihm zu und trank genüsslich einen ersten Schluck. »Dann sollten wir die Zeit, bis Reinald kommt, nutzen, um zu besprechen, wie wir weiter in Sachen Kunst- und Instrumentenraub vorgehen wollen.«

»Über den Handel mit Kunst, vor allem mit geraubter Kunst, weiß ich bisher so gut wie nichts«, sagte Hopp, während er nun den Fleischteig behutsam zu kleinen Bällchen formte. »In dieses Thema muss ich mich erst einmal einlesen. Währenddessen kannst du ja weiter probieren, den Spezialdetektiv zu erreichen. Der wird uns bestimmt weiterhelfen können, vorausgesetzt, er redet überhaupt mit uns.«

Otto nickte nachdenklich, sagte aber nichts. Er spürte, dass Alexander noch etwas ergänzen wollte.

»Was das Geschäft mit wertvollen Instrumenten angeht, bin ich allerdings schon ziemlich gut im Bilde. Trotzdem steige ich morgen noch tiefer in das Thema ein. Am Vormittag fahre ich auf die Schäl Sick zu dieser eigenartigen Capital-Sound AG. Die sind auf Instrumente als Kapitalanlage spezialisiert. Irgendwie erscheint mir der Laden dubios. Mal sehen, ob mich der Geschäftsführer umstimmen kann, oder ob er mein Misstrauen sogar noch bestärkt.«

»Da bin ich auch gespannt. Gleichzeitig werde ich einfach auf gut Glück die Musikläden der Umgebung abklappern. Vielleicht hat ja einer der Händler irgendwo etwas läuten gehört. Schaden kann das jedenfalls nicht.« Wieder trank Otto einen guten Schluck Rotwein, ehe er weitersprach. »Glaubst du eigentlich, dass die Einbrüche bei den Buchbinders und bei Maler Michels etwas miteinander zu tun haben? Oder hältst du sie für puren Zufall? Die zeitliche und räumliche Nähe der beiden Diebstähle gibt einem doch zu denken.«

Alexander grinste seinen Freund breit an. »Du weißt doch, wie skeptisch ich bin. Ich glaube erst an Zufälle, wenn alle anderen plausiblen Erklärungen ausgeschlossen sind. Und so weit sind wir längst nicht. Wir stehen erst am Anfang.«

»Das sehe ich ähnlich. Die ersten Eindrücke sprechen doch deutlich gegen Zufall: Beide Male ging es um kostbare Kunstwerke. Da zähle ich Instrumente alter Handwerksmeister einfach mal dazu.«

»Da hast du recht, Otto. Ich frage mich nur, wer der Strippenzieher sein kann? Wer kennt sich denn sowohl in Musikerkreisen als auch in der Kunstszene so gut aus, dass er nicht nur das Fachwissen, sondern auch die Kontakte hat, um solche Einbrüche steuern zu können? Jakob Stiller? Kann ich mir kaum vorstellen.«

Alexander hatte alle Frikadellen gerollt und legte sie vorsichtig, eine nach der anderen, in das brodelnde Fett in der Eisenpfanne.

Otto Springer beobachte ihn dabei und massierte sein Kinn mit Daumen und Zeigefinger der linken Hand. »Ich kenne diesen Stiller ja nicht persönlich. Aber nach den Beurteilungen seiner Bekannten wäre diese Rolle für ihn wohl eine Nummer zu groß.«

Otto sah Alexander fragend an. »Muss es denn überhaupt ein und derselbe Drahtzieher sein? Vielleicht hält sich die Bande für jeden Fachbereich einen speziellen Informanten.«

»Das wäre möglich, allerdings auch sehr aufwendig.« Alexander dachte kurz nach. »Hast du dir eigentlich schon deine Fotos von Michels Vernissage angeschaut? Vielleicht bringen die uns ja auf eine Idee, wie es weitergehen könnte.«

In diesem Moment klingelte es an der Wohnungstür.

Er hatte den Flieger nach München verpasst. Zwar nur ganz knapp, aber weg war weg. Kurzentschlossen rannte Hopp am Köln-Bonner Flughafen zurück zum Parkhaus 1, wo er seinen Wagen abgestellt hatte, und fuhr auf schnellstem Weg in die Redaktion. Dort war gerade eine Konferenz im Gange, von der er nichts gewusst hatte. Auch die Zusammensetzung der Teilnehmer fand er merkwürdig. Sein ältester Freund Michael, der nichts mit Journalismus zu tun hatte und den er seit Jahren nicht gesehen hatte, war anwesend. Auch drei Kollegen von verschiedenen früheren Jobs, die sich eigentlich gar nicht kennen konnten. Ferner sein Patenonkel Willi und sein ehemaliger Handballtrainer Jupp. Und Jakob Stiller saß am Kopfende auf dem Platz der Chefredakteurin. Was hatten die alle hier in der Redaktion verloren?

Stiller leitete offensichtlich diese Konferenz und führte sich dabei mächtig auf. Aggressiv maßregelte er Hopp vor versammelter Mannschaft wegen angeblicher Unzuverlässigkeit, schließlich habe er durch das Versäumen des Fliegers schon wieder eine große Story vergeigt. Das müsse er nun schnellstens wiedergutmachen. Er nannte ihm ein neues Thema und eine Adresse in Bad Godesberg, wo er in spätestens einer halben Stunde zu sein habe.

Wieder war Hopp unter Zeitdruck, und er stürmte hektisch aus dem Raum. Niemand wundert sich dort über seinen eigenwilligen Aufzug.

Er trug keine Hose.

Das Herz schlug Hopp bis zum Hals, und er atmete schwer, als er in seinem Bett hochschreckte. Was hatte er soeben geträumt? Derselbe Albtraum, der Hopp in der vergangenen Nacht verfolgt hatte, war wiedergekommen. Quasi als Fortsetzung der unterbrochenen Geschichte. Wie war das nur möglich? Das war ihm noch nie passiert, er konnte sich zumindest nicht daran erinnern. Was wollte ihm sein Unterbewusstsein damit sagen? Er konnte sich keinen Reim darauf machen.

Ihm war allerdings klar, dass er Stunden brauchen würde, um sich einigermaßen zu beruhigen. Es war mitten in der Nacht. Er stand auf, zog das völlig verschwitzte T-Shirt aus, kühlte das überhitzte Gesicht im Bad mit kaltem Wasser und ging in die Küche. Dort nahm er ein Kölsch aus dem Kühlschrank und ging damit, wie so oft in unruhigen Nächten, auf den Balkon. Gierig leerte er die Flasche auf einen Zug zur Hälfte. Dann fixierte er die nächtlichen, blaugrauen Konturen der Gebäude in der ungewohnten Schweinheimer Umgebung. Zuhause in Pech hatte er sich in so aufregenden Situationen meist auf die majestätische Silhouette des Siebengebirges konzentriert. Dieser Anblick hatte ihn immer auf andere Gedanken gebracht und schließlich auch beruhigt. Hier und jetzt stand er nicht zur Verfügung.

Die Fortsetzung des Albtraums in zwei aufeinanderfolgenden Nächten schockierte ihn. Das war noch nie vorgekommen, und das wollte er auch nie wieder erleben. Er musste dringend etwas gegen diese Plage unternehmen. So konnte es nicht weitergehen. Alexander fiel ein, dass ihm eine frühere Kollegin vor Jahren erzählt hatte, wie sie schreckliche Angstattacken mit diszipliniertem, täglichem autogenen Training besiegt hatte. Vielleicht würde das auch ihm helfen. Er wollte es ausprobieren. Morgen wollte er sich sofort darum kümmern.

Allmählich verschwanden die verstörenden Erinnerungen an den Traum. Nach und nach wurden sie von frischen Bildern der beiden Einbruchdiebstähle verdrängt, die er in den vergangenen Tagen tatsächlich gesehen hatte. Einzig Jakob Stiller blieb dabei im Hinterkopf präsent, tauchte auch im Zusammenhang mit den gestohlenen Instrumenten wieder auf. Jakob Stiller. Das konnte nicht von ungefähr kommen. Und auch die beiden spektakulären Fälle in Wachtberg waren sicher kein Zufall und standen bestimmt in irgendeiner Beziehung zueinander. War Stiller vielleicht doch tiefer in die Sache verstrickt?

Hundemüde wankte Hopp zurück zum Bett und legte sich wieder hin. Gerade war es fünf Uhr. Wenigstens noch zwei, drei Stunden wollte er zu schlafen versuchen.

Dienstag

Kurz nach acht Uhr wachte Alexander Hopp wieder einmal unausgeschlafen auf. Eine lange heiße Dusche brachte ihn einigermaßen auf Trapp. Trotzdem war ihm nicht nach Frühstück. Er nahm sich einen großen Becher schwarzen Kaffee und setzte sich an den Computer. Er musste versuchen, etwas tiefer in das Thema Kunstraub einzudringen, damit er mit Otto gezielter die Hintergründe der beiden Wachtberger Fälle aufdecken konnte. Das Verschwinden von Michels Triptychon erschien ihm noch unbegreiflicher als der Diebstahl der Instrumente bei den Buchbinders. Sein Gefühl signalisierte ihm jedoch, dass es sich um ein und denselben Tatkomplex handelte, denn seltene Stradivaris oder Guarneris waren schließlich auch Kunstwerke – wertvolle Meisterstücke, mit denen kunstvolle Kompositionen wohlklingend interpretiert werden konnten.

Spektakuläre Kunstdiebstähle, raffiniert gefälschte Gemälde und illegaler Handel mit Kunstwerken machten immer wieder einmal Schlagzeilen. Doch von den meisten Fällen bekam die Öffentlichkeit kaum etwas mit. Laut Interpol rangierte der Raub von Kunstwerken auf Platz drei der weltweiten Verbrechens-Hitparade, hinter Drogenhandel und Geldwäsche.

Seit es Kunst gab und mit ihr gehandelt wurde, existierte auch die Schattenseite dieses Gewerbes. Das war Hopp klar. Nur wie funktionierte dieser illegale Handel? Denn oft tauchten die geraubten Schätze nicht wieder auf, wie einst die *Mona Lisa*, die ein italienischer Dieb vor mehr als hundert Jahren aus dem Louvre gestohlen hatte. Als der Mann das Bild einem Florentiner Kunsthändler anbot, alarmierte dieser umgehend die Polizei. Und der Coup war geplatzt.

Ebenso wie der Raub einer zweiten Version von Edvard Munchs *Der Schrei*. Dieses illegal als unverkäuflich geltende Gemälde war Mitte der neunziger Jahre aus der Nationalgalerie in Oslo entwendet worden. Nur drei Monate später wurde es unversehrt sichergestellt, der Täter wurde verhaftet.

Dauerhaft erfolgreiche Kunstdiebstähle basierten offensichtlich auf perfekter Vorbereitung – nicht nur des Einbruchs an sich, sondern insbesondere der Vermarktung der Ware. Wer nicht vorab einen zuverlässigen und verschwiegenen Abnehmer hatte, war fast zum Scheitern verurteilt. So tauchten die 2010 im Pariser Museum für Moderne Kunst entwendeten Werke von Picasso, Matisse, Modigliani, Braque und Léger bislang nicht wieder auf. Ihr Wert wurde auf mehrere hundert Millionen Euro geschätzt. Sie mussten in unzugänglichen Privaträumen und Tresors steinreicher Privatiers hängen, anders war das spurlose Verschwinden derart weltberühmter Kunstschätze nicht zu erklären. Beim internationalen Art Loss Register wurden mittlerweile tausende Werke und Kunstgegenstände als gestohlen gemeldet. Darunter mehrere hundert Arbeiten allein von Andy Warhol.

An Spekulationen zu den spektakulärsten Einzelfällen fehlte es im Netz nicht: Öl-Oligarchen seien involviert, reiche Sammler aus dem Nahen Osten steckten dahinter, superreiche chinesische Unternehmer fungierten als Drahtzieher. Einmal wurde sogar der Vatikan verdächtigt, einen Kunstdiebstahl in Auftrag gegeben zu haben. Hopp staunte nicht schlecht.

Eine gängige Alternative zum riskanten Verkauf gestohlener Kunst war offensichtlich das sogenannte Artnapping. Bei diesen Erpressungsversuchen versprachen die Täter den Besitzern die Rückgabe der gestohlenen Werke nach entsprechend hohen Lösegeldzahlungen. Woran sie sich nur selten hielten. Mit diesem Geschäftsmodell wurden angeblich Jahr für Jahr sechs bis acht Milliarden Dollar generiert. Wie den zahlreichen Quellen weiter zu entnehmen war, lag Deutschland in der internationalen Liga der bei Kunsträubern beliebtesten Länder auf Platz Fünf, Spitzenreiter war Großbritannien, dicht gefolgt von den USA.

Nachdenklich klappte Hopp seinen Laptop zu. Wirklich erklärt wurde nirgends, wie der schwarze Kunstmarkt funktionierte.

Doch die Berichte über einzelne Fälle ähnelten verblüffend denen über Instrumentenraub. Offensichtlich waren die Bedingungen und Organisationsformen für den Diebstahl von Kunstwerken nicht anders als für den von edlen Musikinstrumenten. Also konnten die Taten auch von denselben Verbrechern ausgeführt werden.

Exakt eine Minute vor elf Uhr drückte Alexander Hopp den Klingelknopf neben dem schwülstigen Messingschild an dem protzigen Eingangsportal der Villa am Stadtrand von Bad Honnef, am südlichen Rand des Siebengebirges, in der die Capital-Sound-AG residierte. Der erste Eindruck des Firmensitzes bestätigte seine schlimmsten Befürchtungen. Nun war er auf den Geschäftsführer gespannt, Herrn Dr. Friedrich Leopold Maria Neumeyer. Doch der vielbeschäftigte Manager ließ ihn warten, was seinen Argwohn verstärkte.

Kurz vor halb zwölf Uhr wurde Hopp von einer unnahbar wirkenden Mittdreißigerin mit im Nacken streng zum Knoten frisiertem, aschblondem Haar in das Chefzimmer geführt.

Dr. Neumeyer erhob sich hinter seinem ausladenden Eichenholzschreibtisch, der mitten im Raum stand, und kam ihm mit theatralisch ausgestreckten Armen entgegen. Dunkelblauer Nadelstreifenzweireiher mit Weste, samtrote Krawatte mit passendem Einstecktuch, italienische Maßschuhe aus mittelbraunem Wildleder und dazu passender Gürtel – so ungefähr, wie er tatsächlich aussah, hatte Hopp sich den Geschäftsführer vorgestellt. Er war ihm auf Anhieb unsympathisch. Im Hinterkopf schrillten die Alarmglocken.

»Herzlich willkommen, Herr …«

»Hopp. Alexander Hopp.«

»Richtig! Was kann ich für Sie tun?«

»Wie Sie sicherlich von Ihrer Mitarbeiterin erfahren haben, bin ich Journalist und arbeite an einem Beitrag über den Markt für wertvolle Musikinstrumente.«

»Ja, meine Büroleiterin hat mich darüber unterrichtet.«

»Unterrichtet – wunderbar!« Hopp überlegte kurz, ob er nun ebenso geschwollen weiterreden sollte, verwarf den Gedanken aber. »Bei meinen bisherigen Recherchen bin ich auch auf Ihr Unternehmen gestoßen.«

»Das wundert mich nicht. Immerhin sind wir ein bedeutender Player in diesem Business«, erklärte Dr. Neumeyer sichtlich stolz. »Wobei unser Geschäftsmodell relativ selten ist.«

»Wie meinen Sie das, Herr Neumeyer?«

»Dr. Neumeyer, bitte!«

Was macht dieser Stiesel denn für ein Gewese um seinen akademischen Titel, dachte Hopp. Würde mich nicht wundern, wenn er den sogar gekauft hätte. Trotzdem spielte er dieses Theater mit. »Herr Dr. Neumeyer, entschuldigen Sie bitte.«

»Keine Ursache! Also: Wir bieten besonders wertvolle Instrumente als Investments an. Und gleichzeitig vermitteln wir den Investoren auf Wunsch auch hochbegabte Künstler, welche die erworbenen Instrumente professionell zum Klingen bringen können. Dieses Leistungsspektrum haben nur wenige Wettbewerber zu bieten.«

»Verstehe.« Hopp schien beeindruckt, aus seiner Miene ging nicht hervor, dass er das alles längst wusste. Er ließ einige Sekunden verstreichen, ehe er nachhakte. »Wie funktioniert dieser Markt denn? Wie finden Sie die Instrumente und wie die Interessenten?«

»Wir haben einen international renommierten Experten für Streichinstrumente in unserer Unternehmensleitung. Der weiß, wo gerade welche Geigen oder Celli erworben werden können, welcher Preis angemessen ist, und vor allem, was sie an weiterer Wertentwicklung versprechen. Manchmal finden die Instrumente aber auch uns.«

»Wie das? Bekommen Sie sie angeboten?«

»Natürlich. Wie schon gesagt, wir sind ein ebenso relevanter wie hochreputierter Marktteilnehmer. Da ist es doch nur logisch, dass Verkäufer teurer Instrumente sich unmittelbar an uns wenden. Denn meist wünschen sie sich nicht nur einen schönen Verkaufspreis für ihren Schatz, sondern sie wollen ihn auch künftig in guten Händen wissen.«

»Und die Kaufinteressenten? Melden die sich etwa auch initiativ bei Ihnen?«

»Zum Teil schon. Aber wir verfügen natürlich auch über einen hochexklusiven Kundenkreis, dem wir bestimmte Instrumente gezielt als Assets offerieren können. Schließlich wissen wir in der Regel, was einzelne Kunden suchen, welche Bedürfnisse und besonderen Wünsche sie haben.«

»Sie sprachen eben explizit von teuren Instrumenten. Was verstehen Sie unter teuer?«, fragte Hopp.

»Wir interessieren uns nur für Anlageobjekte, die im hoch fünfstelligen bis siebenstelligen Preisbereich liegen.«

»Siebenstellig? Also eine Million Euro oder mehr?«

Dr. Neumeyer lächelte überheblich. »Selbstverständlich. Hochwertige historische Geigen oder Bratschen können heutzutage mehrere Millionen Euro kosten. Denken Sie doch nur an die *Lady Blunt*. Diese Geige aus der berühmten Werkstatt von Antonio Stradivari wechselte schon vor zehn Jahren für umgerechnet 11,6 Millionen Euro den Besitzer. Man kann sich gut vorstellen, dass heute noch viel mehr für dieses edle Stück gezahlt werden würde.«

»Donnerwetter. Ist bei solchen Summen das Risiko nicht groß, daneben zu greifen? Viel zu viel für ein Instrument zu zahlen oder sogar an eine gute Fälschung zu geraten? Wie können Sie sich Ihrer Sache denn sicher sein?«

»Machen Sie sich darüber mal keine Sorgen. Unsere Experten analysieren die Bauweise und das Material, die besonderen Merkmale jeder Manufaktur und vor allem den Klang. Alles wird sehr sorgfältig geprüft. Zudem gibt es natürlich auch immer anerkannte gerichtsfeste Gutachten.«

»Sie schließen also aus, dass Ihnen eine Kopie oder sogar ein gestohlenes Instrument angedreht wird?« Alexander Hopp sah den Geschäftsführer herausfordernd an.

Der wirkte verblüfft und kurz verunsichert, fing sich aber rasch wieder. »Um Gottes Willen. Ein derartiger Missgriff kann uns nicht passieren. Das ist mit absoluter Sicherheit auszuschließen.«

Hopp nickte und verzog anerkennend den Mund. »Sehr beeindruckend. Allerdings habe ich bei meinen bisherigen Recherchen auch erfahren, dass Instrumentenraub quasi an der Tagesordnung ist und dass es einen regen Markt für solch wertvolles Diebesgut geben muss. Irgendwo müssen die teuren Unikate schließlich unterkommen. Können Sie mir erklären, wie dieses Geschäft funktioniert?«

»Nicht wirklich. Nein. Damit sind wir noch nie in Berührung gekommen und damit wollen wir natürlich auch absolut nichts zu tun haben. Allerdings bin ich mir ziemlich sicher, dass gestohlene wertvolle Instrumente kaum zu verkaufen sind. Es sei denn, man hat von vornherein einen Auftraggeber dafür, der es vor den Augen und Ohren der Welt versteckt. Anders ist das Geschäft kaum vorstellbar.«

Alexander Hopp dankte Dr. Neumeyer höflich für das Gespräch und die aufschlussreichen Erläuterungen. Dann verabschiedete er sich und verließ das Büro des Geschäftsführers. Auf dem weiß gekieselten Vorplatz drehte er sich noch einmal um und betrachtete nachdenklich die Luxusvilla. Die letzten Aussagen des Capital-Sound-Chefs hallten in ihm nach. Dass besonders kostbare Geigen oder Celli kaum auf dem freien Markt zu verkaufen waren und deshalb meist auf Bestellung gestohlen wurden, glaubte er ihm aufs Wort. Schließlich hatte er das ja schon selbst vermutet. Aber dass der Mann damit nichts zu tun habe, nahm er ihm nicht ab. Sein Instinkt sagte ihm das glatte Gegenteil. Wer wäre denn besser geeignet als er, heiße Ware an potente Käufer zu vermitteln? Er hatte alles, was es dafür brauchte: profunde Fachkenntnis, ein Unternehmen mit passendem Geschäftsmodell, Überblick über den Markt, eine geeignete Logistik, den idealen, finanzkräftigen Kundenstamm und den perfekten Deckmantel. Damit dürfte es für diesen Dr. Neumeyer doch ein Leichtes sein, das eine oder andere exquisite Schätzchen quasi unter der Ladentheke zu dealen, dachte Hopp. Er würde diesen Ansatz verfolgen.

Endlich bekam Otto Springer den auf Kunstraub spezialisierten Privatdetektiv an die Strippe. Gefühlt hatte er es schon dutzende Mal probiert. Der gebürtige Franzose und mittlerweile überzeugte Gesinnungskölner war weder an den Apparat gegangen, noch hatte er zurückgerufen. Seine Mobilnummer kannte Otto nicht. Robert Durand wirkte gehetzt, als er das Telefongespräch annahm. Zwar erinnerte er sich auf Anhieb an Otto und auch an das Thema, über das sie vor Jahren miteinander gesprochen hatten, aber nun gab er sich wenig auskunftsfreudig. »Ich komme gerade von einer längeren Reise um die halbe Welt zurück und bin noch gar nicht richtig hier. Worum geht es denn diesmal, Herr Springer?«

Otto berichtete ihm von den gestohlenen Instrumenten und Michels Triptychon.

Für einen Augenblick schwieg der Detektiv am anderen Ende der Leitung. »Der schwarze Kunsthandel ist ein gefährliches Gebiet mit mächtigen Hintermännern, hohen finanziellen Einsätzen und skrupellosen Akteuren. Da muss man sich sehr vorsichtig bewegen. Bitte haben Sie Verständnis dafür, dass ich darüber nicht einfach so mit mir weitgehend fremden Journalisten reden kann. Zumal es meine Auftraggeber auch nicht schätzen, wenn ich Details ihrer Geschichten in aller Öffentlichkeit zum Besten gebe. Und was die geraubten Instrumente angeht, weiß ich sowieso nichts. Das ist wirklich nicht meine Domäne.«

»Das verstehe ich natürlich. Aber uns geht es diesmal nicht um Stoff für einen geplanten Bericht, sondern um möglichst viel Hintergrundwissen, damit wir die aktuellen Fälle besser verstehen und gezielter recherchieren können«, erklärte Otto seinem skeptischen Gesprächspartner. »Ihr Name wird nirgends publiziert oder erwähnt. Dasselbe gilt für spezielles Wissen, anhand dessen Sie eventuell identifizierbar sein könnten. Versprochen, großes Ehrenwort. Darauf können Sie sich hundertprozentig verlassen.«

»Irgendwie ist mir nicht wohl dabei. Die Spur zu mir zurück ist für Insider relativ leicht zu verfolgen. Viele von meiner Sorte gibt es schließlich nicht. In der Szene bin ich bekannt wie ein bunter Hund.«

»Wie wäre es denn, wenn Sie nur mit mir und nicht mit dem mit mir befreundeten Kollegen reden? Ich werde weder etwas schreiben noch ausplaudern. Und erst recht nicht fotografieren. Niemand wird von unserem Gespräch etwas erfahren können. Was halten Sie davon?«

»Ich weiß nicht. Vielleicht.« Durand dachte nach. Er atmete schwer. Ganz offensichtlich hatte er Angst. »Verstehen Sie mich bitte nicht falsch, ich helfe ja gerne. Aber natürlich nur, wenn es mir keine unnötigen Probleme einbringt. Im Kunsthandel sind ohnehin schon etliche Leute nicht gut auf mich zu sprechen.«

»Wieso das? Was haben Sie denen denn getan?«

»Na ja, ich steige immer wieder mal jemandem auf die Füße, wenn ich Wahrheiten ans Licht bringe, die eigentlich nach dem Willen der Akteure im Dunkeln bleiben sollten. Sowas kann gefährlich werden.«

»Von wem sprechen Sie denn gerade?«

»Von normalen Marktteilnehmern, die neben dem offiziellen, sauberen Geschäft auch lukrative krumme Dinger drehen. Was natürlich möglichst niemand erfahren soll.«

»Wer sind diese normalen Marktteilnehmer? Wen darf ich mir darunter vorstellen?«, hakte Springer nach.

»Na ja, das kann so ziemlich jeder sein, der irgendeine Rolle im Kunstbetrieb spielt: Händler, Galerist oder Auktionator, Mitarbeiter eines Museums, einer Spedition oder sogar Versicherung. Wer fachkundig und gut vernetzt ist, braucht nur ein wenig kriminelle Energie und gute Nerven, um erfolgreich illegale Nebengeschäfte zu betreiben.«

»Sogar Versicherungsleute? Wie das denn?«

»Ganz einfach. Ein Bild wird als gestohlen gemeldet, tatsächlich aber schwarz verkauft. Dann kassiert der ehemalige Besitzer zweimal, wenn die Versicherung kein Haar in der Suppe findet und zahlt. Dafür ist es natürlich sehr hilfreich, wenn es im Versicherungsunternehmen an der richtigen Stelle einen Verbündeten gibt, der nicht so genau hinsicht oder sogar bewusst wegsicht. «

»Verstehe. Und solche Netzwerke gibt es auch hier in der Gegend, in Köln oder Bonn oder dem Rhein-Sieg-Kreis?«

»Das kann ich Ihnen nicht sagen, wirklich nicht. Das ist aber auch nicht so wichtig. Der Kunsthandel, ob legal oder illegal, ist international. Die Auftraggeber und Drahtzieher können irgendwo sitzen. Vor Ort brauchen sie nur zuverlässige Informanten. Und die sind gegen gute Provision überall zu engagieren.«

Otto Springer war zufrieden. Konkretere Hinweise hatte er von diesem Mann ohnehin nicht erwartet, und erst recht nicht nach dem verhaltenen Gesprächsbeginn. Er bedankte sich herzlich bei Robert Durand, versprach noch einmal zu schweigen wie ein Grab und beendete das Telefonat.

Umgehend wählte Otto die Mobilnummer von Alexander, der sich sofort meldete, aber nur schlecht zu verstehen war.

»Wo bist du, Alex? Das Gebrumme in deiner Leitung klingt verdächtig nach Auto.«

»Stimmt. Ich fahre gerade nach Köln. Dort gibt es eine renommierte Spedition für Kunsttransporte. Maler Michels hat mir davon erzählt. Er lässt seine Bilder nur von diesen Spezialisten befördern. Mal sehen, was die so zu berichten haben.«

»Das passt ja wie die Faust aufs Auge«, antwortete Otto fröhlich. »Mein Detektiv, den ich eben endlich erreicht habe, sprach unter anderem auch von Speditionen.«

»Wieso denn das?«

»Er hat mir ziemlich deutlich erklärt, dass die Betreiber des schwarzen Kunsthandels meist Leute sind, die offiziell und ganz legal und gut beleumundet sowieso irgendeine tragende Rolle im Kunstbetrieb spielen. Also Galeristen oder Auktionatoren oder Beschäftigte von Museen oder eben Speditionen.«

»Klar. Das passt.« Alexander erinnerte sich sofort wieder an sein Misstrauen gegenüber dem noblen Instrumentenhändler Dr. Neumeyer. Er fühlte sich bestätigt.

»So ist es«, bestätigte Otto. »Sie haben halt das Wissen, die Mittel und – was vielleicht das Wichtigste ist – eine seriöse Fassade für ihre krummen Geschäfte.«

Gespannt fuhr Hopp auf den Betriebshof der Kunstspedition Gebrüder Büllesbach. Er hatte sich absichtlich nicht angemeldet, damit sich dort niemand auf seine Fragen vorbereiten konnte. Vielleicht würde ihm diese Überraschungstaktik einen Vorteil verschaffen. Im schlimmsten Fall müsste er unverrichteter Dinge wieder umkehren.

Beide Chefs waren leider nicht zu sprechen. »Sie sind geschäftlich unterwegs«, erklärte eine junge, dralle Büroangestellte mit üppigem Dekolleté in fröhlichem rheinischen Singsang. »Kann ich Ihnen irgendwie weiterhelfen?«

Alexander bedankte sich scheinbar erfreut für dieses Angebot und mimte nun überzeugend den Kunstsammler, der den optimalen Transport für zwei wertvolle Gemälde suchte, die er in den nächsten Wochen kaufen würde. Auf diese Idee war er gerade zwischen Parkplatz und Eingangstür gekommen.

»Sie haben Glück. Sie haben hier nämlich auf Anhieb die richtige Adresse gefunden. Keiner kann das besser und zuverlässiger als wir Büllesbacher.« Die junge Frau strahlte über das ganze sommersprossige Gesicht und zeigte ihm dabei ihre makellosen weißen Zähne.

Hopp vermutete, dass ihre Mama für dieses Hollywood-Gebiss verdammt viel Geld an einen Kieferorthopäden gezahlt haben musste. »Da bin ich aber froh«, antwortete er tonlos. »Wie funktioniert das denn bei Ihnen?«

»Egal, welche Kunstobjekte Sie transportieren möchten, ob alte Meisterwerke oder junge Wilde oder antikes Mobiliar, wir haben für alles sowohl Experten als auch besondere Verpackungen, sogenannte Art-Cases. Da kann nichts schief gehen, zumal unsere Fahrzeuge eine spezielle, supersensible Luftfederung haben.«

»Und im unwahrscheinlichen Fall, dass doch etwas schief geht?« Hopp machte ein ernsthaft besorgt aussehendes Gesicht. »Ein Unfall ist nie hundertprozentig auszuschließen. Oder ein Einbruch, bei dem meine Bilder gestohlen werden könnten. Was dann?«

»Keine Sorge. Ihre Bilder bewahren wir auf Wunsch in einem Hochsicherheitslager auf. Und außerdem schließen wir für jeden Auftrag eine umfassende Kunsttransportversicherung ab. Da kann nichts passieren.« Wieder schenkte die junge Frau Alexander Hopp ihr bezauberndstes Lächeln.

»Wollen Sie damit sagen, dass hier noch nie etwas kaputtgegangen oder entwendet worden ist? Oder dass bei Ihrem Unternehmen noch nie Kundschaft geschädigt worden ist?«

»Ganz genau! Weder vor meiner Zeit, noch in den fünf Jahren, die ich mittlerweile hier arbeite. Das wüsste ich.«

»Das klingt ja wirklich alles überaus überzeugend. Bei wem darf ich mich für die Beauftragung melden?«

Sichtlich begeistert über den Erfolg ihrer qualifizierten Beratung überreichte sie dem potentiellen neuen Kunden die Visitenkarte von Heinrich Büllesbach, einem der beiden Geschäftsführenden Gesellschafter der Spedition. Alexander Hopp bedankte sich überschwänglich und ging amüsiert zu seinem Wagen zurück. Nun hatte er sich mit der Rolle des reichen Kunstsammlers eine wunderbare Tarnung verschafft, die es ihm ermöglichte, jederzeit wiederzukommen und kritische Fragen zu stellen, falls die Entwicklung der Recherchen dies nötig machen sollte.

Noch aus seinem auf dem Speditionshof geparkten Auto versuchte Hopp seinen ehemaligen Kollegen Jakob Stiller zu erreichen. Da er sowieso gerade in Köln war, wollte er ihn gerne spontan treffen. Er musste ihm dringend auf den Zahn fühlen. Stiller ging nicht an sein Telefon, weder in der Verwaltung des Kölner Offenbach-

Orchesters, noch an sein Handy. Machte er das absichtlich, weil er ihn abwimmeln wollte? Oder war er gerade zu beschäftigt? Kurz entschlossen fuhr Alexander zu Stillers Dienststelle, um sich dort umzusehen. Mit etwas Glück würde er ihn in seinem Büro antreffen, oder jemand aus dem Kollegenkreis würde ihm wenigstens weiterhelfen können.

An seinem Schreibtisch saß er nicht, auf den Fluren war er auch nicht zu finden, und zwei Musiker, die Hopp im Vorbeigehen nach Stiller fragte, hatten ihn angeblich seit einigen Tagen nicht mehr gesehen.

Also ging Hopp zur Direktion, wo eine unsicher wirkende junge Frau mit punkiger Ananasfrisur das Sekretariat in Betrieb hielt.

Jakob Stiller? Klar, den kenne sie schon, obwohl sie erst seit der vergangenen Woche hier als Aushilfe beschäftigt sei. Mit dem Pressesprecher reden? Momentan nicht möglich, da er sich kurzfristig frei genommen habe. Mehr wisse sie leider nicht, und mehr sei wohl auch nicht einfach in Erfahrung zu bringen, zumindest nicht sofort, weil die Verwaltungschefin momentan ebenfalls nicht im Hause sei.

Mädels allein im Büro, dachte Hopp, das kann auch seine Vorteile haben. Gerade eben war das günstig für mich. Warum sollte es jetzt nicht wieder gut laufen …

Also antwortete erst einmal nichts. Stattdessen legte er einen zweiten filmreifen Auftritt hin und machte ein zerknirschtes Gesicht, raufte sich wie verzweifelt die Haare und scharrte unentschlossen mit dem rechten Fuß.

Ob das ein Problem für ihn sei, fragte die Aushilfe nun sichtlich irritiert.

»Allerdings«, antwortete Hopp kleinlaut. »Herr Stiller hat wichtige Unterlagen von mir, die ich dringend für die Organisation der nächsten Tournee des Orchester benötige. Wenn ich die Papiere diese Woche nicht zurückbekomme, bin ich aufgeschmissen. Dann werden einige der Konzerttermine platzen. Wenn nicht sogar alle.«

Erschrocken sah ihn die junge Frau an. Offenbar stand hier gerade eine große Sache auf der Kippe, irgendwie musste sie helfen. Angestrengt dachte sie nach.

»Vielleicht macht Herr Stiller Urlaub im Garten oder auf seinem Balkon und ich könnte ihn mit etwas Glück zu Hause erreichen«, dachte Hopp quasi laut nach, um die unausgesprochene Bitte auf seine Gesprächspartnerin wirken zu lassen.

»Das weiß ich leider nicht. Genauso wenig weiß ich, ob ich Ihnen einfach seine Adresse geben darf.«

Alexander zuckte ratlos die Schultern und mimte weiter den Verzweifelten. »Wahrscheinlich dürfen Sie das nicht. Da will ich Sie auch gar nicht in Versuchung führen. Dann platzt die Tournee eben. Da kann man halt nichts machen.«

Die gefällige Aushilfe lächelte nun verschmitzt und zwinkerte ihm verschwörerisch zu. »Doch, kann man. Herr Stiller wohnt in Sülz, Gottesweg 99. Keine Ahnung, woher Sie das wissen.«

Das Klingelbrett von Haus Nummer 99 zeigte an, dass Jakob Stiller im zweiten Stock wohnte. Als Hopp gerade das dritte Mal energisch klingeln wollte, kam eine ältere Dame mit ihrem Rollator aus dem Haus. Aufmerksam ging er einen Schritt zur Seite, grüßte höflich und hielt der Bewohnerin gleichzeitig mit der rechten Hand die Tür auf. Als sie sich langsam ein paar Schritte entfernt hatte, schlüpfte er schnell ins Haus. Im zweiten Stock klingelte er noch einmal an der Wohnungstür. Dann wartete er sicherheitshalber eine gute Minute. Dabei studierte er den Zustand des Schlosses. Zwar hatte er nicht viel Ahnung von Schließsystemen, aber nach massiver Sicherung sah das hier nicht gerade aus. Ohne zu überlegen, zückte er sein Portemonnaie, nahm die EC-Karte heraus und schob sie ungefähr auf Höhe des Zylinders in den Spalt zwischen Türblatt und Rahmen. Vorsichtig bewegte er die Karte, so wie er es schon dutzende Male in Fernsehkrimis zu sehen bekommen hatte. Tatsächlich funktionierte der Trick: Die Schlossfalle schnappte zurück und die Tür sprang auf. Damit hatte er eigentlich nicht gerechnet.

Vorsichtig betrat Hopp die Wohnung. Auf den ersten Blick wirkte sie nicht so, als ob Stiller in den letzten Stunden noch hier gewesen sei. Das Bett war nicht gemacht, der Kleiderschrank stand offen und sah ziemlich ausgeräumt aus, in den Schubladen des Schreibtisches lagen weder Papiere noch Wertsachen, die Speisereste am Geschirr in der Spülmaschine waren getrocknet. Auch eine Reisetasche oder einen Koffer konnte Hoop nirgends finden. Stiller war offensichtlich weg. Nur warum? War er einfach verreist oder hatte er sich eilig aus dem Staub gemacht? Eher Letzteres, dachte Hopp, wenn Jakob Stiller nicht total schlampig war, dann musste er ziemlich hektisch aufgebrochen sein.

Zurück in seinem alten Audi A4 Avant rief Alexander Otto an. »Hallo, leeve Jung. Du schon wieder. Was gibt es denn Wichtiges?« Otto war gut gelaunt, die schnodderige Begrüßung war festes Umgangsritual. Dabei galt: Je besser die Stimmung, desto zänkischer der Dialog.

»Was heißt hier ,schon wieder'? Eben hast du doch mich angerufen. Schon vergessen?«

»Kann sein. Schwamm drüber. Worum geht's?«

»Jakob Stiller ist weg. Beim Orchester hat er sich angeblich kurzfristig Urlaub genommen, und in seiner Wohnung herrscht ein Durcheinander, das verdammt nach hastigem Aufbruch aussieht.«

»In der Wohnung?«, fragte Otto erstaunt nach. »Wie kommst du denn bitte in Stillers Wohnung?«

»Das spielt doch jetzt keine Rolle! Ich war halt drin und konnte zweifelsfrei erkennen, dass sie in höchster Eile verlassen worden ist. Schranktüren und Schubladen stehen offen, nichts ist aufgeräumt und in der Spülmaschine steht jede Menge dreckiges Geschirr. Stiller hat sich aus dem Staub gemacht. Eindeutig.«

»Das verändert das Bild aber gewaltig. Auch wenn ihm das keiner seiner Bekannten im Gespräch mit uns zugetraut hat und unser Gefühl bisher etwas anderes signalisiert hat: Jakob Stiller ist vielleicht doch der Drahtzieher der Instrumentendiebstähle. Zumindest spricht jetzt einiges dafür.«

Unzufrieden sichtete Jana Jäger an ihrem Schreibtisch noch einmal den Stand der Ermittlungen im Fall der Beueler Wasserleiche. Doch auch beim wiederholten Durchsehen wurden die Fakten weder eindeutiger noch mögliche Zusammenhänge klarer erkennbar. Sie wussten wenig. Genau genommen fast nichts. Es wurde allerhöchste Zeit, dass irgendein Mediziner aus der Umgebung die merkwürdige Zahnstellung oder die seltene Ellenbogenfraktur erkennen und die tote Frau daran eindeutig identifizieren würde. Unzufrieden klappte sie gerade die dürftige Akte zu, als das Telefon klingelte. Alexander war am Apparat.

»Hallo, Jana. Störe ich oder hast du ein paar Minuten Zeit für mich?«

»Alles gut, Alex, du störst nicht. Weshalb rufst du an?«

»Ich war eben in Köln, um meinem Ex-Kollegen Jakob Stiller einen Überraschungsbesuch abzustatten.«

»Who the fuck is Jakob Stiller? Nie von ihm gehört. Müsste ich den Typen kennen?«

»Ich dachte, ich hätte dir schon irgendwann einmal von ihm erzählt. Stiller und ich haben vor etlichen Jahren in derselben Redaktion gearbeitet. Jetzt ist er Pressesprecher des Kölner Offenbach-Orchesters. Und ich habe ihn weder im Büro angetroffen, noch daheim.«

»Ja und? Das soll bekanntlich vorkommen, dass Leute entweder privat etwas unternehmen oder auch verreisen, weil sie beruflich unterwegs sind.«

»Klar, weiß ich natürlich. Aber Stiller ist nach unseren Recherchen der Dreh- und Angelpunkt einiger spektakulärer Instrumentendiebstähle hier in der Gegend. Und es sieht so aus, als ob er sich aus dem Staub gemacht hätte.«

»Wieso glaubst du das denn, Alex?« Janas Stimme nahm einen kritischen Ton an.

»Bei der Direktion des Orchesters hat er kurzfristig Urlaub genommen, und man weiß nicht, wo er ist. Und in seiner Wohnung herrscht Chaos. Schränke und Schubladen stehen offen, in einigen Fächern fehlen die Kleider und das Geschirr in der Küche ist auch nicht gespült.« Alexander legte eine kurze rhetorische Pause ein. »Das wirkt alles so, als ob er Hals über Kopf abgehauen sei.«

»Wie kommst du denn, bitteschön, in seine Wohnung?« Jana klang argwöhnisch.

»Die Tür stand irgendwie offen. Wahrscheinlich hat Stiller sie in seiner Hektik nicht fest genug zugezogen. Da bin ich eben kurz hineingegangen, um nach dem Rechten zu sehen.«

»Alex, Alex, Alex, das darf doch wohl nicht wahr sein. Mehr will ich jetzt von dieser Geschichte gar nicht hören, sonst bringst du mich damit noch in Teufels Küche.« Jana kräuselte skeptisch die Stirn und schüttelte unwirsch den Kopf. Alexander konnte sich ihren tadelnden Gesichtsausdruck unter dem braunen Pony am anderen Ende der Leitung sehr bildhaft vorstellen.

»Was machen wir denn jetzt, Jana?«

»Wir machen gar nichts. Also wir beiden sowieso nicht, schließlich ist dieser Fall nicht meine Baustelle. Das weißt du ja. Aber wir im Sinne der Bonner Kripo wohl auch nicht. Zumindest habe ich hier im Präsidium noch nie den Namen Stiller gehört. Wahrscheinlich kennen wir diesen Mann überhaupt nicht, haben nie mit ihm gesprochen, haben keinerlei Verdachtsmomente gegen ihn und noch weniger Grund, um irgendetwas zu unternehmen.«

»Ja, aber«, wollte Alexander einwenden.

»Interessiert mich nicht, Alex. Kein aber. Versteh das bitte. Wenn du unbedingt etwas unternehmen willst, dann meldest du dich am besten bei den Kölner Kollegen und berichtest ihnen, was du weißt. Vielleicht haben sie diesen Stiller ohnehin im Visier und schreiben ihn dann zur Fahndung aus. Mehr kannst du nicht machen. Wie du den Kölnern allerdings deinen Besuch in seiner Wohnung erklärst, ist mir schleierhaft.« Jana lachte spöttisch. »So einfach wie bei mir wirst du es bei denen sicher nicht haben. Heute

Abend können wir ja noch einmal darüber reden, wenn wir uns im Dahlien-Hotel sehen. Ich freue mich sehr darauf. Bis dann.«

»Endlich«, sagte Frank Streffer, der am gegenüberstehenden Schreibtisch ungeduldig auf seinem Stuhl hin- und hergerutscht war.

»Endlich was?« Jana Jäger begriff nicht. In Gedanken war sie noch beim Telefonat mit Alexander. Hatte sie sich richtig verhalten? Oder hätte sie ihn in seiner Lage besser unterstützen müssen? Sollte er sein Wissen nicht eher an die Kollegen vom Einbruch-Diebstahl weitergeben, wenn dieser Stiller tatsächlich mit dem Instrumentenraub zu tun hatte?

»Endlich ist unsere elegante Tote aus dem Rhein identifiziert. Schau doch mal in deinen Computer. Sie konnte anhand der Obduktions-Analyse ihres eigenwilligen Gebisses von einem Zahnarzt in Bad Honnef identifiziert werden. Seit mehr als zehn Jahren war sie seine Patientin.«

»Mach's doch nicht wieder künstlich spannend, Frank! Wer ist die Frau?«

»Sie heißt Eva Louisa Koller, stammt aus Bonn-Beuel und ist, beziehungsweise war, 37 Jahre alt.«

»Und weiter«, drängelte Jäger, »was wissen wir sonst über sie? Das kann doch nicht alles sein.«

»Nein. Ist es auch nicht.« Streffer genoss es wieder einmal, Jana auf die Folter zu spannen. Ihre Ungeduld provozierte ihn geradezu, sie genüßlich hinzuhalten. »Laut Melderegister wohnt sie im Frankenweg 33 in Rhöndorf; seit einigen Jahren arbeitet sie als Auktionatorin bei dem Kölner Traditionshaus Hüllerich & Konsorten. Was sie mal studiert hat, kann ich dir auch sagen: Kunstgeschichte. An der Bonner Uni.«

»Okay, damit können wir arbeiten. Womit fangen wir an: Arbeitsstelle besuchen und Kollegen befragen oder ihre Wohnung in Rhöndorf filzen?«

»Ist mir wurscht. Wir müssen sowieso schnellstmöglich beides machen«, antwortete Streffer gelassen.

»Stimmt, aber im Auktionshaus treffen wir wahrscheinlich mehr Gesprächspartner an als in ihrer Wohnung. Für den Anfang ist mir das lieber. Außerdem könnten die vielleicht bald Feierabend machen. Also erst einmal ab nach Köln zu Hüllerich & Konsorten.«

Josef Hüllerich jr. gab sich ebenso zugeknöpft, wie er auf den ersten Blick aussah: Die Weste unter dem Jackett war lückenlos geschlossen, genau wie der weiße Kragen seines himmelblauen Oberhemds. Stocksteif stand er den Polizisten bei der Begrüßung gegenüber und zeigte auch kaum eine Regung, als diese ihm den traurigen Grund ihres Besuchs mitteilten.

»Irgendwie hatte ich befürchtet, dass etwas passiert sein muss«, erklärte er mit tonloser Stimme. »Sie ist ja ein paar Tage nicht zur Arbeit erschienen, unentschuldigt. Obwohl sie immer sehr zuverlässig war.«

»Wann war Frau Koller denn zuletzt hier, beziehungsweise wann haben Sie sie das letzte Mal gesehen?« Jana Jäger musste sich beherrschen, um nicht vorschnell Schärfe in ihre Fragen zu legen. Der Mann war ihr zutiefst zuwider.

»Am Donnerstag, glaube ich.«

»Glauben Sie nur? Sie sind sich also nicht sicher?«

»Doch, doch. Das war am Donnerstag. Da sind wir noch kurz das Programm unserer nächsten Auktion durchgegangen. Wir mussten ein wenig umstellen, weil kurzfristig zwei weitere wichtige Konvolute hinzugekommen waren.«

»Seit Donnerstag sind fast drei komplette Arbeitstage vergangen, jetzt haben wir schließlich Dienstagnachmittag. Das Wochenende mitgerechnet, war die Frau also seit fünf Tagen abgängig. Das hat Sie nicht zufällig auf die Idee gebracht, zur Polizei zu gehen und sie als vermisst zu melden?«

»Ja, eigentlich schon. Aber irgendwie bin ich doch nicht dazu gekommen.«

Jana Jäger atmete mehrmals ganz tief durch, um die Fassung zu bewahren. Am liebsten hätte sie diesen verklemmten Kotzbrocken links und rechts geohrfeigt. »Haben Sie denn wenigstens versucht, sie zu erreichen oder sich bei Angehörigen nach ihr zu erkundigen?«

»Ja und nein«, antwortete Josef Hüllerich jr. trocken. »Sie ging nicht ans Telefon, weder in ihrer Wohnung noch an das Handy. Angehörige habe ich nicht angerufen. Ich kenne nämlich keine. Soweit ich weiß, lebte sie alleine.«

»Was wissen Sie denn sonst über ihre Mitarbeiterin? Hat sie viele Freunde, irgendwelche Hobbys? Sport, Reisen, Kino, Handarbeit?« Jana Jäger starrte den Chef des Auktionshauses aggressiv an, wobei sie eine Faust in der Tasche ballte.

»Nichts von alldem«, antwortete dieser kurz angebunden.

»Heißt was? Hatte sie das alles nicht, oder wissen Sie auch davon wieder nichts?«

»Das Letztere. Ich weiß es nicht. Wir pflegen hier einen rein professionellen Umgang miteinander. Allzu persönliche Beziehungen sind nicht Stil unseres Hauses.«

»Aber was ihr Aufgabengebiet war und womit sie sich zuletzt beschäftigt hat, das wissen Sie schon? Oder ist das auch nicht Stil des Hauses?«

»Natürlich weiß ich das«, antwortete der Auktionator pikiert und musterte Jäger herablassend. »Als Kunsthistorikerin war Frau Koller vor allem für Gemälde und Skulpturen zuständig. Ihr Spezialgebiet waren Objekte aus der Zeit vom Ende des 18. Jahrhunderts bis zur Mitte des 20. Jahrhunderts, also vor allem aus den Epochen Romantik, Impressionismus, Jugendstil und Expressionismus.«

Die Befragung von drei Kollegen bei Hüllerich & Konsorten war auch nicht ergiebiger als das Gespräch mit dem Chef. Niemand schien Eva Louisa Koller näher zu kennen oder sich zumindest für sie als Person interessiert zu haben. Sowohl die Dame im Büro als auch zwei Mitarbeiter, die sich um Lagerung und Transport der Wertgegenstände kümmerten, wussten nichts über ihre Lebensumstände zu berichten, kannten weder Verwandte noch einen

Partner. Sie hatten keine Ahnung, womit sie sich in ihrer Freizeit beschäftigte, was sie besonders gerne mochte und womit oder mit wem sie eventuell Probleme hatte. Keiner von ihnen schien sie besonders sympathisch gefunden zu haben.

»Bei uns im Präsidium gibt es ja schon einige schräge Vögel und eine wirklich gewöhnungsbedürftige Stimmung. Aber das hier ist ja wohl das Allerletzte«, empörte sich Jana Jäger beim Verlassen des Kölner Auktionshauses. »Da möchte man echt nicht tot über dem Zaun hängen.«

Dienstagabend

Zurück im Polizeipräsidium hatte Jana Jäger das nächste unerfreuliche Erlebnis. Ihr Chef Peter Paul Pinsel fiel regelrecht über sie her, als sie gerade die Bürotür hinter sich schließen wollte.

»Mein Gott, Jäger.«

»Frau Hauptkommissarin reicht völlig, Chef«, erwiderte sie schlagfertig und lachte.

»Jetzt werden Sie nicht auch noch unverschämt. Ich habe sowieso schon ein Hühnchen mit Ihnen zu rupfen. Können Sie Ihre extravaganten Alleingänge nicht endlich mal sein lassen? Können Sie sich nicht einfach an die Regeln unserer Organisation halten, so wie die anderen Beamten auch? Ich dachte, wir hätten das mittlerweile oft genug besprochen und Sie hätten Ihre Lektion gelernt«, polterte Pinsel.

Jana Jäger starrte ihn entgeistert an. Sie hatte nicht den Hauch einer Ahnung, worüber er sich diesmal ereiferte.

»Wovon sprechen Sie? Ich bin mir keiner Verfehlung bewusst.«

»Das mag sein, wäre auch nicht das erste Mal. Aber die Kollegen vom Einbruch-Diebstahl haben mir anderes berichtet. Sie sollen sich schon wieder in einen Fall eingemischt haben, der Sie überhaupt nichts angeht.«

»In welchen, bitte schön?«

»Den bei dem Musikerehepaar in Ihrem Kaff.«

»Das stimmt nicht. Das ist Unsinn. Ich habe …«

»… bei diesen Leuten ermittelt. Der Diebstahl der Instrumente ist aber nicht Ihr Bier. Schreiber und seine Leute werden den Fall schon aufklären. Auch ohne Ihre unerbetene Unterstützung.«

»Ach, daher weht der Wind. Schreiber hat mich angeschwärzt. Dabei hat er aber leider nur die halbe Wahrheit erzählt.« Jana Jäger war nun stinksauer. »Diese linke Ratte.«

»Unterlassen Sie bitte die Kollegenbeschimpfungen! Wieso halbe Wahrheit? Welche Hälfte fehlt denn?«

»Die, dass er mich zwar bei den Buchbinders angetroffen hat, ich mich aber keineswegs in die Ermittlungen eingemischt habe. Im Gegenteil! Die Buchbinders sind Nachbarn und gute Freunde. Nach dem Einbruch waren sie schockiert und ratlos und haben mich zur Hilfe geholt. Ich habe sie nur beruhigt und erklärt, dass ich dafür nicht zuständig bin und sofort Schreibers Truppe alarmiert. Sonst nix. Der Typ ist einfach hysterisch!«

»Stimmt das auch wirklich so, Jäger? Kann ich mich darauf verlassen?«

»Hundertprozentig! Ich schwöre es! Beim Leben meines geliebten Hundes Elvis.«

»Okay. Akzeptiert. Darüber werde ich ein Wörtchen mit Schreiber reden müssen. So geht es schließlich auch nicht. Trotzdem, damit das ein für allemal klar ist: keine weiteren Alleingänge, und keine Wilderei in fremdem Revier!«

»Versprochen, Chef.«

»Gut, Jäger. Wie ich gehört habe, gibt es Fortschritte bei den Ermittlungen im Fall der Wasserleiche?«

»Stimmt. Die Frau ist identifiziert. Wir wissen, wo sie wohnte und wo sie gearbeitet hat. Bisher haben wir aber noch niemand gefunden, der Erhellendes über sie berichten konnte.«

»Dann müssen wir jetzt halt mehr Gas geben. Um 20 Uhr treffen wir uns mit allen verfügbaren Kräften der Mordkommission zur Lagebesprechung, um unser Wissen zu bündeln und die Aktivitäten zu konzertieren.«

Hektisch drehte sich der Erste Kriminalhauptkommissar um und verließ Jana Jägers Büro.

Der Hinweis auf Versicherungsbetrug schwirrte Alexander Hopp durch den Kopf. Irgendwie erschien ihm diese Möglichkeit realistisch. Aber auch ziemlich rätselhaft. Wie sollte das möglich sein? Und verdoppelte sich mit der Gewinnchance nicht auch das Risiko für die Täter? Außerdem befürchtete er, sich gerade in den Verdachtsmomenten zu verzetteln.

Ein früherer Kollege, seit Jahren Leiter des Finanzen-Ressorts einer Düsseldorfer Wirtschaftszeitung, könnte ihm vielleicht weiterhelfen. Ilias Karas hatte als Kind griechischer Gastarbeiter eine erstaunliche Karriere gemacht. Seine Redaktion hatte ihm den Spitznamen »Onassis« verpasst, mehr anerkennend als scherzhaft. Ihrer Ansicht nach war er neben dem weltberühmten Reeder der einzige Grieche, der mit Geld umgehen konnte.

Beim ersten Versuch erreichte Hopp ihn nicht, beim zweiten nahm Karas das Gespräch sofort an.

»Wer ist da? Hopp? Alexander Hopp? Ich glaub's ja nicht!«

Hopp erinnerte sich sofort wieder an sein Telefonat mit Jakob Stiller, der genauso überrascht über seinen Anruf gewesen war. Wie lange hatte er sich nicht bei Karas gemeldet? Drei Jahre? Oder sogar fünf? Und wann hatten sie sich zuletzt gesehen? Das musste deutlich länger als fünf Jahre her sein.

»Ja, Onassis. Ich bin's, Alex. Dein untreuer Ex-Kollege. Asche auf mein Haupt.«

»Gut so. Kipp dir ordentlich Dreck auf die Rübe. Das hast du verdient. Lass nur ein bisschen für mich übrig. Schließlich habe ich mich ja auch nicht bei dir gemeldet.«

»Stimmt. Das hatte ich gar nicht bedacht. Dann sind wir ja quasi quitt.« Alexander lachte.

Nachdem sie kurz das Neueste zu ihren Lebenssituationen ausgetauscht hatten, gingen sie wie selbstverständlich zum Kollegentratsch über – so wie früher. Das hatte ihnen schon immer großen Spaß gemacht. Karas taute bei den bunten Personalien aus ihrer Branche merklich auf. Seine anfängliche Zurückhaltung war wie weggeblasen.

»Und was sagst du zur Laufbahn deines ehemaligen Lieblings-Chefredakteurs?«, fragte er Hopp belustigt.

»Hatte ich so einen denn mal? Kann mich nicht erinnern.«

»Das war doch ironisch gemeint, Alex. Wir sind wohl ein bisschen aus der Übung gekommen. Früher hättest du diese Spitze auf Anhieb kapiert.«

»Ja, früher … Wen meinst du denn?«

»Den Hofmeister natürlich. Der ist inzwischen selbst gefeuert worden, turnt jetzt durch Funk und Fernsehen, und kassiert dabei Prügel von allen Seiten. Aber das ist ihm anscheinend lieber als gar keine Aufmerksamkeit. Mir fällt niemand ein, den du weniger leiden konntest als ihn.«

»Das stimmt, Onassis. Aber genau deshalb habe ich seinen Werdegang auch nicht weiter verfolgt. Ich war doch heilfroh, als ich den aufgeblasenen Selbstdarsteller endlich los war. Es interessiert mich nicht die Bohne, was er inzwischen macht und wie es ihm dabei geht.«

»Okay, verstehe. Schwamm drüber. Wieso hast du mich eigentlich angerufen?«

»Ich doktere an einem Problem herum, bei dessen Lösung du mir bestimmt helfen kannst. Jedenfalls fällt es in dein Fachgebiet.« Und dann berichtete Hopp von den Diebstählen der Instrumente und des dreiteiligen Gemäldes in Wachtberg, von den Gesprächen mit diversen Mitgliedern der Musik- und Kunstszene und von dem neuen Aspekt, der sowohl bei seinen wie auch Ottos Recherchen aufgetaucht war: Spezialversicherung. Welche Bedeutung konnte die haben? Ging es am Ende, zumindest bei einem der beiden Fälle, auch um Versicherungsbetrug? Und wie würde das vonstattengehen?

Ilias Karas atmete tief durch, wobei er aus der Nase in sein Telefon pustete, was in Hopps Ohr als kleine Sturmböe ankam.

»Tja, das fällt sogar in doppelter Hinsicht in meinen Beritt: Versicherungsthemen gehören ganz offiziell zu meinem Ressort, und Kunst als Kapitalanlagen sind so etwas wie mein Steckenpferd.«

»Und? Hältst du Versicherungsbetrug für denkbar? Oder sogar für wahrscheinlich?«

»Schon. Beides. Sowas kommt wahrscheinlich öfter vor, als man denkt. Es müssen nur drei Bedingungen erfüllt sein. Auf der einen Seite muss der Kunstgegenstand einen eindeutigen Besitzer haben, der alleine darüber verfügen kann. Und auf der anderen

Seite braucht es einen heimlichen Partner auf Versicherungsseite, der aktiv mitspielt, die Auszahlung der Schadenssumme beeinflussen kann und am Ende natürlich mitkassieren will.«

»Ohne einen solchen stillen Teilhaber funktioniert es nicht?«, fragte Hopp nach.

»Manchmal vielleicht, aber jedenfalls nicht so reibungslos und erfolgreich wie mit einem solchen Partner. Versicherungen wollen ja möglichst nie zahlen. Selbst wenn die Sachlage eigentlich klar und unstrittig ist, versuchen sie sich zu drücken. Bei derart spektakulären Fällen und hohen Schäden stellen sie sich erst recht mächtig an, überprüfen alles und jedes doppelt und dreifach, um Einwände zu finden und die Regulierung zu umgehen. Oder um zumindest auf Zeit zu spielen. Dann beauftragen sie auch gerne Detektive, um einen unterstellten Betrug aufzudecken.«

»Du sprachst von drei Grundbedingungen. Ich zähle bisher aber nur zwei.«

»Stimmt. Nummer drei ist der ideale, zahlungskräftige und diskrete Käufer. Ein fanatischer Multimillionär zum Beispiel, der das Unikat unbedingt besitzen will, koste es, was es wolle. Der am besten ganz weit vom Tatort entfernt lebt und der das wertvolle Stück in seinen Privatgemächern oder sogar einem Safe auf Nimmerwiedersehen verschwinden lässt.«

»Das stelle ich mir ziemlich schwierig vor, alles so sicher zu organisieren, das die Sache an keiner Seite des Dreiecks auffliegt.«

»Ist es auch. So was machen nur eiskalte Vollprofis. Aber wenn der Coup dann funktioniert, kassieren sie gleich doppelt ab. Und zwar nicht zu knapp.«

Vollprofis? Eiskalte Vollprofis? Sind die mir etwa schon über den Weg gelaufen? Alexander Hopp dachte nach Beendigung des Telefonats konzentriert nach, welcher der bisherigen Gesprächspartner im Rahmen seiner Recherchen die Anforderungen für kriminelles Vollprofitum erfüllen könnte? Wer über die nötigen finanziellen und organisatorischen Mittel verfügte? Und wen er für charakterlich zweifelhaft genug fand. Jakob Stiller? Irgendwie schon. Als Wasserträger vielleicht, aber sicher nicht als die graue Eminenz. Dieser Dr. Neumeyer wohl eher. Der erfüllte mit seiner Capital-Sound-AG wahrscheinlich alle Voraussetzungen. Und er war Hopp zutiefst unsympathisch. Ihm traute er fast alles zu. War dieser Friedrich Leopold Maria Neumeyer etwa die Spinne in einem kriminellen Netz, die ihr Terrain erweitert hatte? Die nach Instrumentenraub auch Kunstraub als ertragreiches Jagdrevier entdeckt hatte und bei Gelegenheit noch einen lukrativen Versicherungsbetrug inszenierte? Möglich, aber nichts als Spekulation. Bisher hatte er nicht ein einziges handfestes Indiz für diese Theorie.

Als Alexander Hopp nach dem Duschen das Bad verließ, klingelte sein Telefon. Mit unguter Vorahnung schaute er auf das Display. Jana rief an.

»Hallo, Jana, ist es das, was ich vermute?«

»Ich glaube schon, Alex. PPP hat für heute Abend eine dringende Sitzung der Mordkommission einberufen. Es geht um die Wasserleiche, um meinen Fall. Da kann ich nicht wegbleiben.«

»Verstehe!«

»Sei nicht sauer, Alex. Ich bin mindestens so enttäuscht wie du. Unseren Tisch im Dahlien-Hotel habe ich auf morgen Abend umgebucht. Passt dir das?«

»Denke schon. Dann bin ich bisher noch nicht verabredet.«

»Aber jetzt mit mir. Und diesmal wird es klappen. Ich werde mich jedenfalls von nichts und niemandem abhalten lassen. Versprochen! Bis morgen.«

Alexander blieb eine Weile nachdenklich mit dem Handy in der Hand stehen. Unwillkürlich kam ihm das traurige Volkslied von den Königskindern in den Sinn.

Mittwoch

Selten war Jana Jäger von etwas so niedergedrückt worden wie von Eva Louisa Kollers Wohnung in Rhöndorf. Der erste Eindruck war beklemmend. Hatte die Frau dort, einen Steinwurf vom ehemaligen Wohnhaus des ersten Bundeskanzlers Konrad Adenauer entfernt, wirklich gelebt, oder war das nur eine Tarnadresse?

»Der arrangierte Stand eines Möbelherstellers auf der Messe dürfte dagegen wie das pralle Leben wirken.« Jana schüttelte den Kopf, während sie sich im großen Wohnzimmer einmal um die eigene Achse drehte. »Hier gibt es ja so gut wie nichts, was auf die Anwesenheit menschlicher Existenzen hinweist.« Die Einrichtung war spartanisch und langweilig, billige Massenware, wie sie in jedem größeren Möbelhaus zu haben war. Nirgendwo lag oder stand etwas Persönliches. Kein Foto, keine Antiquität, kein selbst genähtes oder gesticktes Kissen, keine Bastelarbeit, kein Urlaubsmitbringsel, kein am Rheinufer gefundener Stein oder Ast, weder Erinnerungszettelchen noch Zeitungsausschnitte noch Visitenkarten an einer Pinnwand, kein Notizbuch und überhaupt nirgends ein Buch.

»So etwas Lebloses habe ich auch noch nie gesehen«, antwortete Frank Streffer bedrückt, als er langsam in das Schlafzimmer hinüberging. Das Bett dort war mit nagelneuer Wäsche bezogen, in der allem Anschein nach noch nie jemand geschlafen hatte. Im Schrank befanden sich nur wenige Kleidungsstücke – allerdings allerfeinster Qualität. »Hier hängen ein paar Designerklamotten, die garantiert viereckig Geld gekostet haben. Willst du dir die nicht mal schnell ansehen, Jana?«

Die Hauptkommissarin betrachtete gerade im Nebenzimmer zwei interessante kleine Bilder, die sie aus einigen Metern Entfernung zunächst für billige Drucke gehalten hatte. Sie hatte zwar keine Ahnung von Kunst, aber aus der Nähe sahen die Gemälde für sie echt aus. Waren sie das wirklich? Waren sie womöglich wertvoll? Und wie passte das zu dem ramschigen, geschmacklosen Gesamteindruck der irgendwie vernachlässigten Wohnung?

»Die edlen Fummel schaue ich mir später an, Frank. Komm lieber mal zurück ins Wohnzimmer. Hier gibt es zwei Miniaturen, die ich nicht richtig einordnen kann.«

Auch Streffer hielt die beiden kleinen Kunstwerke für möglicherweise echt, war sich aber genauso wenig sicher wie Jana Jäger. »Wir sollten sie von den Kollegen der SpuSi sorgsam einpacken und von einem Sachverständigen prüfen lassen. Wenn sie tatsächlich wertvoll sind, könnten sie ja vielleicht etwas mit dem Mord an Frau Koller zu tun haben.«

Jana Jäger dachte nach. »Möglich. Aber wieso hängen die Bildchen dann noch hier? Der Täter hätte sie doch längst einkassieren können.«

»Ich kann mir auch noch andere Mordmotive vorstellen, die ursächlich mit diesen Miniaturen zusammenhängen könnten. Rache zum Beispiel.«

»Stimmt, Frank, auch eine Richtung, in die wir denken sollten. Immerhin war die Ermordete Auktionatorin und hatte wahrscheinlich tagtäglich mit teuren Kunstobjekten zu tun. Was natürlich nicht heißt, dass sie sich ein solches Stück selbst leisten konnte. Ich bin gespannt, ob die Bilder echt sind und auf welche Spur sie uns bringen. Vielleicht war die gute Frau ja in unlautere Machenschaften verwickelt.«

Auf der Rückfahrt zum Polizeipräsidium standen Jäger und Streffer noch im Bann der zwiespältigen Eindrücke aus der gerade durchsuchten Wohnung.

»Findest du es nicht auch komisch, Frank, dass die Bude der schönen Toten so unbewohnt aussieht? Im Bad stehen gerade mal Zahncreme und Zahnbürste, Duschzeug, Deo und ein Kamm. Weißt du, was eine Frau normalerweise jeden Tag an Pflegeprodukten braucht?«

»Klar, das habe ich ja heute Morgen erst wieder zuhause gesehen. Da ist kaum Platz für meine eigene Zahnbürste.«

»Das auch.«

»Was auch? Was meinst du damit?«

»Entschuldigung. Du hast mich gerade daran erinnert, dass dort überhaupt keine Spuren eines Mannes zu finden waren, weder im Bad noch im Bett. Vielleicht finden die Kriminaltechniker noch welche. Aber ich bin mir fast sicher, dass sie Single war.«

»Kann sein. Oder ihr Kerl war nie in dieser Wohnung, weil sie quasi bei ihm lebte. Das würde auch die karge Ausstattung erklären. Da waren ja kaum Vorräte in der Küche, abgesehen von etwas Margarine, Knäckebrot, Marmelade und Wasser im Kühlschrank. So ernährt sich doch kein Mensch.«

Jana Jäger dachte nach, dann nickte sie. »Wahrscheinlich hast du damit recht, wer futtert schon ausschließlich Knäckebrot, Margarine und Marmelade – igitt! Selbst wenn jemand nicht kochen kann, hat er oder sie doch wenigstens etwas Obst, ein paar Konserven und Fertiggerichte im Schrank. Es sei denn, man isst vorwiegend außer Haus – bei Freunden, Verwandten und in Restaurants.«

»Trotzdem. Mich irritieren diese krassen Gegensätze in ihrer Wohnung. Einerseits die billige Einrichtung, nur Massenware aus irgendeinem dieser riesigen Möbelmärkte an der Autobahn. Dazwischen nichts Persönliches, nichts Lebendiges, nicht einmal ein verstaubter Ficus Benjamini. Und nichts Essbares im Haus. Andererseits aber Kleider edler Designer im Schrank, die wahrscheinlich tausende Euros kosten, und zwei vielleicht echte, sehr wertvolle Kunstwerke an der Wand. Wie passt das zusammen?«

»Überhaupt nicht! So sehe ich das jedenfalls.«

Für Jana hatten die Eindrücke aus der Wohnung in Rhöndorf mehr neue Fragen aufgeworfen als Antworten geliefert. Auch die Aussagen der Nachbarn, die einige Beamte parallel zur Durchsuchung der Wohnung befragt hatten, gaben nichts her. Die Leute wussten so gut wie nichts über die ermordete Auktionatorin. Manche kannten nicht einmal ihren Namen. Besucher wie Freunde, Verwandte oder Liebhaber hatten sie angeblich nie kommen oder gehen gesehen. Alle Befragten hielten die Frau für alleinstehend.

»Ist ihre Wohnung denn der Tatort, Jana? Was meinst du? Ich habe nichts erkennen können, was darauf schließen lässt.«

Frank Streffer schaute kurz prüfend zu seiner Partnerin auf dem Beifahrersitz hinüber, konzentrierte sich dann aber sofort wieder auf die Fahrbahn, um die Ausfahrt von der B 42 nach Oberkassel nicht zu verpassen.

»Kann ich mir nicht vorstellen, ich habe auch keinen Hinweis darauf gefunden. Sie muss woanders erschlagen und zum Rhein gebracht worden sein. Vielleicht in der Wohnung ihres unbekannten Lebensgefährten. Oder direkt am Rheinufer, bei einer Verabredung zum Spaziergang.«

»Alles Spekulation. Wir haben noch nichts Greifbares.«

»Stimmt. Aber Spekulationen bringen uns manchmal auch auf die richtige Spur. Ich würde zum Beispiel meinen Allerwertesten darauf verwetten, dass die Bilder echt und ein Vermögen wert sind. Immerhin hatte Eva Louisa Koller als Auktionatorin mit Kunsthandel zu tun. Und ich wette des Weiteren darauf, dass sie nicht auf legale Weise in den Besitz der Gemälde gekommen ist. Lass uns bitte umgehend ihre Konten checken, denn es würde mich überhaupt nicht wundern, wenn wir dort merkwürdige Transaktionen finden würden. Bareinzahlungen zum Beispiel.«

»Okay, Jana, ich werde mich sofort darum kümmern. Hältst du es eigentlich für möglich, dass ihr Tod irgendetwas mit den Einbrüchen der letzten Tage zu tun hat? Da wurden schließlich Kunstwerke gestohlen.«

Jana Jäger schaute Frank Streffer an und grinste. »Du kennst mich doch. Ich halte grundsätzlich alles für möglich. Wenn wir nur das klitzekleinste Indiz dafür finden, sind wir bei den Wachtberger Fällen im Spiel. Was unseren lieben Kollegen Schreiber bestimmt sehr freuen wird!«

Michael Löhnenberg schaute demonstrativ auf die Uhr, als Jana kurz vor vier endlich in der Kantine auftauchte. Seit fast einer halben Stunde saß er alleine an einem ruhigen Tisch in der hintersten Ecke. »Eine so lange Kaffeepause hatte ich noch nie«, sagte er zur Begrüßung in einem etwas zänkischen Ton.

»Einmal ist doch immer das erste Mal. Und zwar für alles. Sogar für Kaffeepausen. Das weißt du doch«, erwiderte Jana ebenso spitz. »Was ich dich zuerst fragen wollte, Michael. Wieso hast du eigentlich diesen lustigen Namen?« Jetzt sah sie ihm provozierend direkt in die Augen. Sie wußte, dass er dieses Thema partout nicht ausstehen konnte.

»Weil meine Eltern ihn mir gegeben haben. Wie alle anderen Eltern ihren Kindern auch.« Michael Löhnenberg hatte keine Lust, sich nach dem langen Warten auch noch von Jana auf den Arm nehmen zu lassen.

»Dann müssen die ja große Astrid-Lindgren-Fans gewesen sein. Was für ein Glück für dich, dass eure Familie nicht Langstrumpf oder so ähnlich heißt.« Jana lachte lauthals.

»Ist gut jetzt. Es reicht! Die Nummer hast du schon oft genug gebracht. Finde ich echt nicht mehr lustig.«

»Aber ich, solange du dich davon aufziehen lässt.«

»Dann hattest du ja jetzt deinen Spaß.«

»Du hast recht.« Schlagartig kippte Janas übermütige Stimmung. »Entschuldige Michael, ich bin gerade etwas aufgekratzt, und dann neige ich zu derberen Späßen, das weißt du doch. Aber ersthaft ärgern wollte ich dich nicht. Nur ein bisschen foppen. Tut mir leid. Der Kaffee geht auf mich.«

Löhnenberg lächelte süß-säuerlich, er konnte Jana nie lange böse sein.

»Entschuldigung angenommen. Dann will ich uns mal was richtig Teures an der Theke holen.« Als er eine Minute später mit zwei großen dampfenden Cappuccinos zurückkam, fragte er unumwunden, ob diese Verabredung vielleicht mit ihrem Ärger mit Hauptkommissar Schreiber zu tun habe.

»Klar. Der macht mir richtig Stress. Wegen nichts. Diesmal habe ich mir echt gar nichts zuschulden kommen lassen. Wie soll ich mich deiner Meinung nach verhalten? Ruhig? Oder soll ich zurückschießen?«

»Ach, der Schreiber.« Löhnenberg winkte beschwichtigend ab. »Du müsstest ihn doch langsam kennen. Einerseits ein super Polizist, andererseits ein Einzelgänger. Er kann einfach nicht gut kooperieren. Mit seinen engsten Mitarbeitern, die ihm quasi aufs Wort gehorchen, geht das so einigermaßen. Aber wenn ihm jemand überraschend in die Quere kommt, dann braust er halt schnell auf. Genauso schnell kriegt er sich meist auch wieder ein. Lass es einfach auf sich beruhen, dann ist die Angelegenheit sicher bald erledigt.«

»Leichter gesagt als getan. Immerhin hat er mich bei meinem Chef angeschwärzt, der mir daraufhin einen Rüffel erteilt hat.«

»Mach dir trotzdem keinen Kopf. Das hat er im Affekt getan und wahrscheinlich längst vergessen. An deiner Stelle würde ich jetzt Ruhe geben und ihn irgendwann einmal ganz entspannt darauf ansprechen, wenn du es dann überhaupt noch für nötig hältst.«

Jana Jäger trank vom Cappuccino und schaute beiläufig auf die Uhr. Viel Zeit hatte sie nicht mehr, wenn sie ihr komplettes Nachmittagspensum schaffen, rechtzeitig aus dem Präsidium kommen und pünktlich um acht Uhr zu dem Date mit Alex im Dahlien-Hotel erscheinen wollte. Eigentlich wollte sie mit Löhnenberg die Fakten ihrer jeweiligen Fälle austauschen und seine Meinung dazu hören, ob vielleicht alles mit allem zusammenhängen könnte. Ihr Gefühl sagte ihr, dass der Mord an der schönen Auktionatorin irgendwie mit den Instrumenten- und Kunstraubgeschichten in Verbindung stand. Auch wenn sie weder konkrete Indizien noch eine schlüssige These für diesen Verdacht hatte. Dieses Thema würde aber einige Zeit in Anspruch nehmen. Erst einmal müsste es vertagt werde.

»Hast du morgen Früh schon was vor?«, fragte sie den jungen Kollegen unvermittelt.

»Nein. Wieso? Woran denkst du?«

»Ich wollte mit dir in Ruhe überlegen, was dafür sprechen könnte, dass die Einbruchdiebstähle in Wachtberg und meine schöne Wasserleiche vielleicht ein einziger Tatkomplex sind. Dafür wird es jetzt leider doch etwas knapp.«

»Och, menno. Jetzt habe ich so lange auf dich gewartet. Für nix und wieder nix. Schade, schade.«

»Ich weiß, Michael. Das tut mir auch sehr leid. Aber mir läuft die Zeit davon. Ich muss dringend noch einen Haufen Akten bearbeiten, einige Mails schreiben und ein paar Anrufe beantworten, ehe ich meinen Leuten neue Arbeitsaufträge geben kann. Und heute Abend will ich ausnahmsweise mal halbwegs pünktlich hier raus. Ich habe eine richtig wichtige Verabredung. Wenn du nichts dagegen hast, können wir morgen beim gemeinsamen Frühstück alles nachholen. Zum Beispiel im Café Wolter in Beuel, direkt gegenüber vom Krankenhaus.«

»Meinetwegen. Um neun Uhr. Aber pünktlich, sonst musst du wieder zahlen.« Löhnenberg strahlte sie an.

»Einverstanden. Außer meinem Freund Alex fällt mir sowieso niemand ein, dem ich so gerne ein Frühstück spendieren würde wie dir. Übrigens solltet ihr euch unbedingt mal kennenlernen. Ihr werdet euch sicher mögen. Außerdem könnte das für beide Seiten ein bereichernder Kontakt sein.« Jana Jäger stand auf, klopfte zweimal kräftig auf den Tisch und ging. Noch einmal schaute sie auf die Uhr und überlegte, was sie in der verbleibenden Zeit schaffen konnte. Wahrscheinlich war es jetzt schon zu spät, um die dringendsten Verpflichtungen zu erledigen und danach noch nach Hause zu fahren, sich für ihr Date frisch zu machen und schick anzuziehen. Also würde sie am Abend eben auf direktem Weg vom Büro zum Dahlien-Hotel fahren. So schlecht sah sie doch gerade nicht aus. Außerdem waren sie seit Jahren ein Paar. Auch wenn ihre Beziehung seit Monaten stockte, würde sie Alex bestimmt nicht mehr durch ihre Aufmachung überzeugen müssen.

Als Michael Löhnenberg die Kantine verließ, rannte ihn Kommissar Wolfgang Bielke im Flur fast über den Haufen.

»Los, Kollege, mitkommen, neuer Einsatz«, rief er ihm zu, während er im Laufschritt weiter in Richtung Parkplatz hetzte.

Mit Blaulicht rasten sie über die Südbrücke und steuerten den Godesberger Tunnel an.

»Wohin fahren wir eigentlich?«, frage Löhnenberg, der bis dahin in Gedanken noch ganz bei dem merkwürdigen Treffen mit Jana Jäger gewesen war. Sie hatten sich am Nachmittag kurz getroffen und dann ziemlich schnell auf den kommenden Morgen zum Frühstück vertagt. Von ihm aus hätten sie liebend gerne auch die Zwischenzeit gemeinsam verbringen können. »Doch nicht schon wieder nach Wachtberg?«

»Doch. Nach Ließem, genauer gesagt. Dort soll gerade, also am hellichten Tag, in eine Villa eingebrochen worden sein. Laut Einsatzmeldung wurde eine kleine Skulptur gestohlen«, brachte ihn Bielke kurz auf den aktuellen Stand.

Sie parkten unmittelbar vor dem großen schmiedeeisernen Tor, das die von Buchsbaumhecken eingesäumte, geschwungene Auffahrt bis zum Vestibül des mondänen Anwesens versperrte.

Schwer beeindruckt drehte sich Löhnenberg einmal um die eigene Achse und entdeckte in entgegengesetzter Richtung den grandiosen Ausblick auf das Panorama des Siebengebirges, der von diesem Standort atemberaubend schön war. Hier müsste man wohnen, dachte er, aber dafür müsste ich als kleiner Beamter entweder einen ertragreichen Bankraub begehen oder eine steinreiche Millionärswitwe heiraten. Sonst könnte ich mir so etwas nie und nimmer leisten.

Das ältere Ehepaar, das die Villa bewohnte, wirkte völlig verstört. Sie waren gemeinsam zu einem Einkaufsbummel nach Düsseldorf auf die Königsallee gefahren und insgesamt rund sechs Stunden unterwegs gewesen. Nach ihrer Rückkehr hatten sie den Einbruch nicht direkt bemerkt. Erst als die mindestens 70jährige

Hausherrin ihren kostbarsten Schatz in der Bibliothek besuchen wollte, stellte sie erschrocken fest, dass er fehlte. Dem in der Mitte des Raumes aufgestellten zylindrischen Sockel fehlte der künstlerische Höhepunkt: die wertvolle bronzene Mädchenbüste des Bildhauers Wilhelm Lehmbruck.

Völlig apathisch saß die Frau, mit ihrem leicht bläulich schimmerndem weißen Haar und in ein rosafarbenes Chanel-Kostüm gekleidet, auf der Chaiselongue im Salon. Sie war kaum ansprechbar. Mit glasigem Blick sah sie an den Ermittlern vorbei oder durch sie hindurch. Sie habe Beruhigungspillen genommen, erklärte ihr Gatte, dem es kaum besser ging. Zwar gab der Mann sich alle Mühe, Haltung zu bewahren und die Polizei nach Leibeskräften zu unterstützen, doch er war fahrig, verlor immer wieder den Faden und brachte kaum einen klaren Satz zustande. Mit seinen Aussagen konnten Kriminaloberkommissar Schreiber und sein Team wenig anfangen.

Schnell wurde den Beamten allerdings klar, dass das bekannte Kunstwerk im Grunde unverkäuflich war. Und eigentlich auch nur schwer zu stehlen. Die Skulptur war separat gesichert gewesen, so wie auch mehrere andere Kunstwerke berühmter Maler an den Wänden von zwei repräsentativen Räumen der Villa. Zudem verfügte das ganze Anwesen über aufwendige Sicherheitsvorkehrungen.

Der Chef der Security-Firma, die alle Systeme installiert hatte, wartete und permanent überwachte, war nach gut zehn Minuten zur Stelle. Er konnte sich den Einbruch nicht erklären. »Das ist völlig unmöglich, wirklich mission impossible«, behauptete er, während er ungläubig seinen hochroten Kopf schüttelte und sich mit einem karierten Taschentuch die schweißnasse Stirn trocknete. »Hier kommt normalerweise kein Unbefugter rein und schon gar nicht mit Wertgegenständen wieder raus.«

»Normalerweise vielleicht nicht«, antwortete Chefermittler Detlef Schreiber kühl, »aber in Ausnahmefällen scheint es ja zu gehen. Wenn nicht gerade Tom Cruise höchstpersönlich hier herumgeturnt ist, dann muss es jemand aus Ihrem Stall geschafft haben. Begleiten Sie uns bitte aufs Präsidium. Wir haben dringend einige Fragen mit Ihnen zu klären.«

Mittwochabend

Alexander freute sich sehr auf das Abendessen mit Jana. Nachdem sie schon am Freitagabend bis zur dramatischen Unterbrechung durch den Instrumentenraub bei den Buchbinders auf einem guten Weg gewesen waren, ihre Beziehungskrise beenden zu können, hoffte er auf den Durchbruch an diesem Abend. Denn seither waren alle Versuche, sich für die Fortsetzung ihres Versöhnungsgesprächs zu treffen, gescheitert. Heute musste es einfach klappen. Zwar war er jetzt nicht mehr so nervös wie vor vier Tagen, allerdings sorgte er sich, ob sie es pünktlich zum vereinbarten Zeitpunkt ins Dahlien-Hotel schaffen würde. Schließlich steckte sie mitten in diesem komplizierten Wasserleichen-Fall. Um sicher zu gehen, rief er kurzentschlossen bei Jana im Büro an. Wie fast befürchtet, nahm sie dort den Hörer ab.

»Oh, du bist noch da, Jana. Müssen wir unser Date etwa schon wieder verschieben?«, fragte er leicht verunsichert.

»Nein, Alex, keine Sorge. Diesmal nicht. Ich werde gegen acht Uhr, spätestens Viertel nach, dort sein. Ich habe zwar noch einiges zu erledigen. Aber danach fahre ich einfach von hier, aus dem Präsidium, direkt zum Restaurant. Du musst mich also so nehmen, wie ich am Ende eines ereignisreichen Arbeitstages eben aussehe. Zum Aufstrapsen habe ich leider keine Zeit mehr.« Sie lachte ungezwungen.

»Das musst du auch nicht, ich weiß schließlich, wie du aussiehst – und zwar zu jeder Tages- und Nachtzeit und in allen Gemütszuständen. Komm, wie du willst. Hauptsache, du kommst. Dann nutze ich jetzt die verbleibende Zeit, um vorher noch eine Runde mit Elvis zu drehen. Okay?«

»Ja, mach das. Dem armen Kerl steht sonst das Wasser bis zu den Ohren, wenn er bis zum späten Abend auf mich warten muss. Apropos Wasser: Mittlerweile habe ich den Verdacht, dass meine schöne Leiche vom Rheinufer am Bonner Bogen mit den

Wachtberger Kunstraubfällen zusammenhängt. Hast du bei deinen Recherchen vielleicht etwas entdeckt, was ebenfalls in diese Richtung deutet?«

Alexander dachte kurz nach, auf Anhieb fiel ihm aber kein passender Hinweis ein. »Nein, was aber nichts heißen muss. Das kann ja trotzdem stimmen. Wieso glaubst du das denn?«

»Weil sie als Auktionatorin gearbeitet hat, weil sie für wertvolle Kunstwerke zuständig war, weil die Leute in ihrer Firma sich äußerst merkwürdig verhalten haben, und weil hier in der Gegend relativ selten Delikte vorkommen, die mit Kunst zu tun haben. Jetzt sind es aber gleich drei an einem Wochenende. Merkwürdiger Zufall. Oder?«

»Wieso denn drei? Die Einbrüche bei den Buchbinders und in Michels Ausstellung sind für mich zwei Fälle.«

»Die ermordete Auktionatorin wäre dann der dritte.«

»Hmmm, könnte was dran sein.« Alexander wurde nachdenklich. »Gibt es denn inzwischen Neuigkeiten von Jakob Stiller? Haben deine Kollegen ein Lebenszeichen von ihm?«

»Nicht, dass ich wüsste. Aber lass uns das Telefonat jetzt besser beenden, damit ich mein Pensum noch schaffe und dir genügend Zeit für Elvis bleibt. Gleich können wir ja in aller Ruhe weiterreden. Bis später.« Abrupt beendete Jana das Gespräch.

Die frische Theorie, die Jana ihm eben am Telefon kurz skizziert hatte, die Einbruchdiebstähle vom Wochenende und die Wasserleiche seien vielleicht zusammenhängende Elemente eines einzigen großen Falls, schwirrte durch Alexanders Hinterkopf. War das möglich? Welche Ergebnisse seiner Recherchen sprachen dafür? Und gab es auch Fakten, die dagegen sprachen? Die Angelegenheit schien richtig kompliziert zu werden. Er musste ungestört nachdenken, alles aus seinem Hinterkopf herauskramen, was für die Lösung relevant sein könnte.

Elvis begrüßte ihn wieder begeistert, als er ihn aus ihrer ehemals gemeinsamen Wohnung holte. Zusammen fuhren sie in Hopps altem Audi zu seinem Lieblingsort. Am Wachtberg, Ecke Wachtbergring, stellte er den Wagen auf den kleinen Parkplatz neben der Enewa-Pumpstation und bummelte mit dem Hund langsam bis zum Ehrenmal. Dort ließ er Elvis von der Leine, damit er in Ruhe das Gebüsch erkunden und seine Geschäfte erledigen konnte. Derweil setzte sich Hopp auf seinen Stammplatz, die runde Begrenzungsmauer der großen Gedenkstätte auf dem Wachtberg. Dort konnte er die Beine und zugleich die Seele baumeln lassen. Von dort hatte man den beeindruckendsten Blick auf die wunderschöne Kulisse des Siebengebirges. Zu jeder Tageszeit und bei jedem Wetter sah das Panorama anders aus, manchmal wechselte die Aussicht binnen Minuten. Doch immer – ob sonnig, neblig, dunstig oder verregnet, ob frühmorgens, mittags oder abends – bot sich ihm ein faszinierendes Bild. Hier fühlte Hopp sich fast wie im Kino – mit fesselndem Programm rund um die Uhr. Nur unter freiem Himmel und mit frischer Luft, ohne nervige Zuschauer und vor allem umsonst. Hier bekam er fast immer einen klaren Kopf und hier fand er die besten Ideen.

Zuerst rekapitulierte er, was nach seinen Ermittlungen Fakt sein musste: Die Verbrechen der letzten Tage waren von absoluten Profis minutiös vorbereitet und ausgeführt worden, unter tatkräftiger Mithilfe von Insidern, die den Opfern sehr nahe standen und deshalb präzise Tipps geben konnten. Die erbeuteten Instrumente und Gemälde mussten bestellt gewesen sein, da sie auf dem freien Markt quasi unverkäuflich waren. Alle Abläufe wirkten für ihn im Großen und Ganzen gleich. Alles sprach also dafür, dass es sich auch um ein und dieselbe Bande handelte. So weit, so gut. Doch wer war die mächtige graue Eminenz im Hintergrund? Dieser Dr. Neumeyer von der Capital-Sound-AG? Hatte der sein Wirkungsfeld um ein weiteres Kunstsegment erweitert? Möglich. Aber ebensogut konnte es auch irgendwer sein, auf den er bei seinen Untersuchungen noch gar nicht gestoßen war. Welche Rolle spielte sein großmäuliger Ex-Kollege Jakob Stiller? War es nur Zufall, dass alle spektakulären Fälle von Instrumentenraub in den letzten Jahren in seinem direkten beruflichen Umfeld stattgefunden hatten? Und war es nur eine Laune des Schicksals, dass Stiller jetzt verschwunden war und niemand zu wissen schien, wo er sich aufhielt? Falls er denn überhaupt noch lebte. Wenn Jana recht hatte, und die tote Auktionatorin auch in die Einbruchdiebstähle verwickelt gewesen war, dann scheute diese Szene nicht vor Mord zurück.

Andererseits war es kaum vorstellbar, dass Stiller über Jahre ein derartiges Unwesen in seinem Job trieb, ohne dass Kollegen oder Freunde davon Wind bekommen hatten und ohne dass jemand misstrauisch geworden war. Tatsächlich traute ihm ja noch heute keiner seiner Kollegen und Bekannten soviel kriminelle Energie zu. Konnte es wirklich sein, dass man sich dermaßen in einem Menschen irrte und einfach nicht realisierte, in welche Machenschaften er tatsächlich verwickelt war?

Natürlich war das möglich!

Ihm selbst war das vor etlichen Jahren passiert.

Jetzt erinnerte er sich wieder an ein schreckliches Erlebnis aus seinen ersten Berufsjahren.

Alexander Hopp war damals ein junger Journalist. Ehrgeizig. Engagiert. Erfolgreich. Er hatte einen tollen Job als Redakteur im Wirtschaftsressort einer Münchener Illustrierten ergattert. Da wurde Franz Eimermacher, der ehemalige stellvertretende Chefredakteur der Tageszeitung, bei der er volontiert hatte, völlig überraschend verhaftet. Die Kriminalpolizei verdächtigte den renommierten, vielfach preisgekrönten Journalisten dringend, Mitglied einer bundesweit agierenden kriminellen Organisation gewesen zu sein, die mit faulen Grundschuldbriefen Immobilienbesitzer um Haus und Hof brachte. Eimermacher sollte diese miesen Geschäfte mit fingierten Erfolgsgeschichten systematisch angeheizt haben. Hopp hatte während des Volontariats eng mit ihm zusammengearbeitet, weil er sein Talent erkannt und sich persönlich um seine Ausbildung gekümmert hatte. Eineinhalb Jahre lang hatte er tagtäglich mit Eimermacher zu tun gehabt.

Der war ein merkwürdiger Mann gewesen: gnadenlos kritisch, oft cholerisch, fast immer zynisch. Aber eben auch ein begnadeter Journalist. Und ein Freund profaner Genüsse wie Wein, Weib und Weltreisen. Eigentlich ein Linker, der trotzdem gerne schnelle und teure Autos fuhr. Ausgerechnet dieser komische Kauz sollte ein gewissenloser Betrüger gewesen sein? Alexander Hopp hatte sich das partout nicht vorstellen können. Mehrfach verhörte ihn die Kriminalpolizei stundenlang, stellte ihm immer wieder die gleichen Fragen. Sie gingen davon aus, dass er zumindest Mitwisser der kriminellen Machenschaften seines Chefs gewesen sei. Wenn nicht sogar ein aktiver Helfershelfer. Hopp beantwortete die Fragen der Polizei immer wieder mit den gleichen nichtssagenden Angaben. Nicht aus böser Absicht. Er wusste einfach nichts Konkreteres zu sagen. Er hatte keine Ahnung.

Am Ende ließen ihn die Beamten gehen und er hörte eine längere Zeit nichts mehr von dieser Sache. Deshalb nahm er an, die Vorwürfe hätten sich als nichtig herausgestellt. Bis er eines Tages in der Zeitung las, dass Franz Eimermacher wegen aktiver Mitgliedschaft in einer kriminellen Vereinigung und schweren bandenmäßigen Betrugs zu drei Jahren Haft verurteilt worden war.

Noch heute konnte Hopp es nicht fassen. Er hatte von allem nichts mitbekommen, hatte die damals veröffentlichten Erfolgsgeschichten für bare Münze genommen, hatte nicht den kleinsten Verdacht gegen seinen Chef gehegt, vor allem hatte er keine Sekunde an Eimermachers Integrität gezweifelt.

Wie man sich doch irren kann. Erging es den Menschen in Jakob Stillers Umgebung jetzt genauso? Gut möglich.

Punkt 20 Uhr betrat Alexander zusammen mit Elvis das Restaurant des Dahlien-Hotels in Niederbachem. Jana hatte vorsorglich für sie einen Tisch reserviert, offiziell für vier Personen. Das machte sie gerne, damit ihr nicht der kleinste und unattraktivste Platz zugewiesen wurde. Vor Ort erklärte sie dann einfach, das befreundete Paar, mit dem sie verabredet gewesen sei, habe soeben leider absagen müssen. Der Tisch, an den eine sympathische Kellnerin Alexander führte, lag direkt am Fenster mit Blick auf die Terrasse. Wie erwartet war Jana noch nicht dort. Er setzte sich auf den Stuhl, den sie vermutlich am unattraktivsten finden würde, damit Jana gleich die freie Auswahl zwischen den drei besten Plätzen blieb. Elvis legte sich wie üblich mitten unter den Tisch zu seinen Füßen. Das Gekläffe eines wildgewordenen kleinen Köters am anderen Ende des Raumes ließ ihn völlig kalt.

Zehn Minuten später erschien Jana, leicht außer Atem mit geröteten Wangen und strubbeliger Frisur. Sie sah aus, als ob sie mit dem Fahrrad bergauf gegen den Wind gefahren wäre.

Alexander fand es hinreißend.

Sie drückte ihn fest und küsste ihn flüchtig, ehe sie ihm unmittelbar gegenüber Platz nahm, von wo aus sie auch den schönsten Ausblick nach draußen hatte.

Was er genau so geahnt hatte.

»Die Serie geht weiter, Alex«, erklärte sie ohne Umschweife, »wir haben den dritten Kunstraub in Wachtberg. Heute Nachmittag wurde in einer mondänen Villa in Ließem eine bronzene Skulptur von einem gewissen Wilhelm Lehmbruck gestohlen. Sagt dir der Name etwas?«

Alexander pfiff beeindruckt durch die Zähne. »Na klar, einer der bedeutendsten Bildhauer der ersten Hälfte des vorigen Jahrhunderts. Aber woher weißt du das denn jetzt?«

»Habe ich auf dem Weg hierher gehört. Kollege Löhnenberg vom Einbruch-Diebstahl hat mich spontan auf dem Handy angerufen. Morgen früh treffe ich ihn zum Frühstück. Dann erfahre ich bestimmt mehr.«

»Da bin ich gespannt. Allerdings würde ich spontan ein komplettes Jahreseinkommen darauf setzten, dass das wieder die gleiche Truppe war.«

»Gut möglich. Bald werden wir es vermutlich wissen. Löhnenberg ist nämlich sehr kooperativ. Du solltest ihn unbedingt mal kennen lernen. Du wirst ihn mögen. Garantiert.«

Hotel-Chefin Karla Epstein trat mit den Speisekarten an ihren Tisch. »Guten Abend, die Herrschaften. Sie habe ich aber lange nicht mehr gesehen. Wie geht es Ihnen?«

»Gut. Viel zu tun, was aber natürlich besser ist als nichts zu tun«, antwortete Jana fröhlich. »Wir sind wegen der sardischen Woche hier. Wenn ich mich recht erinnere, gibt es heute sogar zwei besondere Spezialitäten.«

Karla Epstein nickte und klappte die Menükarten auf.

»Zum einen hausgemachte frische Pasta mit Venusmuscheln und Bottarga di Cabras, zum anderen geschmortes Lamm mit Artischocken und Rosmarinkartöffelchen. Wenn Sie Fisch mögen, dann empfehle ich die Pasta mit Bottarga.«

»Noch nie davon gehört. Was ist das denn?«, fragte Jana und schaute Frau Epstein skeptisch an.

»Dann wird es aber Zeit. Das ist eine Art Kaviar aus dem Westen Sardiniens und hier nur selten zu bekommen. Sehr lecker!«

Hopp war begeistert; obwohl er keinen großen Appetit hatte, lief ihm das Wasser im Mund zusammen. »Am liebsten würde ich beides nehmen, aber das wäre vermessen. Da ich gerne wuchtigen sardischen Roten trinke, passt das Lamm besser. Sie haben doch Cannonau im Keller?«

»Natürlich«, antwortete die Hotel-Chefin leicht pikiert. »Sardische Woche wäre doch ohne Cannonau nicht vorstellbar. Allerdings können Sie diesen Wein auch gut zu dem Fischgericht trinken. Das schmeckt sehr gut, und heutzutage nimmt man es sowieso nicht mehr so genau.«

»Wir bestellen einfach beides und essen beide von beidem, wie findest du das, Alex?«

»Wunderbar, so machen wir es. Und dazu nehmen wir eine Flasche Cannonau.«

Zufrieden mit dieser Bestellung ging Karla Epstein zur Küche.

Umgehend setzte Jana den Bericht über ihre Quelle im Kommissariat für Einbruch-Diebstahl fort. »Löhnenberg ist ein alter Kumpel. Wir kennen uns seit der Polizeischule. Auf ihn kann ich mich absolut verlassen. Mit dem absurden Kompetenzgerangel, das sein Chef Schreiber veranstaltet, hat er nichts am Hut. Er weiß, dass wir die Buchbinders privat kennen und als Wachtberger Bürger natürlich brennend an den Zusammenhängen interessiert sind. Nur kann er momentan gar nicht viel erzählen. Die Kollegen tappen noch weitgehend im Dunkeln. Morgen wollen wir unser Wissen zu unseren Fällen mal zusammenschmeißen und sehen, ob das nicht nach einer einzigen großen Sache aussieht. Mittlerweile gehe ich eigentlich schwer davon aus. Jetzt, nach dem neuesten Raub von Ließem, noch stärker als zuvor. Wenn wir handfeste Indizien für diese Theorie finden, bin ich natürlich mit im Team.«

Alexander hatte Jana konzentriert zugehört und sie fasziniert angestarrt. Nun ergriff er das Wort, ehe eine unangenehme Gesprächspause entstehen konnte.

»Ich habe keine Ahnung von organisierter Kriminalität, aber immerhin weiß ich, dass es dafür ein eingespieltes System braucht, bei dem ein Rädchen reibungslos in das andere greifen muss. Warum sollten der verschwundene Jakob Stiller und die ermordete Auktionatorin nicht dazu gehören? Dass ihr noch keine handfesten Indizien dafür habt, bedeutet doch nicht, dass die Annahme falsch ist.«

»Das stimmt, Alex. Ich bin auch sehr davon überzeugt. Trotzdem ist es momentan nicht mehr als eine Theorie. Wir werden sehen, ob wir Belege dafür finden.«

Die nette Kellnerin, die Alexander vor einer Dreiviertelstunde an diesen Tisch geführt hatte, brachte nun die Teller mit den sardischen Gerichten.

»Jeder nimmt sich ein Gericht, und der andere probiert mal davon. Später können wir dann tauschen, wenn wir das wollen«, schlug Jana pragmatisch vor. »Einverstanden?«

Alexander nickte und zog gleichzeitig die Bottarga-Pasta zu sich herüber, die köstlich duftete. Er konnte sich kaum bremsen. Auch Jana war mit dieser Wahl einverstanden. Lamm mochte sie viel lieber als Meeresfrüchte. Minutenlang wechselten sie kein Wort und aßen. Ihre Blicke sprachen jedoch Bände. Beide waren so von ihrem Essen angetan, dass sie den verabredeten Tellerwechsel vergaßen.

Als alles verspeist und das Geschirr abgeräumt war, kam Jana sofort zur Sache. »Jetzt sind wir wunderbar satt und schön entspannt und können uns endlich unserem eigentlichen Thema widmen.«

»Da bin aber gespannt.«

»Musst du nicht sein. Mein Vorschlag ist ganz einfach und schnell erklärt. Künftig arbeiten wir zusammen statt uns zu streiten.«

»Wie bitte? Kannst du das kurz wiederholen?« Alexander glaubte, sich verhört zu haben.

»Du hast mich schon richtig verstanden, Alex. Dafür schließen wir einen Deal: Wissen gegen Wissen und Vertrauen gegen Vertrauen. Du informierst mich über den Stand deiner Recherchen, und ich berichte dir ebenso offen und ehrlich alle Ermittlungsergebnisse, soweit ich das irgendwie vertreten kann. Gemeinsam kommen wir bestimmt schneller voran, und außerdem sollte sich das Konfliktpotential so in Luft auflösen. Allerdings darfst du während laufender Fälle nichts berichten, wenn ich es noch bedenklich finden sollte. Was hältst du davon?«

»Viel!«

Er strahlte bis über beide Ohren.

Als sie aus dem Foyer auf die große Treppe des Haupteingangs traten, stutzte Hopp plötzlich. Bewegte sich da nicht jemand eigenartig in der Dunkelheit? Direkt hinter seinem Wagen? Machte sich dort nicht wer an der Beifahrertür zu schaffen?

»Hallo, Sie da!«, schrie er über den schummrigen Parkplatz. »Was tun Sie da? Lassen Sie gefälligst die Finger von meinem Wagen!« Aber er bekam keine Antwort. Blitzschnell duckte sich die schemenhafte Person weg und verschwand in den düsteren Heideweg.

»Da stimmt was nicht. Wir müssen hinterher. Diesen Typen können wir nicht einfach laufen lassen, egal, was er gerade an dem Wagen angestellt hat«, sagte Jana entschlossen. »Am besten nehmen wir direkt deinen Audi. Zu Fuß wird er sicher nicht abhauen wollen.«

Schnell liefen sie zu Alexanders Wagen und sahen, dass das Fenster auf der Beifahrerseite eingeschlagen und der Sitz mit Glassplittern übersät war. Die Tür war angelehnt und die Klappe des Handschuhfachs stand offen. Im Wagen befand sich nichts mehr.

»Die Aktentasche ist weg. Da waren mein Laptop und die Rechercheunterlagen der letzten Tage drin!«

Verärgert zog Hopp seine Jacke aus, warf sie über die Splitter auf dem Beifahrersitz, damit Jana dort Platz nehmen konnte, ließ Elvis auf die Rückbank springen und startete den Motor.

Langsam bog er in den Heideweg ein. Niemand war zu sehen. Ebenso langsam rollten sie den Berg hinunter zur Rolandstraße. Kurz vor der Kreuzung Konrad-Adenauer-Straße startete ein seitlich am Dorfplatz abgestelltes Auto den Motor, schaltete die Scheinwerfer an, raste mit Kavalierstart aus der Parklücke und bog rasant um die Ecke in Richtung Bad Godesberg.

»Das muss er sein«, rief Jana, »der will sich durch die Stadt verdrücken. Bleib an ihm dran, aber bitte versuche, möglichst unauffällig zu bleiben.«

»Möglichst unauffällig? Du bist lustig. Wie soll das denn gehen? Der kennt das Auto doch. Schließlich hat er es gerade selbst geknackt. Außerdem ist momentan auch weit und breit kein anderer auf der Straße unterwegs.«

»Dann sieh wenigstens zu, dass du ihn nicht verlierst. Vielleicht kommen wir ja sogar so nah ran, dass wir das Kennzeichen erkennen können.«

Bergabwärts verfolgten sie in rund hundert Metern Abstand den dunklen Kombi, dessen Farbe sie nicht genau erkennen konnten. Die Ampel an der Meckenheimer Straße in Mehlem zeigte Rot. Der mutmaßliche Autoknacker drosselte das Tempo und fuhr langsam an die Kreuzung heran. Der Abstand verringerte sich. Jana zückte ihr Handy.

»Ich fotografiere sein Nummernschild. Das müsste jetzt funktionieren.« Nach mehreren wackligen Versuchen meldete sie Vollzug. »Das hat geklappt. Jetzt können wir den Halter ermitteln und nach ihm fahnden, wenn er uns durch die Lappen gehen sollte.«

Sie kamen dem verfolgten Wagen immer näher. Plötzlich gab der Fahrer Vollgas und flüchtete über die rote Ampel hinweg. Als Hopp die Kreuzung erreichte, sprang das Signal auf Gelb, so dass er weiterfahren konnte. Zwar hatte sich der Vorsprung des Verdächtigen nun wieder etwas vergrößert, aber sie hatten ihn gut im Blick. Noch immer waren sie allein unterwegs. Bis zum Ende der Nesselburgstraße in Lannesdorf hielten sie den Abstand. An der Kreuzung Drachenburgstraße bog er überraschend rechts ab.

»Wo will der Typ denn hin? Etwa zum Mehlemer Bahnhof? Sonst gibt es hier doch nichts. Die Supermärkte um die Ecke sind schließlich längst geschlossen«, wunderte sich Jana. »Geradeaus am Pennenfeld-Stadion vorbei auf die B 9 wäre für ihn doch viel günstiger gewesen.«

»Vielleicht will er gar nicht Richtung Norden in die Innenstadt oder auf eine der Autobahnen, sondern eher am Rhein vorbei nach Süden fahren. In den engen Gassen der kleinen Käffer an der B 9 kann er sich bestimmt gut verstecken.«

Kurz vor Erreichen des Bahnübergangs am Ende der Drachenburgstraße senkte sich langsam die Schranke.

»Da kommt er nicht mehr durch, das schafft er nicht«, sagte Alexander, »oder etwa doch?«

In irrem Tempo fuhr der Unbekannte in einer engen S-Kurve knapp unter den rot-weiß-gestreiften Schlagbäumen durch, schlitterte mit quietschenden Reifen halsbrecherisch nach links um die Kurve – und entkam.

Frustriert bremste Alexander seinen Wagen vor der geschlossenen Barriere. »Der ist weg. Verdammt! Alles umsonst. Den sehen wir nie wieder.«

»Abwarten«, sagte Jana gelassen, während sie eine in ihrem Handy gespeicherte Rufnummer antippte. »Hallo, Kollegen, KHK Jäger hier. Ich brauche sofort eine Halterabfrage.« Sie gab das Kennzeichen des fliehenden Fahrzeugs durch, behielt das Telefon am Ohr und wartete. »Die Nummernschilder sind als gestohlen gemeldet, aber der dazugehörige Wagen nicht, verstehe ich das richtig? Das war ja zu befürchten. Dann gebt umgehend die Fahndung raus. Der Fahrer hat das Auto meines Freundes Alexander Hopp geknackt und steht im Verdacht, in die Wachtberger Kunstdiebstähle verwickelt zu sein. Momentan ist er in seinem wahrscheinlich dunkelblauen Ford-Kombi im Raum Godesberg auf der B 9 in nördlicher Richtung unterwegs. Wahrscheinlich wird er versuchen, schnellstmöglich auf die Autobahn nach Köln zu kommen oder irgendwo in einer Seitenstraße unterzutauchen.«

Kurz vor Mitternacht erreichten Jana Jäger und Alexander Hopp das Polizeipräsidium auf der rechten Rheinseite, um dort den Einbruch in Alexanders Wagen ordnungsgemäß anzuzeigen und die Einbruchsspuren am Fahrzeug von den Kriminaltechnikern sichern zu lassen.

»Je später der Abend«, begrüßte sie Kriminaloberkommissar Detlef Schreiber sarkastisch. Er wirkte völlig übermüdet und war eindeutig noch schlechter gelaunt als sonst, was wirklich bemerkenswert war.

»Sie noch hier, Schreiber? Ist etwa ihr Zuhause abgebrannt?«, stichelte Jana prompt zurück.

»Das geht Sie gar nichts an! Ihr beiden Hübschen habt mir jetzt gerade noch gefehlt. Hatte ich Ihnen, Herr Hopp, nicht kürzlich noch erklärt...«

»...dass ich mich aus Ihren Fällen und Ihren Tatorten heraushalten solle? Doch, das hatten Sie. Nur diesmal ist es leider mein Tatort, an dem sich der Fall ereignet hat. Vor einer guten halben Stunde wurde in mein Auto eingebrochen, und dabei wurden meine Aktentasche und mein Laptop entwendet.«

»Selbst schuld, bin ich versucht zu sagen, wenn Sie Ihre Nase partout in alles Mögliche stecken müssen, was Sie nichts angeht.«

»Wiederholen Sie das bitte, Kollege Schreiber. Nur zum korrekten Protokollieren für die Dienstaufsichtsbeschwerde. Jetzt haben Sie den Bogen eindeutig überspannt.« Jana Jäger war fuchsteufelswild. »Mir reicht's. Das wird Konsequenzen haben.«

»Okay, okay, Leute! Immer langsam mit den jungen Pferden. Ich bitte um Entschuldigung. Und damit sollte die Sache ja wohl erledigt sein. Was ist denn genau passiert?«

»So einfach kommen Sie mir diesmal nicht davon«, insistierte Jana Jäger. Doch Hopp legte ihr beschwichtigend eine Hand auf den Unterarm. Er hatte schlicht keinen Bock auf weitere sinnlose Scharmützel mit dem Kommissar. Damit würden sie sich nur selber schaden. Er wollte die wichtigsten Formalitäten erledigen und dann schnellstens ins Bett.

»Wir waren im Restaurant des Dahlien-Hotels in Niederbachem zum Essen. Mein Audi stand vor dem Haus auf dem Gästeparkplatz. Im Wagen lagen meine Arbeitsunterlagen und der Laptop. Ich hatte es nicht für notwendig gehalten, das alles mit ins Lokal zu schleppen. Jemand hat das Fenster auf der Beifahrerseite eingeschlagen und die Sachen geklaut. Zusätzlich übrigens auch das Bordhandbuch des Wagens«, erklärte Hopp nun sachlich.

Schreiber kniff kritisch die Augen zusammen. »Betriebshandbuch? Das klingt schwer nach Junkie. Solche Fahrzeugausstattungen werden von bestimmten Wagentypen immer wieder gerne geklaut, um gestohlene teure Autos perfekt zu pimpen. Mit diesem Job werden vornehmlich Süchtige beauftragt, die Geld für die Finanzierung ihrer Drogen beschaffen müssen.«

»Sind Sie sicher? Der Typ hat doch auch meinen Laptop und die Aktentasche mitgehen lassen und ist quer durch die halbe Stadt vor uns geflohen«, fragte Hopp zweifelnd nach.

»Ja, bin ich. Sehr sicher sogar. Natürlich nimmt der Junkie auch alles andere aus dem aufgebrochenen Wagen mit, was annähernd nach gewinnbringendem Verkauf aussieht.«

»Ich dachte eigentlich, dass der Diebstahl wahrscheinlich mit den Wachtberger Kunstraubfällen zu tun hat, mit denen ich mich in den letzten Tagen beschäftigt habe. Dass jemand meine Rechercheergebnisse vernichten will. Und dass der Klau des Betriebshandbuchs eher ein Ablenkungsmanöver sein dürfte.«

»Klar. Theoretisch ist das möglich. Wenn die Täter annehmen müssten, dass Sie ihnen gefährlich nahe gekommen sind.« Schreiber grinste überheblich. »Das kann ich mir aber nicht vorstellen. Und will ich vor allem nicht hoffen.«

Donnerstagmorgen

Gut gelaunt saß Kriminaloberkommissar Michael Löhnenberg an einem kleinen Ecktisch im biederen Café Wolter in Beuel, in unmittelbarer Nähe zur Josefskirche und zum Krankenhaus. Genüsslich schlürfte er von der heißen Schokolade, die er sich schon genehmigt hatte, während er auf die Kollegin Jana Jäger wartete. Er ging sicher davon aus, dass sie sich, wie fast immer, deutlich verspäten würde und deshalb – wie gestern verabredet – die Rechnung des Frühstücks übernehmen müsste.

Doch kurz nach neun Uhr stürmte sie voller Elan in das Café, entdeckte Löhnenberg sofort, eilte auf ihn zu und umarmte ihn herzlich.

»Da bin ich, Michael.« Sie warf einen prüfenden Blick auf ihre Armbanduhr, ehe sie weitersprach. »Gerade mal zwei Minuten zu spät. Das ist für meine Verhältnisse fast überpünktlich.« Jana strahlte ihn an.

»Das stimmt«, meinte Löhnenberg, »damit hatte ich auch, ganz ehrlich, nicht gerechnet. Zumal es bei euch gestern Abend ziemlich spät geworden ist, und vor allem ja auch richtig aufregend.«

»Wieso überrascht es mich kein bisschen, dass du das schon wieder weißt?«

»Weil dir insgeheim seit Langem klar ist, dass ich ein super Bulle und deshalb immer im Bilde bin.«

»So kann man es auch formulieren, du Angeber! Aber im Ernst: Das war wirklich spannend gestern Abend. Eine Verfolgungsjagd ist ja eigentlich immer aufregend. Aber wenn du in eigener Sache durch die dunkle Nacht rast, dann ist die Nummer noch einen Tick schärfer.«

»Kann ich mir gut vorstellen. Zumal die Rechercheunterlagen deines Alexander geklaut wurden, wie ich der Anzeige entnehmen konnte.« Löhnenberg trank noch etwas Schokolade und blinzelte Jana über den Rand der großen Tasse an. »Glaubst du auch, dass sein Material der eigentliche Grund des Einbruchs war, dass es genau darum ging?«

»Alex zumindest ist fest davon überzeugt. Er denkt, dass er etwas Wichtiges herausbekommen haben müsse, das der Bande gefährlich werden könne, weshalb sie das belastende Zeugs habe eliminieren wollen. Er hat nur absolut keine Ahnung, was der springende Punkt sein könnte.«

»Vielleicht finden wir das jetzt heraus, wenn wir gemeinsam überlegen.«

»Mit Alexander? Das fände ich super. Darf ich ihn kurz anrufen und hierher bitten? Wäre das okay für dich? Ich glaube sowieso schon lange, dass es gut für euch beide wäre, wenn ihr euch kennenlernt und vielleicht sogar vernetzt.«

»Wieso meinst du das, Jana?« Michael Löhnenberg war ebenso überrascht wie frustriert. Schon wieder schien sich die Verabredung mit Jana ganz anders zu entwickeln als erhofft. Irgendwie hatte er kein Glück mit ihr.

Sie sah dem Kollegen die Enttäuschung an. Dann überlegte sie, ob sie erst etwas verbalen Anlauf nehmen sollte, ehe sie ihr eigentliches Anliegen vorbrachte. Oder ob sie einfach mit der Tür ins Haus fallen könnte, trotz Löhnenbergs Ernüchterung. Sie entschied sich für die direkte Variante. »Aus zwei Gründen, Michael. Erstens passt ihr vom Typ her gut zueinander. Ihr werdet euch auf Anhieb mögen, da bin ich mir absolut sicher. Und zweitens ist Alexander ein erstklassiger Journalist, der uns mit seinen Recherchen oft einen entscheidenden Schritt voraus ist. Deshalb habe ich mit ihm einen vertraulichen, kooperativen Dialog vereinbart. Bei den Fällen, mit denen wir uns beide beruflich beschäftigen, tauschen wir offen und ehrlich unser Wissen aus. Davon profitieren wir beide, weil wir so schneller ein präziseres Bild und eventuell auch konkretere Ergebnisse bekommen. Was natürlich meine Ermittlungen ebenso beflügeln kann wie seine Berichterstattung.«

Löhnenberg traute seinen Ohren nicht. Meinte sie das wirklich? Oder wollte sie ihn nur wieder auf den Arm nehmen?

»Nun dachte ich«, erklärte Jana Jäger weiter, »dass ich dich vielleicht – quasi kommissariatsübergreifend – in diesen Deal mit einbinden könnte.«

»Das ist ja eine kriminelle Ménage à trois, die du da einfädeln willst.« Löhnenberg lachte verunsichert und schüttelte irritiert den Kopf. »Ist das dein Ernst? Interessant.«

»Nur so als abstrakte Idee interessant?«, fragte sie unsicher nach. »Oder findest du das auch konkret für dich persönlich reizvoll?«

»Möglicherweise beides. Das kann ich auf Anhieb nicht sagen. Darüber muss ich nachdenken. Dieses Arrangement ist schließlich nicht ohne. Vor allem aber muss ich dafür erst einmal deinen Alexander kennenlernen.«

Jana nickte verständnisvoll und widmete sich nun konzentriert der Speisekarte. Sie hatte einen Bärenhunger. Es wurde höchste Zeit, ein großes Frühstück zu bestellen.

Als das endlich erledigt war, fragte sie Löhnenberg nach dem neuesten Stand der Ermittlungen. Wie nicht anders zu erwarten gewesen war, gingen nun auch Schreiber und seine Leute davon aus, dass ein- und dieselbe Diebesbande alle Einbrüche in Wachtberg zu verantworten hatte. Wahrscheinlich kamen die Einbrecher aus dem Ausland, waren kurzfristig auf Bestellung einer übergeordneten Organisation eingereist, hatten schnellstmöglich die Auftragsdiebstähle erledigt, um sodann das vereinbarte Honorar zu kassieren und sofort wieder in ihrer Heimat unterzutauchen.

»Wir haben es ziemlich sicher mit einer hochprofessionellen kriminellen Vereinigung zu tun, die optimal in der Kunst- und Musikszene vernetzt ist«, erklärte Löhnenberg. »Die feste Heltershelfer in den einzelnen Sparten hat, beispielsweise Mitarbeiter von Theatern, Musikhandlungen, Galerien oder auch Sicherheitsdiensten. Diese Leute informieren entweder ihren Auftraggeber selbstständig über interessante Instrumente oder Kunstwerke und über passende Gelegenheiten, wann die Zielobjekte entwendet werden könnten. Oder sie recherchieren umgekehrt systematisch solche

Rahmenbedingungen, wenn die Organisation einen ganz konkreten, lukrativen Auftrag erhalten hat. Und für die Drecksarbeit engagieren sie dann immer wieder neue, preiswerte Handlanger, vorzugsweise aus benachbarten Ländern.«

»Glaubt ihr das, oder habt ihr eindeutige Beweise?«

»Alle Indizien sprechen dafür, weil die Fälle sich wie Drillinge gleichen. Dazu gehört übrigens auch, dass überall so gut wie keine Spuren zu finden waren.«

»So gut wie keine?« Jana wurde hellhörig. »Also habt ihr doch welche gesichert. Wo denn?«

Löhnenberg lächelte zufrieden. »Ja! An allen Tatorten haben wir ein paar Haare gefunden, die von derselben männlichen Person stammen. Womit der vermutete Zusammenhang bewiesen wäre. Leider haben wir über diesen Typen aber nichts im System. Er bleibt vorerst ein unbeschriebenes Blatt für uns.«

Erleichtert warf sich Jana Jäger in ihrem Stuhl zurück. »Das passt exakt mit dem zusammen, was auch Alex nach seinen bisherigen Recherchen annimmt. Er verdächtigt sogar einen ehemaligen Kollegen, der heimliche Informant für die Instrumentendiebstähle zu sein. Aber das soll er dir gleich alles selbst erzählen. Ich habe aber auch noch etwas, quasi um den Fällen die Krone aufzusetzen.«

Löhnenberg sah sie neugierig an. »Da bin ich jetzt aber mächtig gespannt.«

»Mittlerweile bin ich sicher, dass auch meine schöne Wasserleiche vom Bonner Bogen irgendwie in diesen Kunst-Klau-Kasus verwickelt ist.«

»Wie bitte? Wie kommst du denn darauf?«

»Die Frau, Eva Louisa Koller heißt sie, war Auktionatorin und für wertvolle Objekte zuständig. Ihre Kollegen verhalten sich extrem merkwürdig, um nicht zu sagen: abweisend. In ihrer Wohnung hängen zwei wahrscheinlich sehr wertvolle Gemälde, die sie sich eigentlich niemals leisten könnte. Sie trug sündhaft teure Klamotten. Auf ihrem Konto gingen regelmäßig vierstellige Bareinzahlungen ein. Und nicht zuletzt wurde sie am selben Wochenende erschlagen, an dem Wachtberg von dieser ungewöhnlichen Kunstraubserie heimgesucht wurde. Alles nur Zufall? Kann ich mir nicht vorstellen.«

»So wie du hier die Fakten aneinanderreihst, ist der Verdacht schlüssig. Allerdings hast du ausschließlich Indizien für deinen Ansatz. Zwar ziemlich viele, die einen runden Gesamteindruck ergeben – nur keinen einzigen Beweis.«

»Stimmt, Michael. Das wird sich aber bald ändern.«

Jana Jäger hatte das große Frühstück mit Marmelade und Honig, Käse und Schinken, Rührei und Obstsalat fast komplett aufgegessen, als Alexander im Café eintraf.

»Hallo, Alex, du kommst leider einen Tick zu spät. Ich habe so gut wie alles verputzt.«

»Die werden in der Küche sicher Nachschub haben.« Er blieb heiter und streckte dem Kriminaloberkommissar die Hand zur Begrüßung entgegen. »Guten Tag, Herr Löhnenberg. Schön, Sie endlich einmal kennenzulernen. Jana hat schon verdächtig viel von Ihnen geschwärmt. Da wollte ich mir unbedingt einen persönlichen Eindruck verschaffen, ehe ich total eifersüchtig werde.«

Jana grinste breit und schüttelte belustigt den Kopf. Löhnenberg lächelte verlegen, dann stand er auf und nahm Alexanders ausgestreckte Hand. »Starker Einstieg, Herr Hopp. Schön, wenn es wirklich so wäre.«

»Auf den Einstieg kommt es in meinem Job immer an. Wenn der schlecht ist, steigen die meisten Leute schnell wieder aus. Und das will man natürlich verhindern.«

»Genug gegockelt, meine Herrn.« Jana schaltete sich ein. »Als erstes schlage ich mal vor, dass ihr beide euch duzt. Okay? Also: Michael, das ist Alexander, Alex – Michael.«

Hopp gefiel der schlaksige Mann mit den wilden schwarzen Locken und den sanften braunen Augen gut. Er hatte ein freundliches Gesicht und einen festen Händedruck – beides war Hopp wichtig. Sein Gefühl sagte ihm, dass er ihm vertrauen konnte.

»Ich nehme an, Jana hat dir eben schon von unserem speziellen professionellen Arrangement berichtet. Das könnte tatsächlich für alle Beteiligten etwas bringen. Und wenn nicht, reduzieren Jana und ich dadurch zumindest unser privates Konfliktpotential. Was hältst du davon, Michael?«

»Eure Konflikte gehen mich nichts an.«

»Das stimmt natürlich. Darum geht es hier ja auch nicht.«

»Schon klar, Alexander. Aber wenn du nur halbwegs so hartnäckig recherchierst, wie Jana das behauptet, dann halte ich es auch für wahrscheinlich, dass deine Erkenntnisse unseren Ermittlungen manchmal auf die Sprünge helfen können.«

»Das will ich hoffen«, versetzte Alexander. »Umgekehrt bereichert es bestimmt meine Berichte, wenn ich von euch den wahren Stand der Dinge erfahre. Natürlich schreibe ich erst nach vorheriger Absprache mit euch und auch nur das, was die Ermittlungen auf keinen Fall gefährden kann. Allerdings immer exklusiv. Sonst hat es für mich wenig Sinn.«

»Das wäre der Deal: Wissen gegen Wissen. Vertrauen gegen Vertrauen. Eine Hand wäscht die andere«, fasste Jana zusammen. »Seid ihr beide damit einverstanden?«

Michael Löhnenberg wippte mit den Schultern, was nach vager Zustimmung aussah. »Eigentlich wollte ich erst noch eine oder zwei Nächte darüber schlafen. Aber ich vertraue dir, Jana, und du vertraust mir und Alexander. Warum sollte ich ihm dann nicht auch vertrauen? Also versuchen wir's. Wenn es schief zu gehen droht, brechen wir das Experiment sofort ab.«

Alexander Hopp war selbst gespannt, was diese Abmachung bringen würde, ob beide Seiten mit ihrem Wissen einander ergänzen und helfen könnten oder ob sie dadurch neue Probleme bekämen, ob die Streitereien mit Jana über aktuelle Fälle damit endgültig der Vergangenheit angehörten oder nur auf ein anderes Niveau gehoben würden.

Um der Kooperation einen möglichst guten Start zu verschaffen, berichtete er nun umfassend, was er in den vergangenen Tagen im Zusammenhang mit den Wachtberger Diebstählen recherchiert hatte: dass alle Einbrüche mehr oder weniger nach demselben Strickmuster abliefen; dass das Kölner Offenbach-Orchester irgendwie im Mittelpunkt diverser Fälle von Instrumentendiebstahl stand; dass sein ehemaliger Kollege Jakob Stiller, der dort als Pressemann arbeitete, sich doof gestellt hatte und mittlerweile verschwunden war; dass ihm die Capital-Sound-AG in Bad Honnef und besonders deren Geschäftsführer Dr. Neumeyer nicht koscher erschienen; dass diese ungewöhnliche Firma über alle Ressourcen verfügte, die das illegale Geschäft erforderte; und dass es wahrscheinlich auch um Versicherungsbetrug ging.

»Versicherungsbetrug? Wieso das denn? Woher hast du das?«, wollte Löhnenberg wissen.

»Ein auf Kunstraubfälle spezialisierter Privatdetektiv hat mich darauf gebracht, und ein befreundeter Finanzjournalist, der seit vielen Jahren über den Kunstmarkt berichtet, hat den Verdacht prompt bestätigt. Solche Betrugsfälle kommen wohl öfter vor, als man denkt.«

»Versicherungsbetrug. Auch das noch. Spannend.« Jana dachte kurz nach. »Diesen Hinweis sollten wir auch verfolgen. Das könnte eine weitere heiße Spur sein.«

Zurück im Präsidium, machte sich Michael Löhnenberg lustlos daran, dem stattlichen Haufen liegengebliebener Unterlagen auf seinem Schreibtisch zu Leibe zu rücken. Wegen der vielen Außentermine in den letzten Tagen hatte er sich nicht darum kümmern können. Was ihn allerdings nicht weiter gestört hatte, das Erledigen von Bürokram gehörte beileibe nicht zu seinen Lieblingsbeschäftigungen. In Gedanken war er noch bei dem Treffen mit Jana Jäger und ihrem Lebensgefährten Alexander Hopp. Hatte er sich richtig verhalten? War seine Zustimmung zu diesem Deal nicht etwas voreilig? Und war sie überhaupt angebracht? Würde der Informationsaustausch die Ermittlungen fördern? Oder würden sich Jana und er nur Ärger einhandeln, weil sie die Dienstvorschriften missachteten?

Unkonzentriert ging er die ersten Akten durch. Alles unnützer Kram: Protokolle von nichtssagenden Befragungen, Berichte der Spurensicherung ohne verwertbare Ergebnisse, Fotos von Tatorten, die keinerlei Auffälligkeit und keinerlei konkrete Spur zeigten. Reine Zeitverschwendung!

Erst ein kurze Notiz von Kommissar Reiner Hoffmann erregte seine Aufmerksamkeit. Löhnenberg hatte dem Kollegen vorgestern aufgetragen, systematisch alle ungelösten Fälle durchzugehen, bei denen es um den Raub von Kunst, Schmuck oder wertvollen Antiquitäten ging. Dabei war Hoffmann immer wieder auf den Antiquitätenhändler Ernst Althaus aus Adendorf gestoßen. Der Mann hatte zwei Vorstrafen, wegen schwerer Körperverletzung und wegen Betrugs in mehreren Fällen. Und mehrfach war er der Hehlerei von Kunstgegenständen bezichtigt worden. Doch trotz überzeugender Indizien hatte die Kripo ihn nie überführen können. Während er Hoffmanns Bericht las, erinnerte sich Löhnenberg wieder daran, wie sauer und frustriert er vor drei Jahren war, als ihnen Althaus trotz aufwendiger Ermittlungen wieder einmal durch die Lappen gegangen war.

Kurzentschlossen tippte Löhnendorf die Durchwahl von Kriminaloberkommissar Schreiber.

»Hallo, Chef. Mir liegt hier Hoffmanns Auswertung alter Fälle vor. Da taucht ziemlich oft der Antiquitätenhändler Althaus auf. Wir konnten ihn jedoch nie als Hehler der heißen Ware dingfest machen. Sollten wir ihn jetzt nicht mal wieder ins Visier nehmen? Würde mich nicht wundern, wenn der bei der Wachtberger Serie die Finger im Spiel hätte.«

»Althaus? Ernst Althaus aus Adendorf? Wenn ich diesen Namen höre, wird mir übel. Der war jahrelang Stammkunde bei uns, und wir sind immer wieder leer ausgegangen.«

»Dann wird es doch höchste Zeit, das zu ändern.«

»Was schlagen Sie vor, Löhnendorf?«

»Observieren! Normalerweise bin ich kein Freund von aufwendigen Aktivitäten nur wegen vager Verdachtsmomente. Aber in diesem Fall sehe ich das ausnahmsweise anders: ein vorbestrafter Betrüger, mehrfach der Hehlerei verdächtigt, Antiquitätenhändler, aus Adendorf in Wachtberg, wo selbst gerade mehrere Kunstdiebstähle stattgefunden haben. Das könnte doch diesmal passen.«

»Könnte! Wirklich reichlich vage.« Schreiber klang zweifelnd. »Andererseits haben wir noch immer nicht den Hauch einer Spur. Meinetwegen lassen Sie den Kerl von Bielke und Hoffmann beobachten. Wenn die dabei einigermaßen brauchbare Indizien entdecken, versuche ich umgehend den Staatsanwalt zu überzeugen, uns einen Durchsuchungsbeschluss auszustellen. Ist zwar ziemlich unwahrscheinlich, aber die Hoffnung stirbt ja bekanntlich zuletzt.«

Widerwillig wälzte Löhnenberg weiter die Akten. Als nächstes hielt er die Anzeige von Mitternacht über den Einbruch in Alexander Hopps Wagen in den Fingern. Danach den Bericht über die anschließende Festnahme des Flüchtigen in der Bonner Nordstadt. Das hatte er nicht gewusst. Das hatte ihm niemand gesagt. Das musste er umgehend Jana Jäger berichten. Kurzentschlossen lief er zu ihrem Büro und steckte den Kopf zur Tür herein. »Darf ich kurz stören?«

»Klar, Michael. Was gibt es denn noch?«

»Gerade habe ich auf meinem Schreibtisch den Bericht über das Ergebnis der von Dir ausgelösten Fahndung gefunden. Kollegen von der Trachtengruppe haben heute Nacht am Verteilerkreis im Bonner Norden den blauen Kombi mit den geklauten Nummernschildern gestoppt.«

»Was? Sie haben den Mistkerl, der Alexanders Auto aufgebrochen hat und den wir bis zum Mehlemer Bahnhof verfolgen konnten?«

»Ganz genau. Der Fahrer wurde verhaftet und ausführlich vernommen, so weit die gute Nachricht. Und die für dich wahrscheinlich schlechte ist, dass mein Chef Schreiber das richtige Näschen hatte. Der Typ ist tatsächlich Junkie und war offensichtlich auf Beutezug, um Betriebshandbücher von Audis und BMWs für gestohlene Autos zu organisieren. Er hatte einige davon in seiner Karre liegen. Die Kollegen haben ihn nach allen Regeln der erkennungsdienstlichen Kunst behandelt und dann wieder auf freien Fuß gesetzt.«

»Ihr habt den wieder laufen lassen?« Jana war fassungslos.

»Ja. In Kürze wird ihm der Prozess gemacht. Bis dahin sehen wir weder Fluchtgefahr noch eine Bedrohung für andere, die eine Untersuchungshaft gerechtfertigt hätte. Der Kerl ist doch nur eine arme Wurst.«

»Das war also reiner Zufall, dass er die Arbeitsunterlagen und den Laptop von Alexander mitgenommen hat?«

»So ist es, Jana. Das hatte tatsächlich nichts mit seinen Recherchen zu den Kunst- und Instrumentendiebstählen zu tun.«

»Kaum zu glauben.«

»Ihr habt einfach nur Pech gehabt. Hättet ihr beide euch für gestern Abend ein anderes Restaurant ausgesucht, wäre das alles garantiert nicht passiert.«

»Und was ist mit der Aktentasche von Alex? Habt ihr die etwa auch wiedergefunden?«, fragte Jana Jäger.

»Ja. Haben wir. Tasche inklusive Computer lagen noch im Kofferraum zwischen den geklauten Bordunterlagen. Alexanders Sachen sind bei uns unter Verschluss. Die kann ich dir gleich gerne bringen.«

»Danke dir, Michael! Ich hole sie später ab.«

Zwar hatten die Kriminaltechniker die Miniaturen aus der Wohnung der ermordeten Eva Louisa Koller auf Anhieb für echt gehalten. Trotzdem hatten sie für die detaillierte Analyse und Bestimmung des Werts einen Experten des Kunstmuseums Bonn zurate gezogen. Schließlich zählte dieses Haus zu den ersten Adressen für deutsche Nachkriegskunst und die Kunst der Klassischen Moderne. Auch der Kurator des Museums war davon überzeugt, dass es sich bei den beiden kleinen Gartenszenen um Originale aus der Expressionisten-Gruppe Blauer Reiter handelte. Ziemlich sicher seien sie von August Macke, der damals einige Jahre in Bonn gelebt hatte. Dass ein anonymer Zeitgenosse von Macke dessen farbenfrohen, kubistisch angehauchten Stil derart perfekt nachgeahmt haben könnte, hielt der Experte für äußerst unwahrscheinlich.

»Hundertprozentig sicher kann man das aber erst wissen, wenn die Ergebnisse der chemischen Analyse von Farben und Leinwand sowie der exakten Visualisierung der Pinselführung vorliegen. Das wird noch einige Tage dauern«, erklärte Jana Jäger ihrem Kollegen. »Bis dahin gehen wir einfach weiter davon aus, das Frau Koller zwei echte Mackes an der Wand hängen hatte.«

»Was sind die beiden Bildchen denn wohl wert«, fragte Frank Streffer neugierig.

»Das können die Experten nur ganz grob beziffern, weil es bei solchen Werken immer auf die konkrete Nachfrage ankommt. Ein besessener Liebhaber zahlt wahrscheinlich eine Wahnsinnssumme für die Miniaturen.«

»Und was darf ich mir unter einer Wahnsinnssumme in etwa vorstellen?«

»Sechsstellig. Mindestens.«

Streffer konnte es nicht fassen. Woher hatte die Frau diese teuren Bilder? »Bei der Prüfung ihrer Konten haben wir keine passende Überweisung in dieser Größenordnung finden können. Und auch keine höheren Barabhebungen, mit denen sie einen solchen Kauf in Cash hätte bezahlen können.«

»Ich weiß, Frank. Das lässt eigentlich nur den Schluss zu, dass sie die Werke illegal angeschafft hat. Anders kann es nicht sein. Zumal auch diese merkwürdigen regelmäßigen Bareinzahlungen von mehreren Tausend Euro zum Himmel stinken. Welcher brave Berufstätige bekommt so etwas schon neben den monatlichen Gehaltsüberweisungen?«

Streffer nickte. »Das passt alles hinten wie vorne nicht zusammen, wenn man die materiellen Fakten nach den offiziellen und öffentlich sichtbaren Lebensumständen dieser Frau bewertet.«

Jäger stimmte zu. »Wenn wir allerdings annehmen, dass sie aktiv in kriminelle Machenschaften am Kunstmarkt verstrickt war, wovon ich mittlerweile fest überzeugt bin, dann ergeben die Einzahlungen und die Macke-Gemälde unbekannter Herkunft ein ganz anderes, ziemlich schlüssiges Bild.«

Hopp steckte mit seinen Recherchen in einer Sackgasse. Was es zu den aktuellen Fällen in Erfahrung zu bringen gab, hatte er, wie er vermutete, herausgefunden. Wenn er die Ergebnisse in einen logischen Zusammenhang brachte, ergab sich auch eine sinnvolle Theorie. Er hatte sogar zwei Männer konkret im Verdacht. Das alles hatte er am Morgen Jana und ihrem Kripofreund Löhnenberg offen und ehrlich berichtet. Aber stimmte das alles? Hatte er alle relevanten Fakten berücksichtigt? Oder hatte er etwas Wichtiges übersehen? Führte sein Ansatz tatsächlich zum Ziel oder vielmehr in die Irre, weil er unbedeutende Tatsachen überbewertet hatte? Und deckte sich sein Wissen wirklich mit dem Ermittlungsstand der Polizei? Hatte man ihn über alles informiert, was herausgefunden worden war? Jana hatte bestimmt alles berichtet, da war er sich sicher. Aber auch dieser Michael Löhnenberg? Ihn konnte Hopp nicht einschätzen. Und irgendwie traute er dem Braten nicht.

Weil ihm gerade nichts Sinnvolleres einfiel, rief er noch einmal bei den Buchbinders an. Barbara nahm das Gespräch an und wirkte ziemlich aufgeräumt.

»Hallo, Alex, hast du etwa Neuigkeiten über unsere Instrumente? Oder weshalb rufst du an?«

»Leider nein, Barbara. Keine Neuigkeiten. Irgendwie klemmen meine Recherchen gerade. Wieviel wisst ihr denn mittlerweile? Hält euch die Kripo einigermaßen auf dem Laufenden?«

»Nicht wirklich, die hält sich ziemlich bedeckt. Mal sagen die Beamten, sie dürften zum Stand der laufenden Ermittlungen keine Auskünfte geben, auch den Betroffenen nicht. Und mal lassen sie durchblicken, dass sie selbst kaum Konkretes wissen. Ich habe den Eindruck, dass die Kripo sogar noch völlig im Dunkeln tappt.«

»Da könntest du recht haben. Was natürlich nicht viel Hoffnung macht, dass ihre eure Instrumente bald wiederbekommt.«

»Hmmm, das befürchten wir auch. Heute Nacht habe ich sogar davon geträumt. Da ist meine Guadagnini echt dramatisch auf nimmer Wiedersehen in einem tiefen See versunken. Absolut irre.« Barbara Buchbinder, am anderen Ende der Leitung, schien nachzudenken. »Aber eine gute Nachricht gibt es wenigstens: Martin bekommt heute im Laufe des Nachmittags einen neuen Bass.«

»Super, Gratulation!« Hopp freute sich aufrichtig für die gebeutelten Buchbinders. »Wieso und woher kriegt er den denn so schnell?«

»Ein glücklicher Zufall. Die Capital-Sound-AG, das ist …«

»Ich weiß, Barbara. Ich kenne die Firma.« Hopp sträubten sich die Nackenhaare. Ausgerechnet die Capital-Sound-AG, die ihm alles andere als koscher erschien. Unwillkürlich dachte er an Pferde, die ausgerechnet vor Apotheken kotzen. Doch er verkniff sich jede kritische Bemerkung.

Barbara Buchbinder nahm den Faden wieder auf. »Auch gut«, dann muss ich dir das Geschäft dieser Firma ja nicht weiter erklären. Jedenfalls hatte die Capital-Sound gerade einen wunderschönen Bass von Ferdinand Seitz aus Mittenwald zu vermitteln. Der ist gut 150 Jahre alt und gehört heute einem wohlhabenden privaten Gönner aus Hamburg.«

»Der Name Seitz sagt mir leider wieder nichts.«

»Ja, klar. Wieso solltest du den auch kennen? Bisher hattest du schließlich nichts mit Streichinstrumenten am Hut. Aber Seitz ist einer der ganz großen Geigenbauer des vorletzten Jahrhunderts.«

»Da hat Martin ja wirklich Glück.«

»Das stimmt. Allerdings muss er sich mit dem neuen Bass erst noch warm spielen. Das wird sicherlich dauern, bis er und das neue Instrument wieder ein Traumpaar werden.«

»Und wie sieht es bei dir aus? Du brauchst schließlich auch eine neue Fiedel, damit du deinen Beruf ausüben kannst. Hast du etwas in Aussicht?«

»Leider nein. Das kann auch noch dauern«, sagte Barbara Buchbinder betrübt.

»Und wie löst du das Problem in der Zwischenzeit? Du musst doch bestimmt spielen.«

»Ich habe mir vorübergehend die Zweitgeige unserer zweiten Geigerin ausgeliehen.«

»Und die ist gut genug für dich? Kommst du mit diesem Instrument zurecht?«

»Ja. Einstweilen passt das schon, und es wird hoffentlich ja nicht ewig so bleiben.«

»Apropos zweite Geigerin. Vielleicht wäre es sinnvoll, wenn ich mal mit ihr rede, diese Johanna Kieselheger, weißt du …«

»Natürlich. An den Namen meiner eigenen Freundin, die mir gerade liebenswürdig mit dem eigenen Instrument aushilft, kann ich mich erinnern«, fiel sie ihm mit gespielter Empörung ins Wort. Dann diktierte sie ihm anstandslos ihre Mobilnummer.

»Benimm dich aber bitte anständig.«

»Wie meinst du das denn?«

»So wie ich es gesagt habe. An lästigen Kerlen leidet Johanna wahrlich keinen Mangel. Von dieser Sorte braucht sie also nicht noch einen.«

»Du kennst mich doch.«

»Eben!«

Hopp beendete abrupt das kleine verbale Scharmützel und wechselte das Thema. »Ist euch denn inzwischen noch jemand aus eurem Bekanntenkreis eingefallen, mit dem ihr über den freien Freitagabend gesprochen habt?«

»Nein, Alex, wirklich nicht.«

»Dann bleibt es also dabei, dass nur diese eine Freundin, die du einmal kurz erwähnt hast, von eurem Besuch beim Lieblingsitaliener wusste?«

»Genau. Nur meiner Freundin Moni habe ich davon erzählt. Was ich dir und der Polizei schließlich neulich auch mitgeteilt habe.«

»Stimmt. Mit dieser Moni möchte ich auf jeden Fall reden. Wer ist sie denn? Beziehungsweise wie heißt sie mit vollem Namen?«

»Von mir aus kannst du sie gerne anrufen«, antwortete Barbara Buchbinder gelassen. »Lauscher heißt sie, Monika Lauscher. Ich kenne sie schon ewig. Über den Job natürlich. Als Berufsanfängerinnen haben wir die ersten Jahre zusammengearbeitet, und uns dann immer enger befreundet. Ein paar Jahre lang haben wir sogar zusammen in einer WG in der Bonner Südstadt gewohnt.«

Hopp kam der Name irgendwie bekannt vor. Woher, fiel ihm jedoch gerade nicht ein. »Und was macht sie heute beruflich?«, fragte er deshalb.

»Seit einigen Jahren ist sie die Verwaltungschefin des Kölner Offenbach-Orchesters. Du glaubst doch nicht ernsthaft, dass Moni –?«

Barbara Buchbinder stockte, das Undenkbare brachte sie nicht über die Lippen.

Hopp war wie vom Donner gerührt. War das die Lösung? Konnte die Verwaltungschefin des Kölner Ensembles das gesuchte Bindeglied zwischen den drei Instrumentendiebstählen sein, zusammen mit Jakob Stiller – oder vielleicht sogar ohne ihn? Warum nur hatte er sich nicht früher und hartnäckiger bei Barbara Buchbinder nach besagter Freundin erkundigt? Das hätte ihn sofort und ohne großen Aufwand auf die richtige Spur gebracht. Was für ein kapitaler Bock! Er ärgerte sich maßlos über die schlampige Recherche. Er atmete mehrmals ganz tief durch, im Schnelldurchgang lief das Szenario wie ein Kurzfilm durch seinen Kopf.

»Doch, Barbara, genau das glaube ich«, antwortete er dann, »sie kann die giftige Spinne im Netz sein.«

Seit Stunden beobachteten die Kommissare Bielke und Hoffmann aus ihrem Dienstwagen in sicherer Entfernung die Antiquitätenhandlung von Ernst Althaus in Adendorf. Dreimal hatten sie Leute in die Halle gehen und wieder herauskommen sehen. Zuerst ein älteres Paar, dann eine einzelne junge Frau, die drei sahen wie x-beliebige Wachtberger Kunden aus. Danach erschienen zwei ungepflegte Typen, die nicht in diese Umgebung zu passen schienen. Reiner Hoffmann fand sie verdächtig. Sicherheitshalber fotografierte er die beiden Männer.

Wolfgang Bielke wurde die Beschattung allmählich langweilig, sie kam ihm ebenso öde wie ineffektiv vor. Also entschloss er sich spontan, dem Laden persönlich einen Besuch abzustatten, was Hoffmann ebenso sinnlos wie riskant fand. Er war dagegen, wovon sich Bielke nicht bremsen ließ. Zwanzig Minuten später saß er wieder neben seinem Kollegen im grauen VW-Passat.

»Und? Was Interessantes herausgefunden«, fragte Hoffmann betont beiläufig. Er ging sicher davon aus, dass dem nicht so war. Diesen Händler hatten sie schließlich noch nie der Hehlerei überführen können, selbst wenn die Verdachtsmomente gegen ihn erdrückend waren. Althaus schien mit allen Wassern gewaschen zu sein.

»Er verkauft Gemälde. Die stehen zuhauf an die Wände gelehnt herum. Ob die alle sauber sind oder nicht, konnte ich natürlich nicht feststellen. Ich hatte ihm vorgegaukelt, zwei hübsche Nachttischlampen als Geschenk für meine Frau zu suchen. Das Triptychon von Karle und die Lehmbruck-Skulptur waren jedenfalls nirgends zu sehen.«

»Hattest du etwa erwartet, dass er diese heißen Werke öffentlich zur Schau stellt?«

»Nein, nein. Natürlich nicht«, antwortete Bielke kleinlaut und schüttelte verlegen den Kopf.

»So blöd wird Althaus auf keinen Fall sein«, sagte Hoffmann, »wenn er die Bilder und die Büste überhaupt hat. Wir müssen diesen Laden schnellstmöglich auf Links drehen. Hoffentlich bekommen wir bald einen Durchsuchungsbeschluss.«

Kurz vor dem Beginn der nachmittäglichen Rush Hour, bei der tausende Berufstätige die Stadt Bonn auf dem Nachhauseweg in Richtung Ahrtal und Eifel verließen, hatten Schutzpolizisten der Inspektion 2 sich zur Verkehrskontrolle am Beckers Kreuz postiert, auf dem kleinen Parkplatz direkt hinter der Villiprotter Sportanlage. Dort, am Ende einer gestreckten Rechtskurve der L 158, waren die Beamten für die Autofahrer erst im letzten Augenblick zu sehen und konnten deshalb ihre Geschwindigkeit kaum mehr drosseln. Die Polizisten wiederum hatten genügend Platz, offensichtliche Temposünder oder verdächtige Fahrzeuge aus dem Verkehr zu ziehen und zu überprüfen, ohne unnötigen Stau zu verursachen.

Bereits das dritte Fahrzeug, das der Polizei in die Falle fuhr, erwies sich als Volltreffer. Der schäbige dunkelgraue Kleintransporter mit der Werbeaufschrift eines Installationsbetriebs aus Bonn war gut 30 Stundenkilometer zu schnell unterwegs gewesen. Die Reifen waren völlig abgefahren, der zerbeulte Wagen hatte den TÜV-Termin seit Monaten überschritten, der Fahrer war eindeutig bekifft, konnte keinen Führerschein vorweisen und sprach anscheinend nur rudimentär Deutsch. Sein etwas jünger wirkender, grobschlächtiger Beifahrer war sogar komplett zugedröhnt und kaum ansprechbar.

»Alle Achtung, Fullhouse!«, spottete der einsatzleitende Beamte. »Diese Typen lassen ja so gut wie nix aus. Die nehmen wir mal schön mit auf die Wache.«

»Das können Sie aber laut sagen«, pflichtete ihm eine junge pausbäckige Polizistin amüsiert bei, die gerade dabei war, den Laderaum des Transporters zu untersuchen, wo offenbar Gegenstände unter dicken Wolldecken versteckt waren. Energisch zog sie die Abdeckung beiseite. Zwei kunstvoll gerahmte Gemälde kamen zum Vorschein. »Wenn wir unseren hilfreichen Kollegen Zufall nicht hätten … Hier ist was Verdächtiges, Chef. Schauen Sie bitte mal. Sieht verdammt nach Diebesgut aus.«

»Na, das fehlte jetzt gerade noch«, antwortete der Einsatzleiter, »als ob diesen Typen die anderen Verstöße nicht ausgereicht hätten.« Entschlossen zog er die Handschellen aus seiner Hosentasche und nahm den Fahrer fest. Die junge Kollegin tat es ihm nach und fesselte den zweiten Mann mit Kabelbindern. Ihre Handschellen hatte sie beim letzten Einsatz verloren.

Nach zweistündigem Aufenthalt in Einzelzellen wurden die beiden Festgenommenen jeweils separat in einen Verhörraum gebracht. Hoffmann und Bielke hatten sie beim Eintreffen im Präsidium sofort als die beiden Typen erkannt, die ihnen zuvor beim Antiquitätenhandel in Wachtberg verdächtig vorgekommen waren. Während sich der mittlerweile etwas nüchterner gewordene Beifahrer noch immer kaum verständigen konnte und meist nur merkwürdige Laute und fahrige Gebärden von sich gab, gestaltete sich die parallele Vernehmung des anderen Mannes ergiebiger. Er zeigte sich einigermaßen kooperativ, auch wenn seine Kenntnisse der deutschen Sprache mehr als dürftig waren.

»Wer sind Sie?«, fragte Kriminaloberkommissar Schreiber, der ihm an einem kleinen Tisch mit eingebautem Mikrofon frontal gegenüber saß.

»Marcel.«

»Marcel wer? Wie heißen Sie mit Nachnamen?«

»Nix verstehe.«

»Ist mir klar. Zeigen Sie mal Ihre Papiere?«

»Papiere? Was Papiere?«

»Ihren Ausweis zum Beispiel.

»Nix Ausweis.«

»Das werden wir noch sehen«, raunzte der Kommissar aggressiv. »Wo kommen Sie denn her?«

»Wachteberge.«

»Das weiß ich selbst. Da haben wir Sie schließlich aufgegriffen. Ich meine: Wo stammen Sie her?«

»Hääää?«

»Aus welchem Land kommen Sie?«

»Ahhh. Belgique.«

»Aus Belgien? Wieso sind Sie dann im Fahrzeug einer Bonner Installationsfirma unterwegs?«

»Von Freund geliehe.«

»Woher haben Sie denn die Kunst, die wir in dem Mercedes sichergestellt haben?«

»Kunst? Was Kunst?«

»Die beiden Gemälde.«

»Was Gemälde?«

»Bilder! Die beiden Bilder meine ich.«

»Ahhh, Bilder. Die Geschenke!«

»Von wem? Etwa von Ernst Althaus, den Sie am Nachmittag in Adendorf besucht haben?«

»Kenne nix Althaus.«

Schreiber schüttelte fassungslos den Kopf. Was dachte sich dieser Kerl eigentlich? Glaubte er tatsächlich, mit dieser dummen Tour davonzukommen? Inzwischen hatten Beamte der Kriminaltechnik festgestellt, dass die Bilder wahrscheinlich gut hundert Jahre alte expressionistische Ölgemälde waren. Vom Stil her tippten sie auf den Österreicher Egon Schiele. Sicher waren sie sich allerdings nicht. Das würde erst wieder ein Sachverständiger bestimmen müssen. Merkwürdiger Weise lagen für diese mutmaßlich wertvollen Werke keine Anzeigen vor. Trotzdem mussten sie gestohlen sein. Wahrscheinlich hatten die Besitzer den Diebstahl noch gar nicht bemerkt. Woher sonst sollten diese Bilder kommen? Solchen Typen schenkte doch niemand teure Gemälde. Gab es etwa einen weiteren frischen Einbruch-Diebstahl in Wachtberg oder Umgebung, von dem die Kripo noch nichts wusste? Oder stammten sie aus einem ungeklärten Fall und sollten nun ins Ausland gebracht werden?

Kriminaloberkommissar Schreiber zog sich kurz mit Löhnenberg, Bielke und Hoffmann zur Beratung in sein Büro zurück.

»Die Bilder sind todsicher irgendwo hier in der Nähe gestohlen worden«, sagte Kriminaloberkommissar Schreiber. »Da halte ich jede Wette.«

»Ich halte nicht dagegen. Weil Sie bestimmt recht haben«, pflichtete ihm Michael Löhnenberg bei. »Ich hänge mich sogar noch weiter aus dem Fenster. Ich wette nämlich, dass diese beiden Typen für alle Einbrüche der letzten Tage verantwortlich sind. Sie sind garantiert die Handlanger, die auf Bestellung gezielt die Kunstwerke und die Instrumente beschafft haben.«

»Und sie haben am Nachmittag bei Ernst Althaus vorbeigeschaut, der ja immer für eine hübsche Hehlerei zu haben zu sein scheint«, sagte Wolfgang Bielke.

»Wir haben sie dort fotografiert, leider aber nicht so lange gewartet, bis sie wieder gefahren sind. Deshalb wissen wir nicht, ob sie die Gemälde dort abgeholt haben«, ergänzte Reiner Hofmann.

»Schade, das hätte uns natürlich sehr geholfen.« Schreiber dachte kurz nach und spann den Faden weiter. »Eigentlich bringt es uns nichts, wenn wir sie jetzt einbuchten. Zumal ihre berauschte Fahrt in einem verkehrsuntauglichen Auto keinen unserer Haftrichter besonders beeindrucken wird. Und die Kunstdiebstähle können wir ihnen momentan nicht nachweisen. Anhand der dürftigen Spuren an den Wachtberger Tatorten werden wir sie jedenfalls nicht so einfach überführen. Dafür müssten wir eine DNA-Probe nehmen, um vielleicht eine Übereinstimmung mit den Haaren festzustellen, die wir an den anderen Tatorten gesichert haben.«

»Ich kann mir aber nicht vorstellen, dass die Typen freiwillig ein paar Haare oder Spucke hergeben«, wandte Löhnenberg ein.

»Sicher nicht«, antwortete Schreiber, »und konkretere Aussagen oder gar ein Geständnis werden wir von denen erst recht nicht bekommen. Wir müssen uns also etwas anderes einfallen lassen.«

»Genau«, antwortete Löhnenberg. »Wir sollten sie so exakt wie nur möglich erkennungsdienstlich erfassen und dann – zu ihrer eigenen Überraschung – einfach laufen lassen.«

»Spinnst du, Michael?«, empörte sich Bielke. »Dann sehen wir diese schrägen Vögel nie wieder.«

»Doch, doch! Weil wir bis dahin natürlich ihre Handys und möglichst auch die Schuhe verwanzen, damit wir sie lückenlos überwachen können. Mit etwas Glück führen sie uns zu den Hintermännern. Womit wir dann gleich mehrere Fliegen mit einer Klappe schlagen!« Löhnenberg verschränkte die Arme vor der Brust und lächelte zufrieden.

»So machen wir das«, entschied Chefermittler Schreiber. »Und zusätzlich werden wir ihrer schäbigen Karre noch einen schicken Peilsender für einen der hinteren Radkästen spendieren. Dann kann eigentlich nicht mehr viel schiefgehen.«

Wegen der dürftigen Verdachtsmomente, das Wort Beweislage hatte er gar nicht erst in den Mund nehmen wollen, stimmte der Staatsanwalt nur widerwillig der Durchsuchung des Antiquitätenhandels von Ernst Althaus in Adendorf zu. Immerhin waren die vorübergehend festgenommenen Belgier, die Kunstwerke unbekannter Herkunft in ihrem Wagen spazieren fuhren, kurz zuvor dort ein- und ausgegangen.

Gut zwei Stunden lang stellten zehn Polizeibeamte den ganzen Laden auf den Kopf und nahmen alles mit, was nicht niet- und nagelfest war und auch nur den kleinsten Verdacht auf eine Spur erweckte. Die ersten Eindrücke vor Ort waren jedoch ernüchternd: Nirgends waren gestohlene Kunstwerke oder Instrumente zu finden, auch kein anderes Diebesgut aus älteren Einbrüchen, nach dem die Polizei fahndete.

»Wenn wir hier nicht wieder nach Strich und Faden verarscht worden sind«, argwöhnte Kriminaloberkommissar Löhnenberg gereizt. »Entweder wurde Althaus gewarnt, oder er hat nach Bielkes Stippvisite Lunte gerochen und schnell seine Bude aufgeräumt. Wäre ja nicht das erste Mal.«

»Immer mit der Ruhe, Michael«, versuchte ihn der besonnene Kollege Hoffmann zu besänftigen. »Du hattest doch sowieso nicht damit gerechnet, dass der Trödler hier in seinem ganzen Krempel wertvolle Raubkunst herumstehen hat. Oder etwa doch?«

»Nein. Ja. Weiß nicht.«

Löhnenberg war unschlüssig und eher pessimistisch.

»Ich befürchte, die ganze Aktion war ein gewaltiger Schuss in den Ofen.«

»Kann sein, kann auch nicht sein. Warten wir's ab«, sagte Hoffmann. »Immerhin haben wir hier tonnenweise Kauf- und Verkaufsunterlagen einkassiert. Auch einige Exportpapiere nach Antwerpen, die ich auf den ersten Blick ziemlich eigenartig finde, die allerdings im Zusammenhang mit den bekifften Belgiern Sinn ergeben könnten. Wenn wir das alles gründlich auswerten, finden wir vielleicht doch heiße Spuren. Und wer weiß, was die Kollegen von der SpuSi so alles bei Althaus gesichert haben.«

Beim ersten Versuch war niemand an den Apparat gegangen. Eine Viertelstunde später versuchte Alexander Hopp erneut, Monika Lauscher telefonisch in der Verwaltung des Kölner Orchesters zu erreichen. Diesmal wurde das Gespräch nach dem fünften Klingeln angenommen.

»Offenbach-Orchester. Sie sprechen mit …«

Hopp traute seinen Ohren nicht. Hatte er sich gerade verhört? Oder hatte er tatsächlich »Crystal Meth« verstanden? »Entschuldigen Sie bitte, ich habe Ihren Namen leider nicht ganz richtig mitbekommen.«

»Das kenne ich schon«, lachte die junge Frau gekünstelt. »Sie haben bestimmt Crystal Meth verstanden.«

»Genau. Und wie heißen Sie jetzt richtig?«

»Christa Metz. Ich buchstabiere: C-H-R-I-S-T-A- M-E-T-Z. Was kann ich denn für Sie tun?«

»Vielen Dank für die Aufklärung, Frau Metz.« Hopp amüsierte sich. Wahrscheinlich war die Frau es gewohnt, dass Gesprächspartner sich derart verhörten, und fand es ätzend. Ihre Stimme hatte er selbstverständlich auf Anhieb erkannt. Das war die nette Aushilfe, die ihm bei seinem improvisierten Auftritt im Sekretariat beflissen auf den Leim gegangen war. »Hier ist Müller, Max Müller. Wir haben uns vorgestern kurz in Ihrem Büro kennengelernt.«

»Wirklich? Max Müller sagt mir auf Anhieb nichts …«

»Möglicherweise habe ich mich Ihnen bei meinem Besuch gar nicht namentlich vorgestellt. Ich war auf der Suche nach Jakob Stiller. Wegen der Tourneevorbereitung. Sie erinnern sich?«

»Ach ja. Stimmt. Haben Sie Herrn Stiller denn inzwischen erreichen können?«

»Leider nein. Jetzt sehe ich schwarz für die geplanten Konzerte.« Hopp klang überzeugend zerknirscht. In diesem Moment hätte er sich seine Verzweiflung wahrscheinlich sogar selbst abgenommen. »Deshalb muss ich nun dringend mit Frau Lauscher persönlich reden.«

»Das tut mir sehr leid, Herr Müller. Die Chefin ist noch immer nicht zu sprechen.«

»Könnte ich sie nicht kurz kontaktieren? In einem derartigen Notfall?«

»Leider nein. Sie ist weit weg. Ich kann sie selbst nicht erreichen.«

»Verdammt. Wie lange denn noch? Können Sie mir das vielleicht verraten? Dann kann ich mit etwas Glück wenigstens noch einige Termine umdisponieren.«

»Tut mir echt leid, Herr Müller. Auch damit kann ich nicht dienen. Ich weiß wirklich nicht, wie lange Frau Lauscher noch auf Reisen sein wird. Ich bräuchte sie doch selbst dringend hier.«

Hopp bedankte sich trotzdem überschwänglich bei der gutmütigen Aushilfe. Das konnte schließlich nicht schaden. Er würde sie eventuell noch einmal brauchen.

Argwöhnisch wählte Hopp sofort die Mobilnummer der anderen Freundin von Barbara Buchbinder: Johanna Kieselheger. Auch sie ging nicht an den Apparat. Ihre Mailbox sprang sofort an. War die zweite Geigerin gerade anderweitig beschäftigt und konnte deshalb nicht sprechen? Oder hatte sie sich vielleicht ebenfalls kurzfristig aus dem Staub gemacht? So wie Jakob Stiller und wahrscheinlich Monika Lauscher? Und wenn ja, gab es da einen Zusammenhang?

Ungeduldig rief Alexander Hopp bei den Buchbinders an. Barbaras vertraute Stimme erklang nach dem dritten Klingeln. »Du schon wieder Alex, was willst du denn diesmal?«

»Entschuldige Barbara, ich will euch nicht zur Last fallen.«

»Tust du nicht. Keine Sorge.«

»Danke. Kannst du mir sagen, was mit deinen Freundinnen gerade los ist? Weder Monika Lauscher noch Johanna Kieselheger sind zu erreichen. Hast du eine Ahnung, wo die Mädels stecken?«

Barbara Buchbinder dachte kurz nach. »Monika ist nicht telefonisch zu erreichen? Bist du dir sicher? Das passt überhaupt nicht zu ihr.«

»Ist aber so. Offensichtlich seit Tagen.«

»Sehr merkwürdig, Alex. Aber ich kann es dir wirklich nicht erklären. Bei mir hat sie sich nämlich seit letzter Woche auch nicht mehr gemeldet.«

»Und was ist mit Johanna Kieselheger? Die geht ebenfalls nicht an ihr Telefon.«

»Das ist eine andere Geschichte.« Sie lachte. »Johanna ist tatsächlich für ein paar Tage verreist, nachdem sie mir ihr Zweitinstrument gegeben hatte. Und zwar aus gutem Grund: Sie hat einen neuen Lover. Die beiden sind spontan zu einem Kurztrip aufgebrochen. Nach Kopenhagen.«

»Das hättest du mir doch vorher sagen können.«

»Stimmt, wenn ich daran gedacht hätte«, antwortete Barbara Buchbinder leicht pikiert. »Außerdem kann ich nicht wissen, ob sie im Urlaub an ihr Telefon geht oder nicht.«

Für den Kurzurlaub der frisch Verliebten hatte Hopp vollstes Verständnis. Auch wenn es ihn ziemlich neidisch machte. Liebestechnisch litt er seit Monaten unter Entzug. Und mit dieser Johanna hätte er sich das auch gut …

Energisch verbot er sich, diesen Gedanken weiterzudenken. Stattdessen konzentrierte er sich wieder auf Lauscher und Stiller. Das gleichzeitige Abtauchen der beiden war ihm äußerst suspekt. Wie konnten sie die Verwaltung des Orchesters so führungslos zurücklassen? Nicht zu fassen! Dafür musste es schwerwiegende Gründe geben. Hopp war sich ziemlich sicher, welche das wohl sein könnten. Er musste mehr über Stiller und Lauscher in Erfahrung bringen, weiter vor Ort recherchieren, sich im Umfeld des Offenbach-Orchesters umhören. Vielleicht fand er dort den entscheidenden Hinweis. Kurzentschlossen nahm er seine blaue Lieblingsjacke, Portemonnaie, Handy, Schlüsselbund und ging zu Ottos Wagen. Sein Audi stand in der Werkstatt, weil die Scheibe der Beifahrertür repariert werden musste. Hopp wusste, dass Stiller vor Jahren eine Stammkneipe in der Kölner Südstadt hatte, die *Spielplatz* hieß. Dort traf er sich gerne mit Freunden und Kollegen. Vielleicht gab es diesen Spielplatz noch. Hopp wusste zumindest, an welcher Ecke des Ubierrings die Wirtschaft lag.

Als er an der Theke vorbei in den langgestreckten Gastraum blickte, sah er in einer der hinteren Ecken drei Männer an einem Tisch sitzen, die Instrumente bei sich hatten. Hopp kannte keinen von ihnen, aber er nahm an, dass es Musiker des Offenbach-Orchesters sein mussten. Selbstbewußt trat er an sie heran, stellte sich ihnen rheinisch direkt vor und bat darum, sich zu ihnen auf den freien vierten Platz am Tisch setzten zu dürfen.

»Klar. Mach datt, mir beißen nitt«, antwortete ihm ein älterer Herr in breitestem Platt, an dessen Stuhllehne ein Trompetenkasten baumelte.

»Danke, die Herren. Sehr freundlich. Ich bin ein ehemaliger Kollege von Jakob Stiller«, erklärte Hopp, »seit Jahren sind wir befreundet.«

»Aber hier in der Kneipe hamm wir dich noch nitt gesehen«, hakte ein jüngerer Musiker skeptisch nach.

»Das mag sein. Ich war auch sehr lange nicht mehr hier. Ich wohne in Wachtberg, am südlichen Rand von Bonn.«

»Na dann.« Die drei Männer nickten unisono.

»Vorgestern war ich eigentlich mit Jakob verabredet. Aber er ist einfach nicht erschienen, hat aber auch nicht abgesagt. Seitdem erreiche ich ihn auch nirgends. Haben Sie eine Ahnung, wo er stecken könnte?«

»Eher worin – aber datt möchte ich mir jetzt gar nitt genauer vorstellen«, bemerkte der dritte Musiker zweideutig und machte anzügliche Gesten.

Die beiden anderen Männer lachten.

»Verstehe ich sie richtig, dass er gerade ...?«

»... in regem Verkehr steckt. Ganz genau«, ergänzte der Trompeter unverblümt.

»Etwa zusammen mit Monika Lauscher?«, fragte Hopp erstaunt.

»Die ist nämlich auch kurzfristig weg. In der Verwaltung Ihres Orchesters weiß man weder, wohin sie ist, noch für wie lange.«

»Sicher wissen wir datt natürlich auch nitt. Aber Stiller und die Lauscher hann schon ein spezielles Verhältnis«, spekulierte der jüngere Mann. »Wenn du mich fragst, hann die zwei watt miteinander: ein Fisternöllche, wie man in Kölle so sagt.«

Donnerstagabend

K ommissar Reiner Hoffmann hatte den richtigen Riecher gehabt. Die erste, schnelle Auswertung der Spuren aus der Antiquitätenhandlung in Adendorf förderte endlich verwertbare Hinweise zutage. An vielen Stellen und an drei Objekten waren die Fingerabdrücke der zwei vorübergehend festgenommenen Belgier gefunden worden. Das war keine Überraschung. Schließlich hatte er die Typen ja selber in den Trödelladen gehen sehen. Doch auch Fingerabdrücke von Eva Louisa Koller, die am Bonner Bogen tot im Rhein gefunden worden war, konnten gesichert werden. Damit hatten die Kriminalbeamten nicht gerechnet. Es erhärtete aber den Verdacht, dass die Einbruch-Diebstähle von Wachtberg und der Mord an der schönen Auktionatorin in direktem Zusammenhang standen.

Außerdem offenbarten der Mailverkehr und die Verbindungs-daten des Mobiltelefons von Antiquitätenhändler Althaus einen intensiven Kontakt zu einem Galeristen in Bonn.

»Sieh mal einer an«, sagte Kriminaloberkommissar Michael Löhnenberg vergnügt zu seinen Kollegen. »Damit schließt sich der Kreis und die mutmaßliche Gang nimmt Gestalt an. Dieser Emil Heiermann ist alles andere als ein unbeschriebenes Blatt.« Auf-merksam studierte Löhnenberg die Untersuchungsberichte. Der Bonner Galerist war, ebenso wie Ernst Althaus selbst, in den ver-gangenen zehn Jahren mehrfach der Hehlerei gestohlener Kunst-werke verdächtigt worden. Doch auch in seinem Fall verliefen alle Ermittlungen immer ergebnislos im Sande. Kein einziges Verge-hen konnte ihm jemals nachgewiesen werden. In jüngster Zeit war er nicht mehr in das Visier der Polizei geraten.

»Wahrscheinlich war Heiermann seinerzeit nur clever genug, sich unbeschadet aus der Affäre zu ziehen und hat in Wahrheit die ganze Zeit über in diesem Geschäft mitgewirkt.« Nachdenklich biss sich Kriminaloberkommissar Detlef Schreiber auf die Unterlippe.

»So wie dieser Althaus bestimmt auch. Haben wir bei ihm nicht irgendwelche verdächtigen Frachtpapiere nach Belgien gefunden?«

Bielke und Hoffmann nickten. »Ja, haben wir. Von einem Spediteur aus Antwerpen«, erklärte Kommissar Bielke.

»Das kann eine wichtige Spur sein«, sagte Michael Löhnendorf »Den sollten wir schnellstens mithilfe der belgischen Kollegen unter die Lupe nehmen.«

»Bei Heiermann gab es vor ein paar Jahren übrigens auch eine merkwürdige Verbindung nach Belgien«, erinnerte sich Bielke.

»Das könnte alles passen, das ergibt jetzt Sinn, Leute. Aber wir brauchen richtig harte Beweise«, übernahm Schreiber wieder das Kommando. »Der Galerist und der Trödler werden von jetzt an rund um die Uhr beschattet. Die lückenlose Überwachung ihrer Telefone und des E-Mail-Verkehrs wird der Staatsanwalt sicher auch genehmigen. Mit etwas Glück haben wir Althaus und Heiermann bald fest am Haken.«

»Hoffentlich, Chef. Aber zusätzlich sollten wir uns sofort mit den Kollegen vom KK11 zusammentun und alle Kräfte bündeln«, schlug Löhnenberg vor. »Da der Mord an dieser Auktionatorin ziemlich sicher mit der Wachtberger Einbruchserie in Verbindung steht, sollten wir alle Erkenntnisse zusammenfügen und schauen, welches Szenario dabei herauskommt. Ich bin mir sicher, das ergibt ein wesentlich klareres Bild und wird unsere Ermittlungen schlagartig nach vorne bringen.«

Kommissariatschef Schreiber machte ein entsetztes Gesicht, als ob ihm der komplette Jahresurlaub gestrichen worden wäre. Rein sachlich konnte er gegen diesen Vorschlag aber nichts einwenden. Sein unartikuliertes Brummen werteten die Kollegen als eindeutige Zustimmung.

Michael Löhnendorf knurrte der Magen. Seit dem opulenten gemeinsamen Frühstück mit Jana Jäger hatte er nichts Richtiges mehr gegessen. Auf dem Weg zur Kantine klingelte das Handy. Alexander Hopp rief an.

»Hallo Alexander. Welche Überraschung.«

»Ich dachte, wenn wir uns schon feierlich zu vertraulicher Zusammenarbeit verpflichten, sollte ich mich direkt mal daran halten. Ich habe wahrscheinlich etwas Interessantes für euch.«

»Da bin ich gespannt.«

»Am Sonntag war ich mit meinem Kumpel Otto Springer bei der Vernissage von Maler Michels. Otto ist Fotograf. Wir arbeiten oft zusammen. Gerade haben wir die Veranstaltungsbilder ausgewertet, die Otto dort geschossen hat. Für ein neues Online-Magazin, das wir beide gemeinsam mit zwei befreundeten Kollegen gründen. Dort wollen wir in der ersten Ausgabe einen Bericht über die neue Ausstellung von Michels veröffentlichen«, berichtete Alexander.

»Online-Magazin? Arbeitest du nicht mehr für den *Kurier?*«

»Doch, klar, als fester Freier und zusätzlich auch noch für ein paar andere Blätter. Aber bei den Printmedien läuft es nicht mehr so richtig, die sparen wo sie nur können. Deshalb wollen Otto und ich uns ein neues, zukunftssicheres Standbein schaffen. Aber das ist ein anderes Thema …«

»Was habt ihr denn auf den Fotos entdeckt?«, fragte Löhnendorf ungeduldig.

»Auf einem ist ein Mann zu sehen, der klammheimlich mit seinem Handy das Triptychon fotografiert. Sehr deutlich. Und sehr verdächtig.«

»Kennt ihr den Mann?«

»Nein, nie gesehen.«

»Wie sieht er denn aus?«, hakte Löhnenberg erregt nach.

»Ziemlich groß, schon leicht ergraut, modisch gekleidet, elegant. Er könnte beruflich in der Kunstszene zu tun haben. Als Galerist vielleicht.«

Löhnenberg ahnte, wen Otto Springer fotografiert hatte. »Okay. Schick mir bitte sofort das Bild. Das könnte wirklich sehr wichtig für unsere Ermittlungen sein. Und Alexander …«

»Ja, was denn?«

»Das ist super! Vielen Dank! Ich werde mich zu revanchieren wissen.«

Eine halbe Stunde später versammelten sich alle verfügbaren Beamten des Kommissariats für Einbruch-Diebstahl und der Mordkommission im Konferenzraum. Die Atmosphäre war angespannt. Einige der Kollegen waren einander sowieso nicht grün. Außerdem waren alle müde und erschöpft. Seit Freitag hatten sie quasi durchgearbeitet.

Peter Paul Pinsel, Chef der Mordkommission und als Erster Hauptkommissar der ranghöchste Beamte in dieser Runde, eröffnete die Besprechung.

»Werte Kollegen, lasst uns bitte detailliert alle Fakten austauschen, analysieren und zu einer schlüssigen Theorie zusammenfügen. Offenbar handelt es sich um einen großen Komplex organisierter Verbrechen, den wir nur gemeinsam lösen werden. Ich weiß, dass hier alle aus dem letzten Loch pfeifen. Aber je konzentrierter wir jetzt arbeiten, desto schneller schnappen wir die Täter und verschaffen uns selbst die dringend nötige und längst verdiente Verschnaufpause. Also: Was haben wir?«

»Fangen Sie an, KOK Schreiber?« Jana Jäger funkelte den Kollegen provozierend an.

»Wieso ich, Jäger? Ich habe eine ganze Serie zu untersuchen und Sie nur einen einzigen Fall.«

»Genau deshalb! Sie wollen doch immer mehr zu sagen haben!«

»Lasst das Gezicke, Leute«, kommandierte Peter Paul Pinsel. »Schreiber macht den Anfang.«

Der Kriminaloberkommissar atmete erst einmal tief durch, um sich zu beruhigen. Dann schildert er sachlich die Theorie, dass aller Wahrscheinlichkeit nach eine gut organisierte und vernetzte Bande von Kunstdieben für alle Raubfälle der letzten Tage verantwortlich sei – egal, ob nun Instrumente oder Kunstwerke gestohlen worden seien; dass sie für diese Serie Einbrecher aus dem Ausland engagiert hätten, die nach Erledigung ihr Honorar kassiert hätten und wieder verschwunden seien. Aktuell seien das offensichtlich die beiden Belgier, die am Vorabend in Villiprott geschnappt und deren Fingerabdrücke an vielen Stellen der Antiquitätenhandlung Althaus in Adendorf gefunden worden seien. Allem Anschein nach würde bei dem Trödler die Beute zwischengelagert, bis der Verkauf unter Dach und Fach und der Weitertransport, wahrscheinlich durch eine Spedition in Antwerpen, organisiert sei. Für die Vermarktung der heißen Ware sei mutmaßlich der Bonner Galerist Emil Heiermann zuständig, der über beste Kundenkontakte im internationalen Kunstmarkt verfüge und schon vor Jahren unter dem Verdacht der Hehlerei gestanden habe – so wie Antiquitätenhändler Althaus übrigens auch. Den intensiven Kontakt zwischen Althaus und Heiermann würden die Telefon- und Maildaten belegen, die in Adendorf hätten gesichert werden können.

»Wenn ich hier kurz etwas ergänzen darf«, unterbrach Löhnenberg seinen Chef. »Soeben wurde mir ein Foto von der Vernissage in Adendorf zugespielt. Darauf ist Heiermann zu sehen, wie er mit seinem Mobiltelefon das Triptychon von Karl Michels knipst. Wenn er dieses Foto mal nicht gebraucht hat, um die Täter für den Einbruch in der Nacht zu briefen!«

Detlef Schreiber nickte nachdenklich. »Das könnte passen. Das ergibt Sinn und erhärtet den Verdacht gegen Heiermann entscheidend. Für das spezielle Instrumentenbusiness wird er wahrscheinlich Partner mit entsprechender Expertise haben. Was die begehrten Objekte und die für die Diebstähle optimalen Gelegenheiten angeht, hält sich die Bande sicherlich mehrere Insider als Informanten, auf Provisionsbasis, nehme ich an.«

»Und wen haben Sie da so im Auge?«, hakte Kriminalkommissar Frank Streffer nach.

»Da muss ich passen. Dafür haben wir bisher keine Verdächtigen ermitteln können.«

»Wir aber«, warf Jana Jäger selbstbewusst ein. »Rein zufällig.« Sie konnte den versammelten Kommissaren schlecht erklären, dass die nun folgenden Angaben von Alexander Hopp recherchiert worden waren. »Da hätten wir zum Beispiel Jakob Stiller und Monika Lauscher, beide im Management des Kölner Offenbach-Orchesters beschäftigt. Ausgerechnet im Umfeld dieses Ensembles fanden bereits drei spektakuläre Instrumentendiebstähle statt, zuletzt der bei uns in Pech. Frau Lauscher ist übrigens sehr eng mit Barbara Buchbinder befreundet und wusste, dass dort Freitagabend sturmfreie Bude war. Und Lauscher und Stiller sind seit Tagen verschwunden. Spurlos. Merkwürdig, nicht wahr?«

»Woher haben Sie das, Jäger? Wie kommen Sie an solche Details zu unseren Fällen?« Kriminaloberkommissar Detlef Schreiber kochte vor Wut.

»Aus Quellen in der Kölner Kulturszene. Da waren wir die vergangenen Tage im Rahmen unserer Mordermittlungen unterwegs.«

»Wieso das denn? Was soll das? Zum wiederholten Mal überschreiten Sie einfach Ihre Kompetenzen, handeln eigenmächtig und mischen sich in unsere Arbeit ein.« Schreiber hatte die letzten Worte fast geschrien.

»Das ist nicht wahr, Schreiber. Beruhigen Sie sich mal.« Jana Jäger blieb gelassen. »Wir hatten im Fall Koller mehrfach in lokalen Kunstkreisen zu tun, wobei wir natürlich auch Dinge erfahren haben, die nicht direkt mit diesem Mord zu tun zu haben scheinen.« Nun legte sie eine kurze dramaturgische Pause ein und nutzte die Gelegenheit, Detlef Schreiber herausfordernd in die Augen zu schauen. Sie wusste, dass es für ihn eine böse Schlappe wäre, wenn sie die entscheidenden Hinweise zur Lösung der Einbruchserie liefern würde.

»Womit wir nun bei unserer schönen Wasserleiche wären«, setzte Jäger schließlich ihren Bericht fort. »Frau Eva Louise Koller, studierte Kunsthistorikerin, war Auktionatorin von Beruf und beim Kölner Traditionshaus Hüllerich & Konsorten beschäftigt. Dort war sie zuständig für Kunst, vor allem für Impressionisten und Expressionisten. Ihre Fingerabdrücke hat die SpuSi auf mehreren Bildern im Lager von Antiquitätenhändler Althaus gefunden.

Interessanter Weise besaß sie zwei Originale des berühmten Malers August Macke und erhielt immer wieder größere Summen in bar auf ihr Girokonto eingezahlt. Außerdem hatte sie einige extrem teure Designerklamotten im Schrank. Entweder war sie die Informantin der Bande für den Kunstbereich, immerhin wusste sie, wer wo welche wertvollen Werke besitzt. Oder sie war auf andere Art in die Sache verwickelt. Sie steckte jedenfalls mit drin. Da sind wir uns ganz sicher.«

»Aber jetzt ist sie tot. Ermordet. Warum? Und von wem?« Schreiber fragte, um Jäger mit einer Retourkutsche in die Enge zu treiben.

»Das kann ich nicht mit Gewissheit sagen. Noch nicht. Aber sehr wahrscheinlich von der eigenen Organisation. Entweder wollte sie ein größeres Stück vom Kuchen oder, im Gegenteil, aussteigen. Wir werden es bald wissen.«

»Können wir noch einmal kurz auf den Bonner Galeristen zurückkommen? Wie heißt er doch gleich?«, fragte Frank Streffer. »Ich habe das eben nicht richtig mitgekriegt.«

»Heiermann. Emil Heiermann«, antwortete Oberkommissar Schreiber.

»Heiermann? Kommt mir bekannt vor.« Streffer dachte nach. »Diesen Namen habe ich irgendwo in einem anderen Zusammenhang in den Unterlagen gelesen.«

»Stimmt! Mir fällt auch ein, wo«, ergänzte Jana Jäger, »in der Personenbeschreibung von Monika Lauscher, der verschwundenen Verwaltungschefin des Kölner Orchesters.«

Sie schwieg kurz und schaute mit bedeutungsvoller Miene in die Runde, um ihre Kollegen auf die Folter zu spannen. »Sie ist eine geborene Heiermann. Das kann kein Zufall sein.«

»Nein. Das ist es auch sicher nicht«, folgerte der Erste Hauptkommissar Pinsel. »Ich schmeiße eine Runde Sonderurlaub, wenn der Galerist und die Orchestermanagerin nicht Bruder und Schwester sind. Was dennoch erst einmal zu beweisen wäre. Wie alles andere allerdings auch. Wir haben jetzt zwar ein hübsches

Szenario entworfen, das sich auf viele bunte Indizien stützt und das sich auch überzeugend anhört. Aber woher bekommen wir möglichst flott die nötigen Fakten dazu? Wir brauchen Beweise, Leute, umgehend!«

»Ich hätte da so eine Idee.« Jana Jäger lächelte verschmitzt.

»Und welche?«, fragten mehrere Kollegen unisono.

»Wir sollten eine Art Versuchsballon steigen lassen.«

»Wie bitte? Was soll das denn heißen, Jäger?« Detlef Schreiber war irritiert.

»Wir sollten genau dieses Szenario einem Journalisten stecken und in der Presse veröffentlichen lassen. Natürlich ohne uns als Quelle zu verraten und auch ohne die Klarnamen der Verdächtigen zu nennen. Ansonsten aber alle vermuteten Abläufe und Zusammenhänge so exakt wie möglich. Das wird sicher wirken. Ich spendiere ein Pittermännchen, wenn Heiermann, Althaus und Kollegen dann nicht nervös werden, hektisch irgendwas unternehmen, um sich in Sicherheit zu bringen und – entscheidende Fehler begehen.«

Gespannt musterte Jana Jäger die Runde. Die meisten Kollegen dachten konzentriert über diesen Vorschlag nach. Nur Kriminaloberkommissar Schreiber schüttelte energisch den Kopf. Michael Löhnenberg hingegen, Janas Freund, nickte begeistert. »Das hört sich vielversprechend an. Ich bin dafür. Wir sollten es versuchen. Unbedingt.«

Überraschend schloß sich sogar der Erste Hauptkommissar Pinsel dieser Idee an. »Auch wenn ich dieses Journalistenpack nicht mag, manchmal kann es ja nutzlich sein. Vielleicht ist das unsere Chance. Zu verlieren haben wir dadurch jedenfalls nichts. Morgen früh will ich die Geschichte in der Zeitung lesen.«

Neugierig tippte Alexander Hopp die Spitze des rechten Zeigefingers in die Rührschüssel mit der Remouladensoße, um zu probieren. Er lächelte zufrieden. Zwar würde sie noch etwas ziehen müssen, ehe er den Geschmack sicher beurteilen konnte. Aber er fand sie schon jetzt ziemlich perfekt. Alles andere hätte ihn auch überrascht. Immerhin hatte er die Remoulade schon dutzende Male nach dem alten Rezept seines Vaters zubereitet. Und immer war sie gelungen. Auch an diesem Abend würde sie den Gästen seiner Freundin Josephine Franzen sicherlich schmecken. Sie hatte zu einem Revival des Partnerschaftstreffens vom vergangenen Oktober eingeladen und mehrere Italiener im Haus, unter ihnen auch Giulia Peroni, der er damals sehr nahe gekommen war und die er an Karneval in der Lombardei besucht hatte. Giulia wollte ihn nun unbedingt wiedersehen. Wusste sie etwa über seine vorübergehende Trennung von Jana Bescheid?

Um der Remoulade die nötige Ruhe zu geben, ehe er sie endgültig abschmecken wollte, verließ er die Küche und ging zu seinem Computer. Konzentriert las er noch einmal über seinen Artikel, den er nach Rücksprache mit Jana und Michael Löhnenberg geschrieben hatte. Alle Aspekte der Theorie waren klar und deutlich herausgearbeitet, alle Hauptverdächtigen würden sich selbst einwandfrei wiedererkennen können, auch wenn sie nur anonym als Galerist, Antiquitätenhändler und Orchestermanager bezeichnet wurden. Wenn er die Geschichte jetzt ablieferte, würde sie morgen im Kölner *Kurier* erscheinen – und bestimmt für den erwünschten Wirbel sorgen.

Welche Aufregung er selbst womöglich gleich mit seinem Besuch bei Josy verursachen würde, wollte er sich dagegen nicht vorstellen. Was die bezaubernde Giulia anging, plagten ihn reichlich gemischte Gefühle: Wenn er an die aufregenden Tage im Herbst und an das turbulente Wochenende im Frühjahr dachte, wurde ihm immer noch flau im Magen. Giulia faszinierte ihn, reizte ihn, brachte ihn emotional fast aus dem Gleichgewicht.

Was sehr selten vorkam.

Und sie zeigte offen ihre Gefühle für ihn. Wahrscheinlich war Giulia nur seinetwegen nach Wachtberg gekommen. Er war davon überzeugt, dass sie mit ihm zusammen die Perspektiven für eine gemeinsame Zukunft ausloten wollte. Das machte ihm einerseits

Angst, denn er wollte sie nicht verletzen und verlieren. Andererseits konnte er sich weder vorstellen, in Italien zu leben, noch dass Giulia mit Kind und Kegel nach Wachtberg ziehen würde. Und am allerwenigsten, dass er Jana aufgeben würde.

Ausgerechnet seit diesem Wochenende glaubte er nach monatelanger Trennung wieder an die Zukunft ihrer Beziehung. Dass sie beide einander liebten, stand außer Zweifel. Und jetzt schienen sie auch endlich eine Lösung für ihre ständigen Streitereien gefunden zu haben. Wenn sie diese entschlossen befolgten, könnten sie gemeinsam glücklich sein. Vielleicht ihr Leben lang. Diese Chance wollte er nicht verspielen.

Einige Minuten stand er regungslos mitten im Zimmer und schaute aus dem Fenster, sein Mobiltelefon dabei in der rechten Hand. Er wusste genau, was zu tun war. Er musste sich nur einen kräftigen Ruck geben. Endlich wählte er Josephine Franzens Nummer und sagte mit großem Bedauern für diesen Abend ab. Er müsse kurzfristig einen sehr wichtigen Artikel über die Wachtberger Kunstraubserie schreiben. Diese Aufgabe dulde keinen Aufschub. Die versprochene Remoulade bringe er selbstverständlich schnell vorbei. Die wunderbare Giulia möge sie bitte herzlich von ihm grüßen und ganz, ganz fest drücken. Es tue ihm sehr leid!

Freitag

K aum hatte Alexander Hopp im Kölner *Kurier* die dritte Seite aufgeschlagen, auf der sein eigener Artikel abgedruckt war, klingelte das Telefon. Die Chefredaktion rief an.

»Was soll denn der Scheiß, Hopp? Was hat Sie eigentlich bewogen, so ein verschwommenes Wischiwaschi zu schreiben? Und wer in Gottes Namen hat Ihnen den Schwachsinn hier abgenommen?«, schrie Nikola Schnell hysterisch.

Hopp reagierte nicht sofort, schwieg bewusst ein paar Sekunden, um ihr Zeit zu geben, sich wieder einigermaßen unter Kontrolle zu bringen.

Das gelang nicht.

»Wenn ich nicht aus wichtigen Gründen außer Haus gewesen wäre, hätten Sie das Geschreibsel in die Tonne kloppen können«, tobte sie weiter. »Andeutungen, nichts als Andeutungen: ein Antiquitätenhändler aus Wachtberg, ein Bonner Galerist, ein Kölner Musikmanager? Wer soll das sein? Was soll das heißen? Wer will so einen vagen Quatsch lesen?«

»Das ist kein vager Quatsch, Frau Schnell, sondern die sehr wahrscheinliche Geschichte, so wie sie sich derzeit darstellt, recherchieren und verantworten lässt.«

Hopp blieb gelassen. Irgendwie hatte er mit dieser Reaktion der Chefredakteurin gerechnet.

»Papperlapapp. Schwurbeliger Schmus ist das. Daraus hätten unsere verehrten Kollegen von der *Blick* aber ganz was anderes gedichtet.«

»Gedichtet, Sie sagen es! Hätte ich auch nur einen einzigen Klarnamen genannt und ein einziges Indiz als Fakt hingestellt, dann würde ich vor den Presserat zitiert und abgemahnt. Außerdem könnte ich hier in der Gegend einpacken. Niemand bei der Bonner Kripo würde künftig ein Sterbenswörtchen mit mir reden, wenn ich derart krass in ihre Ermittlungen gegrätscht wäre.«

»Und das ist Ihnen wichtiger als der Job in meiner Redaktion? Als der Erfolg und die Reputation des *Kurier,* der schließlich ihre Brötchen finanziert? Sie sollten ihre Prioritäten schleunigst überdenken, Hopp.«

Er zwang sich, ruhig und sachlich zu bleiben. »Tut mir leid, dass Sie für sauberes redaktionelles Handwerk kein Verständnis haben. Presserechtlich war da jetzt einfach nicht mehr zu vertreten. Ganz abgesehen davon, dass mir die Polizei aus ermittlungstaktischen Gründen vorerst auch nicht Details nennen konnte.«

»Ermittlungstaktische Gründe, wenn ich das schon höre«, blaffte Schnell und machte ihrem Spitznamen Zicki Niki mal wieder alle Ehre. »Was gehen mich die Befindlichkeiten der Bullen an?«

»Sie nichts, ist mir klar. Aber mich. Schließlich muss ich mit diesen Menschen weiter zusammenarbeiten«, sagte er und dachte gleichzeitig, dass er vor allem mit einer von ihnen liebend gerne zusammenleben wollte.

»Ihre ewigen Ausflüchte bin ich so leid, Hopp!«

»Und ich Ihre ewigen Attacken und Übergriffe. Mir reicht's.« Hopp war ebenfalls verärgert. »Wenn Ihnen meine Berichte nicht gut genug sind, dann schreibe ich sie künftig eben für andere. Es gibt genügend Auftraggeber, die meine Arbeit zu schätzen wissen.«

Ratlos standen Jana Jäger, Frank Streffer und Michael Löhnenberg vor dem Haupteingang des Kölner Auktionshauses Hüllerich & Konsorten. Die Beamten wollten dringend noch einmal mit dem Chef der am Rheinufer tot aufgefundenen Mitarbeiterin reden. Seine Aussagen erschienen ist ihnen sehr merkwürdig und zum Teil auch widersprüchlich. *Vorübergehend geschlossen* stand auf dem gravierten Messingschild, das am Knauf der verriegelten Eingangstür hing. Auch das Tor an der Rückseite des Gebäudes, an dem die Waren ein- und ausgeladen wurden, war verschlossen.

Die Polizisten riefen den privaten Telefonanschluss von Josef Hüllerich jr. an. Niemand hob ab. Dann versuchten sie ihn per Handy zu erreichen – Fehlanzeige.

»Lasst uns trotzdem zu ihm nach Hause fahren«, schlug Jäger vor. »Vielleicht ist er ja dort und geht nur nicht ans Telefon.«

»Können wir gerne machen«, antwortete Löhnenberg, »allerdings glaube ich nicht, dass das was bringt. Mein Gefühl sagt mir etwas ganz anderes.«

»Mir auch«, stimmte ihm Streffer zu. »Das stinkt hier gewaltig zum Himmel. Der Typ hat sich garantiert auch klammheimlich abgesetzt.«

Die Villa im noblen Kölner Stadtteil Marienburg sah verlassen aus. Alle Fensterläden waren geschlossen, nirgendwo war ein Lichtschimmer zu sehen. Auch nach fünfminütigem Dauerklingeln wurde nicht geöffnet.

»Ihr hattet recht, Jungs. Der ist über alle Berge«, sagte Jana Jäger zerknirscht. »Erst ist dieser Stiller weg, dann die Lauscher und jetzt auch dieser Hüllerich. Wir sollten sofort eine Großfahndung auslösen.«

Kommissar Wolfgang Bielke schreckte aus seinem Dauerdämmern auf. Im Kopfhörer, den er seit Stunden für die Telefonüberwachung des Galeristen Heiermann trug, meldete sich plötzlich eine Stimme. Hastig startete Bielke die Tonaufnahme.

»Hallo Ernst, bist du es persönlich?«

»Wer soll hier denn sonst den Hörer abnehmen?«, antwortete der Angerufene, der offenbar der Antiquitätenhändler Althaus war.

»Hier ist Emil. Hast du den Artikel im *Kurier* gelesen?«

»Nein. Ich lese keine Zeitungen. Aber gut, dass du dich endlich meldest. Gestern Abend konnte ich dich nicht erreichen.«

»Egal. Wir sind komplett im Arsch. In dieser Zeitung werden haarklein unser Geschäft und unsere Organisation aufgedröselt. Das einzige was fehlt, sind unsere Namen«, berichtete Heiermann erregt. »Aber die kennt der Reporter bestimmt, sonst könnte er unsere Rollen nicht so detailliert beschreiben. Und die Bullen wissen ganz sicher auch Bescheid. Jede Wette.«

»Das wollte ich dir eigentlich sagen. Die haben gestern mit einer ganzen Mannschaft stundenlang meinen Laden umgekrempelt und alles Mögliche mitgenommen.«

»Ach du Scheiße! Auch das noch. Können die was Wichtiges gefunden haben?«

»Ich glaube nicht. Ich verwahre dort seit Jahren nichts mehr, was uns gefährlich werden könnte. Das weißt du doch!«

»Ja, trotzdem müssen wir jetzt schnellstens unsere Ärsche an die Wand kriegen und uns eventuell sogar aus dem Staub machen. So wie diese arrogante Lauscher, die immer kräftig abkassiert hat, obwohl sie außer ein paar Informationen nichts zu unseren Aktionen beigetragen hat und fein ihre Hände in Unschuld waschen konnte. Jetzt ist sie als Erste abgehauen.«

»Die ist wirklich weg?«

»Ja. Seit Tagen. Und diesen stieseligen Hüllerich erreiche ich auch nicht mehr. Der hat seit Monaten nur gejammert und sich beim letzten Job fast in die Hose gepinkelt. Würde mich nicht wundern, wenn der ebenfalls einen Abgang gemacht hätte.«

Ernst Althaus war sprachlos.

»Wir müssen uns sofort treffen und klären, wie es weitergeht«, kommandierte Heiermann. »Außerdem brauche ich dringend die letzten Dokumente. In einer Stunde am Parkplatz in der Rheinaue, hinten durch, beim Minigolfgelände. Kennst du die Ecke?«

»Natürlich.«

»Alles klar, dann bis gleich. Und vergiss die Papiere nicht! Verstanden?«

»Gut, dass du das sagst. Hätte ich glatt vergessen«, antwortete Althaus angesäuert.

»Okay, Leute, Volltreffer!«, rief Peter Paul Pinsel begeistert in die Runde der beiden versammelten Kommissariate. »Wir haben sie. Nach dem Artikel im *Kurier* sind uns Heiermann und Althaus wie erhofft in die Falle gegangen. Sie treffen sich in einer knappen Stunde auf dem Parkplatz am Haupteingang der Rheinaue.«

»Wir sichern das Gelände mit Unterstützung des SEK und rüsten uns mit Videokameras und Richtmikrofonen«, ergänzte Kriminaloberkommissar Löhnenberg. »Was wir auf diese Weise vor Ort erfahren, brauchen wir anschließend nicht in stundenlangen Verhören aus Ihnen herauszuquetschen. Wenn sie ihr Treffen dann beenden, um wahrscheinlich zu türmen, nehmen wir sie fest.«

Wie bockige Halbwüchsige, die nach einem bösen Streich vom Schuldirektor die Leviten gelesen bekommen sollten, saßen Emil Heiermann und Ernst Althaus verstockt jeder in einem anderen Verhörraum des Polizeipräsidiums. Beide gaben sich maulfaul. Heiermann sagte keinen Ton und wartete auf seinen Anwalt. Althaus wiederholte immer wieder, er wisse von nichts und habe keine Ahnung, weshalb er hier festgehalten werde.

»Die Sache zieht sich«, sagte Frank Streffer zu Jana Jäger. Durch eine verspiegelte Glaswand und zusätzliche Monitore konnten sie beide Gesprächssituationen verfolgen.

»Noch ein bisschen vielleicht. Wenn der Anwalt da ist, wird Heiermann alles abstreiten, und sein Rechtsverdreher wird versuchen, das Gespräch so schnell wie möglich zu beenden und ihn hier rauszuholen«, spekulierte Jäger. »Aber der Antiquitätenhändler knickt bald ein. Der scheint keine besonderen Nerven zu haben und verzichtet trotzdem auf rechtlichen Beistand. Keine Ahnung, warum. Wenn wir Althaus gleich erzählen, was wir ohnehin schon wissen und behaupten, Heiermann habe im Nebenraum alles ausgeplaudert und die Schuld auf ihn und Monika Lauscher geschoben, dann singt der wie ein Vögelchen. Ganz sicher.«

Gerade hatte Alexander Hopp sein Handy wieder eingesteckt. Jana hatte ihm telefonisch ausgerichtet, sein Artikel habe voll ins Schwarze getroffen, und die beiden Hauptverdächtigen Heiermann und Althaus seien festgenommen. Es sei nur eine Frage von Stunden, bis zumindest einer von ihnen alles gestehen würde.

Das Gerät klingelte erneut. Die Geigerin Johanna Kieselheger rief aus heiterem Himmel an. »Ihre Nummer habe ich unter meinen Anrufen in Abwesenheit entdeckt. Wer sind Sie?«

»Mein Name ist Hopp, Alexander Hopp.«

»Und weshalb wollten Sie mich sprechen?«

»Weil ich ein Freund von Barbara und Martin Buchbinder bin. Wir haben uns übrigens schon einmal auf dem letzten Sommerfest in deren Garten in Pech gesehen.«

»Ach ja? Am 20. Juli, als ich Geburtstag hatte?«, sagte Kieselheger fröhlich. »Ich kann mich leider gar nicht an Sie erinnern.«

Ihre klare Stimme gefiel Hopp. Er sah die lebhafte blonde Frau vor sich.

»Genau. Martin hat mir erzählt, dass Sie die Party damals quasi als ihre eigene Geburtstagsfeier angesehen haben.«

»Ja, klar, das war ein tolles Gefühl. Aber Sie haben sicher nicht deshalb angerufen. Was wollen Sie von mir?«

»Ich bin Journalist und beschäftige mich mit dem Instrumentendiebstahl bei den Buchbinders. Deshalb versuche ich möglichst mit allen Leuten aus deren Umfeld zu reden. Vielleicht kann ja irgendjemand irgendeine Information liefern, die zur Klärung des Falls beiträgt.«

»Ich bin zwar Kollegin der beiden und mit Barbara eng befreundet. Ich habe ihr jetzt sogar vorübergehend meine zweite Geige geliehen. Aber eine hilfreiche Information? Was sollte ich denn schon wissen?«

»Zum Beispiel, dass vergangenen Freitag keiner der Buchbinders zuhause war?«

»Nein. Keine Ahnung. Wirklich nicht.«

»Hat sich mittlerweile auch fast erledigt. Die Polizei hat konkrete Spuren und gerade zwei Tatverdächtige im Verhör.«

»Super! Das freut mich. Ich habe die letzten Tage von alledem nichts mehr mitbekommen, weil ich kurzfristig verreist war.«

»Weiß ich. Deshalb konnte ich Sie schließlich auch nicht erreichen«, antwortete Hopp belustigt.

»Mein neuer Freund hat mich mit einer spontanen Reise überrascht. Hätte ich Jakob gar nicht zugetraut. Das war wunderschön.«

»Jakob? Welcher Jakob?«

»Was geht Sie denn das an?«

»Etwa zufällig Jakob Stiller?«, fragte Hopp hartnäckig nach.

»Ja, Jakob Stiller. So heißt er. Kennen Sie den auch?«

Hopp war augenblicklich ebenso perplex wie eifersüchtig. »Und ob. Wir waren vor Jahren Kollegen. Am Samstag habe ich ihn sogar im Büro angerufen, um ihn zur Buchbinder-Geschichte zu befragen. Da hat er äußerst merkwürdig herumgedruckst. Fast so, als ob er etwas zu verbergen hätte.«

Johanna Kieselheger lachte lauthals los. »Quatsch! Jakob hat nichts zu verbergen«, erklärte sie bestimmt, als sie sich endlich wieder beruhigt hatte. »Der hat vielleicht bewusst Interna des Orchesters verschwiegen, weil er es pflichtbewusst schützen wollte. Weil er schlechte Presse verhindern wollte. Aber zu verbergen? Nee, echt nicht. Mit kriminellen Machenschaften kann er gar nichts am Hut haben. Das würde er sich nie trauen. Dafür hat Jakob einfach viel zu viel Schiss.«

»Wenn Sie meinen …«

»Meine ich nicht nur, sondern weiß ich. Aber fragen Sie ihn doch einfach selbst. Er ist ja jetzt wieder hier und im Dienst.«

Wie von Jana Jäger vorausgesagt, verlor der Antiquitätenhändler Althaus während der Vernehmung prompt die Beherrschung, als er mit den angeblichen Aussagen des Galeristen Heiermann konfrontiert wurde. »Dieses Schwein. Der hat selbst den meisten Dreck am Stecken, kassiert den Löwenanteil unseres Gewinns und verrät nun seine Partner. Das lasse ich nicht auf mir sitzen!«

»Wieso hat Heiermann so viel Dreck am Stecken? Welche Rolle spielt er denn konkret?«, fragte Michael Löhnenberg gelassen.

»Er ist der Boss. Bei ihm laufen alle Fäden zusammen. Er hatte vor Jahren überhaupt die Idee für das Geschäft und er hat die Organisation höchstpersönlich aufgebaut.«

»Was meinen Sie mit Organisation?«

»Naja, die ganze Truppe. Da gehören einige dazu. Im Alleingang kann man so was nicht professionell durchziehen.«

»Geht das etwas konkreter?«, fragte Kriminaloberkommissar Schreiber bissig nach. »Wer gehört denn alles dazu?«

Und dann erzählte Ernst Althaus eine Story, die weitgehend der entsprach, die Alexander Hopp und Jana Jäger aufgrund ihrer Recherchen und Ermittlungen entwickelt hatten: Nach dem fast vollständigen Umzug des Regierungsbetriebs von Bonn nach Berlin waren die Geschäfte des Galeristen von Jahr zu Jahr schlechter gelaufen. Also hatte er sich ein zweites, lukrativeres Geschäftsfeld geschaffen. Zuerst hatte er selbst mit wechselnden Handlangern den einen oder anderen kleineren Kunstdiebstahl begangen und das Diebesgut zur Sicherheit in der Halle seines Freundes Althaus versteckt. Zwischen dem ganzen Trödel würden die Bilder am wenigsten auffallen. Weil das ziemlich problemlos und vor allem finanziell einträglich gelaufen war, hatte er konsequent auf Expansion gesetzt. Zuerst erweiterte er das Beutespektrum. Wobei ihn seine Schwester Monika, die Verwaltungschefin des Kölner Offenbach-Orchesters, tatkräftig unterstützte. Auch mit wertvollen Instrumenten war schließlich viel Knete zu machen. Und Monika Lauscher brauchte reichlich davon, weil sie ihren üppigen Lebensstil mit ihrem mittelmäßigen Gehalt nicht finanzieren konnte. Also lieferte sie die entscheidenden Tipps für kostbare Objekte und ideale Tatzeitpunkte. Dafür kassierte sie eine stattliche Gewinnbeteiligung.

»Und welche Rolle spielte Jakob Stiller?«, fragte Löhnenberg.

»Jakob – wer?«

»Stiller. Jakob Stiller, der Pressesprecher des Orchesters.«

»Den Namen habe ich noch nie gehört. Der Mann hat definitiv nichts mit uns zu tun.«

Mit wachsendem Erfolg habe Heiermann dann geschickt den Ausbau der Unternehmung vorangetrieben und die Akquise, die Aktionen, die Logistik und den Vertrieb professionalisiert. Er organisierte weitere Helfer über die rheinische Region hinaus, die auf Provisionsbasis verwertbare Hinweise gaben. Er selbst stieg auch längst nirgendwo mehr ein. Für die Einbrüche bestellte er Handlanger, die meist aus einem europäischen Nachbarland kurz einreisten, den Job erledigten, ihr Honorar bekamen und so unauffällig verschwanden, wie sie gekommen waren. Manchmal, wenn vor Ort aufwendige Sicherheitssysteme im Weg waren, bestach Heiermann einen unzufriedenen oder frisch entlassenen Mitarbeiter der zuständigen Security-Firma. Irgendwer war immer sauer oder brauchte dringend Geld. Das funktionierte wie geschmiert. Jüngst zum Beispiel beim Raub der Lehmbruck-Skulptur in Ließem, der von langer Hand geplant gewesen sei.

Vor knapp vier Jahren engagierte der Galerist zusätzlich den Auktionator Josef Hüllerich, was sich als genialer Schachzug erwiesen habe.

»Von da an gingen die Geschäfte fast durch die Decke«, schwärmte Althaus. Wegen seiner exzellenten Kontakte zu finanzstarken Kunst- und Musikfanatikern im In- und Ausland habe er viele Kunden betreut. Zuerst vor allem Abnehmer für bereits gestohlene Bilder oder Instrumente, die weiterhin im Antiquitätenladen in Adendorf zwischengelagert wurden, ehe sie über einen belgischen Spediteur in alle Welt verschifft wurden. Doch mit der Zeit akquirierte der Auktionator immer mehr Kunden einer völlig neuen Qualität: Auftraggeber, die ein ganz bestimmtes Objekt besorgt haben wollten. Und Unsummen dafür bezahlten. Das hätte alles wunderbar weiterlaufen können, hätte Hüllerich nicht pausenlos Panik geschoben und mehrfach gedroht auszusteigen. Was er nach dem Tod seiner Mitarbeiterin offensichtlich auch getan habe. Jedenfalls sei er seit Tagen nicht mehr zu erreichen. »Der hat sich in panischer Angst abgesetzt«, mutmaßte Althaus und sah die beiden Kommissare prüfend an. Ob die mit seinen Aussagen wohl zufrieden waren? Der Antiquitätenhändler hoffte auf mildernde Umstände als Gegenleistung für seine Kooperationsbereitschaft.

»Josef Hüllerich in panischer Angst? Wieso? Und vor wem?«
Löhnenberg sprach mit ruhiger Stimme.

»Vor den eigenen Leuten natürlich. Weil er aussteigen wollte.
Einerseits war er in der Struktur fast unersetzlich, andererseits
wusste er natürlich viel zu viel. Er ging bestimmt davon aus, dass
die Koller gezielt aus dem Weg geräumt worden war, und befürchtete daher wahrscheinlich, ihm könnte jetzt dasselbe Schicksal
drohen.«

»Wer hat die Auktionatorin denn getötet?«, wollte Schreiber
endlich wissen und dachte gleichzeitig daran, dass er nun in das
Terrain seiner Kollegin Jäger vordrang. Was ihm aber kein schlech-
tes Gewissen bereitete, schließlich erlaubte sie sich das ihm gegenüber dauernd. Außerdem konnte und wollte er die ergiebige Befragung an dieser Stelle nicht unterbrechen.

Als hätte er Jana Jäger mit seinen Gedanken förmlich ange-
lockt, öffnete sich leise die Tür des Vernehmungsraums, und sie
trat ebenso geräuschlos ein.

»Macht bitte einfach weiter«, forderte sie die Kollegen auf.

»Dieser Hüllerich hat also selber nichts mit dem Mord an seiner
Mitarbeiterin zu tun?«, fragte Kriminaloberkommissar Schreiber.

»Nein, nichts«, antwortete Althaus. »Er wusste nicht einmal
richtig Bescheid. Er ahnte wahrscheinlich nur, dass Heiermann
dahinter stecken könnte.«

»Wieso das?«

»Diese Frau Koller hatte zufällig bei einem Arbeitsbesuch in
Heiermanns Galerie ein gestohlenes Gemälde entdeckt. Ungefähr
zwei Jahre wird das her sein. Das Bild war aus irgendeinem blö-
den Grund nicht sofort zu mir gebracht worden, sondern stand
in seiner Galerie zwischen anderen Gemälden versteckt. Sie hat es
natürlich sofort erkannt. Was auch nicht schwer war, einen Franz
Marc kennt quasi jeder.«

»Mit diesem Wissen hat sie Heiermann demnach erpresst?«, folgerte Jäger, die sich nicht länger aus dem Gespräch heraushalten
konnte.

»Ja, nachdem sie ihn geschickt ausspioniert hatte und sicher wusste, dass der geklaute Marc kein Einzelfall war. Seither hat die Koller den Heiermann regelmäßig abkassiert und immer weiter an der Preisschraube gedreht. Dass ihr Chef selbst mit von der Partie war, hat sie angeblich aber bis zuletzt nicht gewusst.«

»Frau Koller besitzt zwei wertvolle Miniaturen. Stammen die auch aus dieser Erpressungsbeziehung?«, fragte Jana Jäger.

»Ja, klar. Die kleinen gestohlenen Mackes wurde Heiermann nicht los, und da hat er sie ihr gegeben, um sie ruhig zu stellen, und vor allem, um Kohle zu sparen.«

Althaus unterbrach kurz seine Schilderung und studierte wieder die Gesichter der Kriminalbeamten.

»Und weiter«, drängelte Schreiber ungeduldig. »Wer hat diese Auktionatorin denn nun umgebracht?«

»Der Heiermann, soweit ich weiß. Aber wohl unabsichtlich. Ihm wurde es eindeutig zu viel mit der Koller. Und zu teuer. Deshalb hat er sich Ende letzter Woche mit ihr getroffen, um die Angelegenheit irgendwie zu beenden. Das muss dann aus dem Ruder gelaufen sein, das behauptete er jedenfalls. Ich habe dabei schließlich nicht die Lampe gehalten.«

»Es ist vollbracht. Die Fälle sind geklärt. Fast alle Täter sitzen schön hinter Schloss und Riegel«, erklärte Frank Streffer und lehnte sich selbstzufrieden in seinem Bürostuhl zurück. »Das Wochenende kann kommen. Wir haben es uns wahrlich verdient.«

»Sehe ich auch so. Das war eine saubere Leistung von uns allen. Vier schwere Fälle in nur einer Woche gelöst, das schaffen wir auch nicht oft«, stimmte Jana Jäger zu. »Und Europol hat mal wieder gezeigt, zu welchen Leistungen die Vereinigung imstande ist, wenn es um schwere, international vernetzte Kriminalität geht.«

Die belgischen Kollegen hatten nicht lange gefackelt und sofort die Lagerräume des Spediteurs im Hafen von Antwerpen durchsucht. Mit Erfolg: Das Triptychon von Karl Michels wurde dort gefunden. Ebenso einige Bilder deutscher Expressionisten, die aus anderen ungeklärten Einbrüchen stammten. Von der Lehmbruck-Büste waren jedoch nur noch gefälschte Exportdokumente zu finden. Die kleine Skulptur war auf dem Weg nach China. Von den wertvollen Instrumenten der Buchbinders fehlte zwar noch jede Spur. Allerdings fanden sich spezielle Transportkisten unterschiedlicher Größen für Streichinstrumente in den schäbigen Lagerräumen, die darauf schließen ließen, dass der Bass und die Geigen von hier aus weiter verschifft worden waren. Wahrscheinlich lagerten diese Meisterstücke bereits im Tresorraum eines russischen Oligarchen oder eines arabischen Ölmilliardärs, der sie nur hin und wieder für höchst private Konzerte hervorholte.

»Die Belgier scheinen recht effektive Verhörmethoden zu praktizieren. Immerhin war der festgenommene Spediteur schnell geständig«, sagte Streffer. Ähnlich wie Ernst Althaus hatte der Mann widerstandslos geplaudert, um seine Lage etwas zu verbessern. Er hatte auch die wichtigsten Aussagen des Antiquitätenhändlers weitgehend bestätigt. Der Bonner Galerist war sein Auftraggeber. Seit Jahren arbeiteten sie eng zusammen. Meist waren die gestohlenen Kunstwerke und Instrumente von vermögenden Sammlern bestellt worden, so wie der Bass und die Geigen der Buchbinders und die Skulptur von Lehmbruck. Während der Einbruch in der Ließemer Villa jedoch von langer Hand geplant und gut vorbereitet war, ergab sich für den Instrumentendiebstahl erst kurzfristig die ideale Gelegenheit – glücklicher Weise für fast den gleichen Zeitraum. Der Spediteur musste seine Männer fürs Grobe nur ein paar Tage früher nach Wachtberg schicken, damit sie beide Einbrüche auf einer Tour erledigen konnten. Und dann entdeckte Heiermann am Sonntag auf der Vernissage das Triptychon von Michels, das er spontan von den beiden Handlangern entwenden ließ. Da sie sowieso vor Ort waren, sollten sie diesen Job einfach zwischen die beiden anderen Termine schieben. Die Details zum Kunstwerk, zu den Räumlichkeiten und dem Fehlen von Sicherungssystemen teilte er den Einbrechern persönlich mit. Dieser Diebstahl war eine der seltenen Ausnahmen, bei denen die Bande noch in Eigeninitiative handelte und die heiße Ware auf dem internationalen Schwarzmarkt zu verkaufen versuchte. Offensichtlich war das jedoch ein großer Fehler. Bisher hatte kein Sammler angebissen, nur deshalb hatte der Spediteur das Triptychon noch in Antwerpen im Lager.

»Jetzt müssen wir nur diese Monika Lauscher schnappen, falls sie überhaupt noch lebt«, sagte Jäger nachdenklich.

»Zweifelst du ernsthaft daran?« Streffers Gesichtsausdruck glich einem großen Fragezeichen.

»Natürlich. Immerhin wurde Eva Louisa Koller umgebracht und ihr Chef Josef Hüllerich hatte soviel Angst davor, dass er vor den eigenen Leuten geflohen ist.«

»Heiermann leugnet aber, sie umgebracht zu haben. Viel hat er in all den Verhören zwar nicht gesagt, aber den Mord an der Auktionatorin hat er vehement bestritten«, sagte Frank Streffer. »Sie soll im Streit bei ihrem Treffen am Rheinufer unglücklich auf den Hinterkopf gestürzt sein. Ich glaube ihm das sogar. Der Mann ist sicher ein geldgeiler Verbrecher, aber kein Mörder.«

»Hüllerich hatte offenbar einen anderen Eindruck von Heiermann«, wandte Jana Jäger ein. »Sonst wäre er bestimmt nicht so überstürzt abgehauen.«

Der Chef des Kölner Auktionshauses war gerade am Londoner Flughafen Heathrow verhaftet worden, als er den Zoll passieren wollte. Mit der Polizei hatte er offenbar gar nicht gerechnet.

Von Monika Lauscher gab es noch immer kein Lebenszeichen.

Die beiden belgischen Einbrecher hatten sich nach ihrer vorübergehenden Festnahme zunächst unauffällig verhalten. Sie ahnten wohl, dass sie überwacht werden könnten. Als sie schließlich klammheimlich das Land in Richtung Heimat verlassen wollten, waren sie in Aachen kurz vor der offenen Grenze gefasst worden.

Einträchtig saßen Alexander Hopp und Otto Springer nebeneinander an der Theke der Kupferklause. Zur Feier der aufgeklärten Wachtberger Kunstraubserie ließ Wirt Klaus Kupfer eine Runde springen.

»Das habt ihr beiden Helden ja wieder super hinbekommen«, gratulierte er und prostete Alexander und Otto zu.

»Na ja«, sagte Alexander, »nicht alles ist am Ende so gekommen, wie wir uns das nach den Recherchen zusammengereimt haben. Bei diesem Dr. Neumeyer lagen wir komplett falsch. Was den Chef der Capital-Sound-AG angeht, habe ich mich eindeutig von meiner persönlichen Aversion beeinflussen lassen. Das hätte mir nicht passieren dürfen.«

»Und bei Jakob Stiller«, ergänzte Otto, »waren wir ebenfalls auf dem Holzweg. Er war unser erster Verdächtiger, obwohl wir nie so richtig davon überzeugt waren, weil ihm niemand in seinem Bekanntenkreis die nötige kriminelle Energie zutraute. Die hielten ihn doch alle für ein Weichei. Und diese Leute hatten anscheinend alle recht.«

»Was ich aber völlig verbockt habe, ist die Spur zu Monika Lauscher, die noch immer auf der Flucht ist. Barbara Buchbinder hatte ihre Freundin Moni mir gegenüber schon ganz früh erwähnt. Ich bin überhaupt nicht darauf eingegangen. Der Fall hätte viel schneller gelöst werden können, wenn ich nicht so gepennt hätte.« Alexander wirkte zerknirscht. Fehler akzeptierte er selten, seine eigenen nie.

»Jetzt mach mal halblang, Alex. Du hattest extrem viel um die Ohren: Stress beim Kurier, der Start unseres neuen Online-Magazins, die Versöhnung mit Jana, der anstehende Besuch der reizenden Italienerin – und dann diese komplizierte Kunstraubserie«, zählte Otto auf. »Da kann einem schon mal was durch die Lappen gehen. Du bist auch nur ein Mensch, Alex.«

»Echt? Da bin ja beruhigt.« Alexander grinste Otto an und nahm einen tiefen Schluck aus der Kölschstange. »Du kannst hier jetzt gut den Generösen geben. Immerhin haben deine Fotos von

Michels Vernissage entscheidend dazu beigetragen, Emil Heiermann zu überführen.«

»Schon, aber ohne deinen Artikel im *Kurier* wäre alles nicht so glatt gegangen«, erwiderte Otto. »Außerdem bist du ja am Ende doch auf Monika Lauscher als Tippgeberin für die Instrumentendiebstähle gestoßen. Wie geht es eigentlich deinen Nachbarn? Was machen die Buchbinders denn jetzt? Ohne Fideln können sie ihrem Job doch nicht nachgehen.«

»Ihre Probleme sind gelöst, wenn auch auf unterschiedliche Weise. Barbara hat bis auf Weiteres die zweite Geige von Johanna Kieselheger, der zweiten Geigern in ihrem Orchester, geliehen bekommen. Sie ist übrigens die neue Freundin von Jakob Stiller – mit ihr ist er Hals über Kopf zum spontanen Liebesurlaub aufgebrochen ist. Und Martin hat überraschend einen neuen Bass bekommen. Dreimal darfst du raten, von wem.«

Otto lachte. »Wenn du das so anmoderierst, werde ich es wohl im ersten Versuch erraten. Ich tippe auf die Capital-Sound-AG.« Belustigt sah er Alexander an.

»Bingo! Dieser piekfeine Herr Dr. Neumeyer hat ihm gestern höchstpersönlich das Instrument gebracht.« Angewidert verzog Alexander sein Gesicht. »Zwar ist Martin mit diesem Bass noch längst nicht vertraut. Aber er will unbedingt spielen. Schon morgen treten die beiden das erste Mal gemeinsam auf. Mit seinem Jazzquartett. Im Köllenhof. Kommst du mit, Otto?«

»Klar! Jazz mag ich zwar nicht besonders. Aber dieses Spektakel will ich mir nicht entgehen lassen.«

Samstagabend

Kurz vor acht Uhr war der Köllenhof in Ließem proppenvoll. Höchstens ein mageres Model hätte noch in den verwinkelten Veranstaltungssaal des Kulturzentrums gepasst. Das alljährliche Konzert des Wachtberger Quartetts *Jazzgang* war wie immer ausverkauft. Auf den letzten Drücker hatten Jana, Alexander und Otto über Barbara Buchbinder Karten ergattern können.

Martin Buchbinder war ungewöhnlich nervös. Heute Abend präsentierte er seinen neuen Kontrabass, den er erst vor zwei Tagen bekommen hatte. Würde das gut gehen? Wäre er ausreichend mit diesem Instrument eingespielt, um die anspruchsvollen Passagen so souverän zu meistern, wie er das selber von sich erwartete? Die *Jazzgang* war Martins Ding. Vor fünf Jahren hatte er dieses Quartett quasi als kontrapunktische Parallelwelt gegründet, um sich dort als Bassist von seiner ebenso disziplinierten wie anstrengenden klassischen Konzertarbeit zu erholen und bei Improvisationen austoben zu können.

Gerade versuchte die Geigerin Johanna Kieselheger sich an Alexander vorbeizuschlängeln, als dieser sie kurz aufhielt. »Hallo, Frau Kieselheger. Schön, Sie zu sehen. Wir haben gestern noch miteinander telefoniert. Ich bin Alexander Hopp.«

»Ach, Herr Hopp. Wo ich Ihr Gesicht jetzt so vor mir habe, erinnere ich mich doch wieder an Sie. Wir haben aber bei der Gartenparty an meinem Geburtstag nicht direkt miteinander gesprochen. Oder?«

»Nein, haben wir leider nicht. Können wir aber gerne bei Gelegenheit mal bei einem Kaffee oder einem Glas Wein nachholen.«

»Warum nicht? Aber jetzt muss ich erst einmal. Sogar wortwörtlich.« Sie lachte aufreizend und setzte ihren Weg in Richtung Toilette fort.

Alexander sah sich neugierig im Raum um. Das Publikum war deutlich anders als vor sechs Tagen bei Karl Michels Vernissage in Adendorf – jünger, lockerer, fröhlicher, kommunikativer. Nur ein Mann stach deutlich aus der Menge heraus. In seinem feinen Zweireiher, mit der stocksteifen Haltung und seiner angespannten Miene wirkte Dr. Friedrich Leopold Maria Neumeyer in dieser Szene so deplaziert wie eine chinesische Porzellanvase. Als Vermittler des neuen Basses von Martin Buchbinder war der Capital-Sound-Chef in hochoffizieller Mission vor Ort.

Im Laufe des Konzerts, welches das Publikum schnell in Wallung brachte, veränderte sich Dr. Neumeyers Verhalten allerdings drastisch. Er tänzelte unruhig von einem Bein auf das andere, schüttelte immer wieder verärgert den Kopf, wedelte lamentierend mit beiden Armen und sprach unfreundlich zwei Techniker an, die unmittelbar vor ihm am Mischpult saßen. Er schien sich über irgendetwas zu beschweren.

Als Martin Buchbinder dann hingebungsvoll das markante Bass-Intro von Lou Reeds »Walk on the Wild Side« begann, das die Band als letzte Nummer vor der Pause in einer stark verjazzten Version spielen wollte, stürmte Dr. Neumeyer erbost die Bühne. Lautstark drohte er mit Abbruch des Konzerts, wenn der Sound nicht umgehend geändert werde und der von ihm organisierte wundervolle und vor allem wertvolle Bass nicht endlich angemessen zur Geltung käme.

Die Besucher reagierten entsetzt. Viele winkten protestierend ab. Einige buhten. Andere pfiffen Neumeyer aus. Alexander starrte ihn feindselig an. Dieser widerliche Kerl war drauf und dran, den wunderbaren Abend zu versauen. Das Bauchgefühl hatte ihn von Anfang an nicht betrogen. Auch wenn dieser Mensch nach bisherigen Erkenntnissen kein Verbrecher zu sein schien, war die Abneigung gegen ihn trotzdem gut begründet.

Alexander beugte sich kurz näher zu Jana hinüber und sagte ihr ins Ohr, er müsse ganz kurz raus, dringend an die frische Luft, in ein paar Minuten sei er aber wieder da.

»Ist dir schlecht, Alex?«

»So ähnlich. Aber kein Grund zur Sorge.« Er verließ den Saal.

Kaum fünf Minuten später war Alexander zurück und wirkte deutlich entspannter. Erleichtert registrierte er, dass Dr. Neumeyer aufgeregt telefonierte, das Gespräch hektisch beendete, das Handy in der rechten Tasche seines Jacketts verschwinden ließ und fast panisch auf sie zu kam. »Muss schnell weg. Probleme in der Firma«, entschuldigte er sich im Vorbeidrängeln bei Barbara Buchbinder, die fassungslos und wie versteinert dastand.

Jana sah Alexander prüfend in die Augen. Dann lächelte sie und schüttelte sanft den Kopf. »Hopp, Hopp, Hopp, da steckst du doch bestimmt dahinter. Was hast du bloß wieder angestellt?«

Scheinbar ahnungslos zuckte Alexander mit Unschuldsmiene mit den Schultern. Dann grinste er breit. »Das willst du gar nicht wissen.«

Danksagung

Auch bei diesem Roman haben mich wieder einige Menschen inspiriert oder sogar tatkräftig unterstützt. Auf unterschiedlichste Weise haben sie mir entscheidend geholfen, diese Geschichte zu entwickeln und ein Buch daraus zu machen.

Von Herzen bedanke ich mich deshalb bei:

Meiner Frau Sibylle, die mich in Ruhe schreiben lässt und sich so langsam daran gewöhnt, für so manchen in unserem Umfeld die »Gattin des Autors« zu sein;

Bernadette Conraths und Sepp Spiegl, die beide zu unverzichtbaren Paten für wichtige Figuren meiner Wachtberg-Krimis geworden sind;

Karsten Mühlhaus, der auch diese Geschichte wieder mit konstruktiver Kritik und ergänzenden Ideen bereichert hat;

Anja Steinig für das kreative Cover dieses Buches;

Clemens Wojaczek für sein gründliches Lektorat;

meinem Verleger Winrich C.-W. Clasen für seine unaufgeregte, professionelle Wegbegleitung;

und nicht zuletzt den vielen Lesern, die mein Erstlingswerk *Pechmariechen* gekauft und wohlwollend gewürdigt haben – was mir Mut gemacht hat weiterzuschreiben.

Wachtberg-Pech, im April 2022

Wenn Ihnen der zweite Fall mit Alexander Hopp und Jana Jäger gefallen hat, können Sie sich nachfolgend einen Einblick in den in Vorbereitung befindlichen dritten Band der Wachtberger Krimireihe verschaffen:

PECH
STRÄHNE

Ein Wachtberg-Krimi von Wilfried Lülsdorf

A lles hatte perfekt funktioniert. Alles war wie am Schnürchen gelaufen. Alles hatte ihm unglaubliche Glücksgefühle beschert. Bis vor einigen Wochen. Auf einmal war alles anders.

Nichts lief mehr problemlos.

Nichts klappte.

Nichts machte mehr Spaß.

Was war verdammt noch mal plötzlich los?

Er hetzte vom Parkplatz seines Autos den asphaltierten Waldweg entlang. Irgendwer war hinter ihm her. Er konnte ihn förmlich in seinem Nacken spüren. Er musste den Verfolger irgendwie abhängen. An Hilfe war nicht zu denken. Weit und breit war keine weitere Menschenseele zu sehen. Er hatte panische Angst. Konfuse Gedanken rasten durch sein Hirn, in seinen Ohren brauste es, hinter seiner Stirn bohrte sich ein unerträglicher Schmerz tief in den Schädel. In seiner Brust wurde es eng. Seine Lungenflügel quälte heftiges Seitenstechen. Seine Oberschenkel brannten.

Er musste schnellstens runter von diesem breiten Weg.

Hier war er gut zu sehen und einfach zu jagen.

Ein dankbares Opfer.

Abrupt bog er nach rechts ab in den Wald. Querfeldein über den unwegsamen Boden voller struppiger Bodengewächse, wuchernder Baumwurzeln und totem Geäst fiel es ihm noch schwerer weiterzulaufen. Seinem Verfolger aber bestimmt auch, hoffte er.

Er stolperte.

Er rappelte sich mühsam wieder auf.

Er konnte nicht mehr.

Er bekam kaum noch Luft.

Er war einfach nicht fit.

Hätte er doch mehr Sport getrieben und sich nicht nur mit seiner geliebten rhythmischen Matratzengymnastik vergnügt.

Er versteckte sich hinter dem Stamm einer alten Buche.

Er krümmte sich vor Schmerz.

Er stützte sich vornübergebeugt mit beiden Händen auf seine durchgestreckten Knie.

Er keuchte.

Er versuchte, sich zu beruhigen und wieder einigermaßen zu Kräften zu kommen.

Plötzlich explodierte sein Schädel.

Tausende Bilder der vergangenen Wochen schossen wie ein außer Kontrolle geratener Film durch seinen Kopf.

Alles drehte sich.

Er sah unendlich viele Sterne.

Und ihm wurde schwarz vor Augen.

Schwungvoll warf Alexander Hopp erst seine Arbeitsmappe auf den Beifahrersitz. Dann zog er die Tür seines geliebten, alten Audi A4 Avant von innen zu. Er war einen Tick zu spät dran. Irgendwie passierte ihm das zuletzt öfter.

Schlechte Angewohnheit.

Gefiel ihm nicht.

Musste er unbedingt wieder abstellen.

Zwar waren es nur sechs oder sieben Minuten Fahrzeit bis zur Hauptstadt, wie er den verschlafenen Ortsteil Berkum, in dem das Wachtberger Rathaus stand, gerne spöttisch nannte. Doch schon jetzt hätte er dort eigentlich mit Wilhelm Friedländer im Gespräch sein müssen. So hieß der Vorsitzende eines kleinen gemeinnützigen Vereins, der angeblich unverschuldet in großen Schwierigkeiten war. Bisher hatte Hopp den Mann nicht persönlich kennengelernt. Auch über dessen Inklusiv Leben e.V. wusste er noch wenig. Genau genommen fast nichts. Der Verein betreute eine große Wohngemeinschaft von Menschen mit und ohne Behinderung. Und irgendwie war das Projekt in Not geraten.

Einer der Bewohner, der Hopp flüchtig über sechs Ecken kannte, hatte ihn angesprochen. Man hoffte wohl, dass er mit einem wohlwollenden Artikel für öffentliches Aufsehen sorgen würde. Dass er damit dem Projekt helfen könnte. Wo den Verein genau der Schuh drückte und warum und weshalb das überhaupt auf breites Interesse stoßen sollte, das wusste er nicht. Sicherlich würde er es gleich im Recherchetermin bei Herrn Friedländer erfahren.

Allzu viel versprach Hopp sich allerdings nicht von dieser Geschichte. Es kam schließlich immer wieder vor, dass irgendwer mit irgendwas unter Druck geriet und glaubte, die Presse könne helfen. Was völliger Quatsch war. Die Medien handelten konsequent egoistisch. Sie halfen nur, wenn die Sache nach Skandal roch, von dem die Leser unbedingt erfahren mussten. Und wenn diese Story mutmaßlich die Auflage der Zeitung oder die Einschaltquote des Senders steigern würde. Was leider selten der Fall war. Entsprechend gering waren Hopps Erwartungen an das bevorstehende Gespräch.

Hinzu kam, dass er sich nur ungern von irgendwelchen Leuten vor irgendeinen Karren spannen ließ. Er war Journalist, kein Sozialarbeiter. Er berichtete, wenn ein Thema aktuell und relevant und spannend war – also aus professionellen Gründen, nicht aus mildtätigen.

Aber selbst, wenn genug Brisanz an dieser Geschichte wäre, würde seine Chefredakteurin sie ganz sicher gnadenlos abwiegeln. Alexander Hopp konnte sich lebhaft vorstellen, was Nikola Schnell zu dem Thema sagen würde: »Sozialkitsch.« »Einzelschicksale.« »Minderheitenprogramm.« »Ressourcenverschwendung.« »Auflagenkiller.«

Mittlerweile lag er seit fast drei Jahren im Dauerclinch mit Zicki Niki, wie die Mitarbeiter des Kölner *Kurier*, ihre Chefin ebenso respektlos wie verächtlich nannten. Hopp fand es erstaunlich, wie rasant diese Frau es geschafft hatte, sich im gesamten Verlagshaus unbeliebt zumachen. Zumindest in dieser Hinsicht machte sie ihrem Namen alle Ehre: Schnell.

Sie hatte sich den Posten der Chefredakteurin des wichtigsten Boulevardblatts des Rheinlands nicht durch journalistische Glanztaten verdient, sondern schlicht im Chromosomenbingo gewonnen. Sie war die Tochter des Verlegers.

Zwar talentfrei, uninspiriert und stinkfaul, aber dafür rücksichtslos, arrogant und egoistisch.

Eine höchst toxische Kombination mieser Eigenschaften.

Eigentlich hätte diese aufgeblasene Tussi Hopp völlig egal sein können. Er hatte nur einen Teilzeitvertrag beim *Kurier*, mit dem er die Hälfte seiner Arbeitszeit pauschal an die Kölner Zeitung verkaufte. Ansonsten schrieb er auftragsweise für zwei überregionale Tageszeitungen und eine auflagenstarke Illustrierte, bei der er früher in der Hamburger Redaktion gearbeitet hatte. Für alle Auftraggeber fungierte er als freiberuflicher Korrespondent im Rheinland. Er berichtete exklusiv über das pralle Leben in Bonn, dem Rhein-Sieg-Kreis und bisweilen auch in der Eifel. Doch trotz seiner beruflichen Unabhängigkeit ging Zicki Niki ihm gewaltig auf den Keks.

Warum tat er sich diesen Termin hier jetzt überhaupt an? War wahrscheinlich sowieso für die Katz.

Er klingelte bei Wilhelm Friedländer.

Seit einer knappen Stunde war er nun schon im Wald unterwegs. Diese Ecke des Kottenforstes zwischen Schönwaldhaus und Kaisereiche kannte er fast wie seine Westentasche. Nirgendwo sonst ging er öfter spazieren. Nicht zuletzt deshalb, weil er hier jeden Herbst mehrmals die Woche nach Pilzen suchte, wenn diese köstlichen Gewächse in dieser Gegend Hochsaison hatten. Am liebsten sammelte er Steinpilze, aber die waren seltener zu finden. Maronen und Riesenschirmlinge nahm er auch gerne mit.

Heute lief es irgendwie nicht. Schon wieder nicht. Einen verschrumpelten Parasol und zwei winzige Maronen lagen in seinem Körbchen.

Doch nullkommanull Steinpilz.

Frustrierend.

Viel Zeit blieb ihm nicht mehr, in spätestens einer Viertelstunde würde es dunkel sein, die Dämmerung hatte schon eingesetzt. Dann würde er mit dem funzeligen Licht seiner Taschenlampe hier kaum noch etwas sehen können.

Bei seiner letzten Sammelrunde am vergangenen Freitag war er auch nicht erfolgreicher gewesen. Dieser Herbst schien keine gute Pilzsaison zu werden. Der Sommer war einfach zu heiß und zu trocken gewesen. Viele Steinpilzgerichte würde er in diesem Jahr leider nicht zu essen bekommen, dachte er. Auf dem Markt waren sie ihm viel zu teuer. Noch einmal scannte er konzentriert den Waldboden.

Zwei Steinpilze.

Halluzinierte er jetzt? Oder standen dort tatsächlich zwei Steinpilze? Gespannt näherte er sich dem maroden Gehölz, hinter dem zwei kleine, rotbraune, polsterförmige Pilzhütchen hervorlugten.

Er bückte sich.

Und erschrak.

Neben den Steinpilzen war eine Hand. Also ob sie gerade nach dem kleineren der beiden Pilze greifen wollte.

Doch die Hand bewegte sich nicht.

Der Arm kam aus dem Unterholz.

Wirkte irgendwie leblos.

Und er schien einem toten Menschen zu gehören, der notdürftig verdeckt zwischen den niedrigen Büschen, abgebrochenen Ästen und dem dichtem Herbstlaub lag.

Entsetzt wandte er sich ab.

Ihm wurde schwindelig.

Ihm wurde speiübel.

Er würgte und kämpfte mit heftigem Brechreiz.

Er setzte sich einige Meter entfernt auf einen bemoosten Baumstumpf.

Er atmete mehrmals tief durch, bis er wieder einigermaßen klar denken konnte. Die beiden Steinpilze ließ er stehen. Der Appetit auf sie war ihm gründlich vergangen.

Er lief in Richtung Schönwaldhaus, dem Dienstsitz des Revierförsters, um schnellstmöglich die Bonner Kriminalpolizei zu alarmieren.

Niemand kam ihm entgegen, der ihm kurz ein Handy hätte leihen können. Sein eigenes Telefon lag im Auto, das er rund zwei Kilometer entfernt auf dem Parkplatz in der Nähe des Jägerhäuschens abgestellt hatte. Bis dorthin und anschließend wieder zurück zu laufen, um der Polizei dann die Fundstelle zu zeigen, erschien ihm zu umständlich. Zu zeitaufwendig. Und zu anstrengend.

Auch auf dem kleinen Platz vor dem Forsthaus traf er niemanden. Kein Mensch in der Nähe, der gerade seinen Wagen verließ oder abschloss und ihm spontan hätte helfen können.

Kurzentschlossen ging er zum Tor des Schönwaldhauses.

»Angenehme Ferienlektüre« – rantlos.de

Wilfried Lülsdorf
Pechmariechen
Ein Wachtberg-Krimi

300 Seiten, 13,5 × 21 cm, Paperback, ISBN 978-3-87062-347-0

Gruppen aus den Partnerstädten in Italien und Frankreich sind in der Landgemeinde Wachtberg bei Bonn zu Besuch. Bei einem Ausflug zum Drachenfels verschwindet die kleine Maria. Alle Suchaktionen verlaufen im Sand, woraufhin sich der Journalist Hopp mit dem Pressefotografen Springer in die Ermittlungen einschaltet. Zwei Tage später verschwindet ein weiteres Mädchen aus Bonn-Friesdorf. Nur Zufall? Oder ein Serientäter?

»Liebenswerte Anthologie« – Bonner *General-Anzeiger*

Andreas Izquierdo / Paul Schaffrath (Hg.)
Zimmer mit Mord
Kriminelle Hotelgeschichten

256 Seiten, 13,5 × 21 cm, Paperback, ISBN 978-3-87062-329-6

Ein erstklassiges Hotel von 1913 bis 1969 in Köln: 16 deutsche Krimiautorinnen und -autoren verbreiten Hochspannung und Humor in ihren kriminellen Kapiteln um hektische Mörder, schwere Koffer und verstörte Reisende. Die Autoren sind u.a.: Ingrid Noll, Gisa Klönne, Romy Fölck, Ralf Kramp, Carsten Sebastian Henn, Volker Bleeck, H.P. Karr, Sabine Trinkaus, Klaus Stickelbroeck, Brigitte Glaser, Heidi Möhker.